LA SAGA DE

ROQUIEL

LIBRO UNO

ROQUIEL Y EL FÈNIX

TIFFANY SKYLARK

Publicado por Tiffany Skylark
ISBN : 978-1723580888

Imprimido en los Estados Unidos de América.

Sitio web de la autora: www.tiffanyskylark.com
Correo electrónico: tiffanyskylark@outlook.com

Redes Sociales:
Instagram: tiffanyskylark
Facebook: Tiffany Skylark
Twitter: @Tiffany_Skylark

Editores:
Evelyn Thompson - Servicescape
Tiffany Skylark

Gráfico del mapa:
Oscar Gómez Burbano - oscargomez14@hotmail.com

Fotógrafa:
Sarah Schaub Photography

Diseño de portada:
proecover_gf www.fiverr.com

Tabla de Contenido

Meses del año:

Odeck
Terio
Onda
Dayes
Drea
Erence
Pintu
Wareb - 30 días de duración (el resto son 31 días)
Emid
Timate
Neth
Indo

Días de la semana:

Rectano
Basrown
Esfor
Livu
Mirown
Grenlaw
Risel

Kitharion

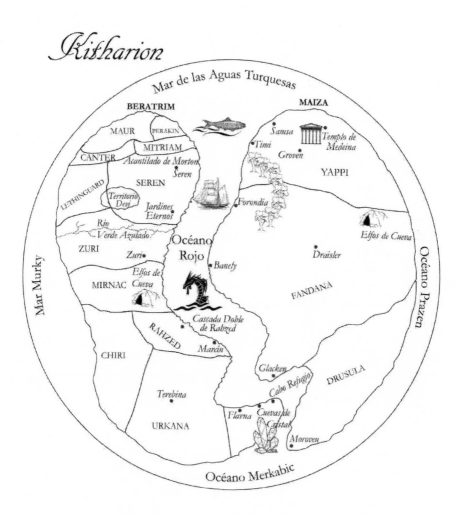

Mar de las Aguas Turquesas

BERATRIM

MAIZA

MAUR

PERAKIN

MITRIAM

CANTER

Acantilado de Morton

Seren

SEREN

LETHINGUARD

Territorio
Devi

Jardines
Eternos

Río
Verde Azulado

ZURI

Zuri

Océano
Rojo

Banely

Elfos de
Cueva

MIRNAC

Cueva

Cascada Doble
de Rahzed

RAHZED

Marán

CHIRI

Glacken

Cabo Refugio

Terebina

Flavna

Cuevas de
Cristal

URKANA

•Samsa

•Timi

Groven

Templo de
Medeina

YAPPI

Forandia

Elfos de Cueva

Draisler

FANDANA

Océano Prazen

DRUSULA

Moraven

Océano Merkabic

Mar Murky

1 Roquiel

"El chico me tiene preocupado, Helene," dijo Gelmesh mientras miraba tristemente hacia el dormitorio de su hijo en la casa del árbol de la familia. La preocupación estaba empezando a grabarse en su rostro en la forma de líneas profundas en su frente. Helene estaba mirando en la misma dirección, entrecerrando los ojos contra el sol. Ella levantó su mano como un escudo, tratando de detectar incluso la más mínima señal de movimiento proveniente del interior. Suspiró resignada y luego le dijo en voz baja a su marido: "Deberíamos irnos." Él bajó la mirada hacia el suelo y Helene colocó un brazo alrededor de su cintura. No querían llegar tarde a sus obligaciones, pero era una vergüenza que su hijo siempre llegaba tarde al suyo.

Comenzaron a caminar juntos por el camino polvoriento y Gelmesh se volvió hacia Helene y miró sus grandes ojos de color ámbar. "Tal vez deberíamos pedirle a Sabio que hable con él," sugirió. Helene frunció los labios. No estaba segura de que esto, o cualquier otra intervención funcionaría. "Hay que darle un poco de tiempo," respondió mientras continuaban caminando, su largo cabello rubio rebotaba y brillaba con luz de la mañana.

Pasaron varias horas antes de que su hijo despertara. Cuando finalmente se levantó de la cama, miró alrededor de su dormitorio buscando su ropa. Vio su túnica color crema y un chaleco marrón oscuro en el poste de la cama. Pero en lugar de agarrarlos, bostezó, extendió los brazos sobre su cabeza y luchó con todas sus fuerzas contra el impulso de volver a la cama. Puso sus manos en sus caderas y giró su cintura para estirar un poco más.

Mirando por la ventana, la luz que brillaba a través de las hojas del otoño restantes captó su atención. Por la posición del sol en el cielo, Roquiel podía decir que eran cerca de tres horas después del amanecer, lo que significaba que tenía un comienzo tardío, como de costumbre. Fue al otro lado de su dormitorio circular entre los árboles y salió a la terraza. Respiró el aire de la mañana, manteniéndolo dentro de sus pulmones por unos momentos antes de exhalar lentamente.

Reconoció a un pequeño pájaro que estaba posado en una rama cercana. "Hola pequeño gorrión," dijo. El gorrión lo miró y Roquiel pudo sentir que la criatura tenía hambre y estaba buscando su próxima comida. En un instante, el gorrión se abalanzó y agarró una lombriz que acababa de salir del suelo. "Ahora somos dos los que tenemos que comer. Será mejor que me vaya," dijo Roquiel lentamente mientras miraba hacia abajo y agarraba las anudadas barandillas de madera con ambas manos.

Después de mirar hacia abajo por unos minutos más, decidió terminar de vestirse y luego cruzó el puente que conectaba su dormitorio a la cocina donde el florac de su familia, Untu, estaba haciendo su desayuno. Los floracs eran más bajos que los elfos, pero tenían un cuello más largo, un hocico, una barriga sobresaliente, y estaban cubiertos de piel marrón. Casi todas las familias de los elfos tenían un florac que vivía con ellos y que ayudaba con las tareas diarias.

Roquiel entró y encontró a Untu encorvado sobre la estufa. "Despertaste tarde esta mañana. Menos mal que no comencé tu desayuno antes. ¡Tus padres y hermanas ya han comido y se han ido para sus deberes y aquí estás apenas saliendo de la cama! Por suerte, los ancianos no te dieron un deber *importante* que hacer. Si te hubieran puesto con los soldados, Seren podría haber sido invadida por los trolls y habrías dormido durante toda la invasión. Además, me imagino que los peces están muy hambrientos. Se supone

2

que debes estar allí a primera hora para alimentarlos y cuidarlos," graznó.

"Untu, por favor, solo dame unos champiñones y deja de hablar," gruñó Roquiel. Untu puso un plato de champiñones hervidos, pan y té caliente en la mesa. Roquiel masticó unas cuantas mordidas de pan, se comió los champiñones rápidamente y bebió unos tragos de té. Le dio las gracias a Untu y bajó por las escaleras de su casa entre los árboles.

Roquiel salió al aire fresco y todavía estaba pensando en los comentarios que Untu le había hecho. *"Los trolls podrían invadir a Seren y tú dormirías durante toda la invasión.* ¡Por favor! Él no tiene idea de lo que está hablando. Así que dormí un poco tarde. Eso no infringe ninguna de las leyes de los elfos, hasta donde yo sé. ¿Cuándo aprenderá a guardar sus pensamientos para sí mismo?" Roquiel dijo en voz alta.

Roquiel estaba completamente perdido en sus pensamientos mientras que Joules con la cabeza enterrada en un libro, venía caminando hacia él. Ninguno levantó la mirada para ver hacia dónde iban y se golpearon el uno al otro. Los dos elfos cayeron al suelo. "¿Alguna vez observas por dónde vas, Roquiel? ¡Eres tan torpe!" gritó Joules. "¡Ha, lo siento Joules! Supongo que no estaba prestando atención," dijo Roquiel.

Roquiel se puso de pie y extendió una mano a Joules, quien a regañadientes la tomó y se puso de pie. Estuvieron en silencio por unos momentos mientras quitaban las hojas secas de su ropa y cabello. "Supongo que no estabas prestando atención en la escuela cuando los ancianos nos decían que siempre deberíamos hacer todo lo posible por vivir el momento," dijo Joules. "Tú no estabas viendo hacia donde ibas tampoco," dijo Roquiel. Joules lo miró con los brazos cruzados.

"Y sí, escuché a los ancianos. Es solo que estaba pensando en cómo Untu me reprendió otra vez hoy por despertar tarde. Dijo que *era algo bueno que los ancianos no me dieran un deber importante que hacer,*" dijo Roquiel, copiando la voz áspera de Untu.

"Él tenía razón, ¿sabes? No creo que hayas hecho tu mejor esfuerzo ninguna vez en tu vida," dijo Joules.

"Um, ¿no se supone que deberías estar entrenando a los leones de agua para la batalla?" preguntó Roquiel, principalmente para que ella cambiara de tema.

"Sí, pero tenía que regresar a la ciudad para obtener más pollo para alimentarlos. No *necesitan* comer, por supuesto, pero sí disfrutan de las aves de corral y los pone de mejor humor para entrenar," respondió Joules.

"Ya veo, bueno, no te detendré entonces," dijo Roquiel.

"Y será mejor que cuides los peces. Me imagino que ya han de tener hambre," dijo Joules, arqueando las cejas.

"Ya voy para allá," replicó Roquiel con una sonrisa y siguió hacia el borde exterior de la ciudad. Mientras caminaba, pasó por debajo de otras viviendas entre los árboles a lo largo del sendero y todo estaba en silencio, excepto por el sonido de un pájaro ocasional aleteando de rama en rama.

Al detenerse en un lugar donde sabía que habría larvas de lombrices, se agachó cuidadosamente y comenzó a sacar algunas de ellas del suelo. Puso las larvas y algunos gusanos más grandes que encontró en su bolsa. Después de haber reunido lo suficiente para todos los peces, continuó por el sendero del bosque hacia el río.

Hoy había traído una red. No era para capturar peces, sino para desnatar algunas algas de la parte superior del río para darles a los peces del lago Areia, donde las algas no crecían. El lago Areia no tenía rocas y era demasiado arenoso para que las algas se anclaran. Roquiel llegó al borde del río que llamaron el Sicsip y saludó a sus amigos acuáticos. Escucharon su voz y salieron a la superficie porque sabían que su voz significaba que un amigo y algo de comida habían llegado.

Los elfos de Seren veneraban a los peces por sus poderes curativos. Cuando un elfo está enfermo o herido, es llevado al agua y sumergido. Los peces rodean a la persona y le transmiten sus energías curativas. Es por eso que los ancianos designaron a alguien para alimentarlos, para asegurarse de que estuvieran bien cuidados y lo suficientemente sanos como para seguir canalizando la energía de curación del planeta.

Roquiel arrojó a los peces las larvas y otras criaturas que había encontrado a los peces, una por una. Sus escamas resplandecieron un azul brillante por el sol cuando saltaron fuera del agua para atrapar un sabroso bocadillo. Roquiel terminó de alimentarlos y se agachó para enjuagarse las manos. Metió las manos en el agua y varios peces nadaron para acariciarlas. Nunca fueron ingratos por el cuidado que Roquiel les brindó. Le hizo cosquillas a uno de ellos debajo de la barbilla. Estas criaturas eran sus amigos y se sentía muy cercano a ellos, especialmente porque pasaba más tiempo con ellos que con cualquier persona. Se rió entre dientes por ver cómo un pez se puso boca arriba, aparentemente queriendo que le hiciera cosquillas también. Roquiel hizo lo que el pez quería, y luego levantó las manos fuera del agua y las secó con su túnica.

Entonces algo en la distancia le llamó la atención. Levantó la cabeza y entrecerró los ojos para ver qué era. Después de unos momentos, pudo ver que era una mujer. "Qué extraño. Usualmente no hay nadie más aquí a esta hora," dijo. Mirando un poco más, se dio cuenta de que era Eva, sentada en una roca cerca de la cascada que alimentaba el río. Su cabeza descansaba sobre su hombro derecho y su largo y ondulado cabello castaño estaba siendo sacudido por la brisa mientras colgaba sus pies en el agua. La mayoría de la gente estaba haciendo sus deberes, pero Roquiel sabía que

Eva era una vigilante de la noche y que durante el día podía hacer lo que quisiera.

Caminó hacia ella lentamente, para no asustarla. Cuando se acercó, extendió su brazo para tocarla en el hombro. "¿Eva?" dijo Roquiel, pero ella no respondió. Tuvo que agarrarla por el hombro y sacudirla un poco para romper su concentración. "¿Eva? ¿Estás bien? Te ves triste," dijo. Eva levantó la mirada y se alejó de él gateando, como si acabara de ver un espíritu. Puso una mano en su frente y respiraba pesadamente. "¡Santa Medeina! Roquiel! Lo siento mucho. ¡No te vi allí!" dijo ella, respirando pesadamente.

"Obviamente. ¿Qué estabas pensando? Pareces preocupada," dijo Roquiel.

"Ha, na-na-nada," tartamudeó. No es nada por lo cual tendrías que preocuparte."

"¿Estás segura? Puedo ver que es algo serio," respondió Roquiel.

"No, Ro. En realidad, no es nada," ella dijo mientras se levantaba. Ella parecía un poco más compuesta ahora. "¿No deberías estar durmiendo a esta hora del día?" Roquiel le preguntó.

"Sí, pero no podía dormir, así que vine aquí para tomar un poco de aire fresco. Y como normalmente no estás aquí hasta el mediodía, pensé que sería el lugar perfecto," respondió. Sus palabras lastimaron a Roquiel. Sabía que Eva era otra chica que lo veía como un perezoso que no podía hacer nada. Y por si fuera poco, también le gustaba burlarse de sus orejas no tan puntiagudas.

"¿Y qué te pasa? Estás más sudado de lo normal," dijo Eva. Roquiel ignoró el comentario sobre su apariencia y le contó cómo se había estrellado con Joules en el camino. "Eso suena como algo que tú harías," dijo Eva con una sonrisa divertida.

"Bueno, realmente necesito irme ahora. Intentaré descansar nuevamente antes del turno de esta noche. Hemos estado viendo actividad extraña a lo largo de la frontera norte y necesito estar alerta," Eva le dijo.

"Entonces, eso es lo que te preocupa. ¿Por qué no lo dijiste? ¿No crees que algunos de los elfos de las cuevas escaparon a la superficie, verdad?" le preguntó con el ceño fruncido.

"Ha no, no son ellos. Hay algunos trolls de Perakin que están tratando de cruzar a través de Mitriam y nuestra tierra para llegar a los trolls de Lethinguard. No les hemos dejado pasar desde la última vez que vinieron. En esa ocasión decidieron asaltar uno de nuestros depósitos para obtener suministros. Es por eso que no teníamos mucho grano hace unos años. La gente hormiga también ha dicho que ellos no pueden atravesar sus tierras, entonces es por eso que los trolls se sienten estancados y se están desesperando," dijo Eva.

"Ha, ya veo. Suena importante. Supongo que te dejaré y volveré a mis peces. Tengo que llevar las algas al lago Areia," dijo tristemente.

"Sí, te veo más tarde entonces," dijo Eva.

Eva salió del río, pero en vez de ir a la cama, fue a buscar al Anciano Sabio. Sabía dónde encontrarlo, ya que pasaba la mayor parte de su tiempo en el Templo de la Montaña en meditación, saliendo solo para dormir, hablar con otros ancianos o asistir a reuniones comunitarias. Ella no meditaba muy a menudo. Le resultó difícil silenciar su mente muy activa y observar sus pensamientos sin entretenerlos.

Sin embargo, una cosa que sí observaba eran las estrellas. Ella había estudiado astronomía en la escuela y como vigilante de la noche, tenía mucho tiempo para perfeccionar su conocimiento de ella. Eva estudio sus trayectorias y su habilidad profética.

Eva caminó lentamente hacia el Templo de la Montaña, insegura si podría decirle al anciano lo que le tenía que contar. No había nada de ruido excepto por unos pocos pájaros azules que revoloteaban entre las copas de los árboles. Eva quería transformarse en un pájaro en ese momento y poder volar lejos de la situación. Realmente podría haberlo hecho si quisiera. Además de ser una vigilante de la noche, Eva también era toransu, lo cual significaba que podía transformarse en una serie de especies diferentes.

Esta habilidad había sido transmitida por sus antepasados. Todos los miembros de su familia tenían este regalo especial, aunque ninguno de ellos lo consideró necesario usar con mucha frecuencia. Algunos incluso lo ocultaron porque los hizo diferentes. Pero ahora no era el momento de huir. Tenía que informarle a Sabio sobre lo que había visto.

"Acércate, Eva. ¿Por qué te escondes en las sombras?" dijo Sabio. Eva sintió el impulso de huir, pero en vez de correr, se dirigió hacia Sabio como él había pedido.

"Sé por qué estás aquí," dijo Sabio con ternura. Extendió sus manos llenas de manchas de vejez hacia ella.

"No, no creo que sepa. No estoy aquí para informarle sobre la actividad de los trolls, anciano," dijo Eva.

"Sí, lo sé. Por favor, siéntate a mi lado," dijo. Eva se sentó en el suelo del templo junto a Sabio, quien le tomó las manos. "Yo también he estado observando las estrellas, Eva. Yo también he leído las señales," dijo, sus ojos verdes mirando fijamente a los de ella.

"¡Entonces usted debe saber que hay un error en la profecía! ¡No hay forma de que pueda ser correcto!" gritó Eva, a punto de llorar.

"Pronto llegará el momento de reemplazar la Piedra de la Vida y debemos recordar que las profecías contienen mucha sabiduría," dijo Sabio tranquilamente.

"¿Sabiduría? No, esta vez no. Es la cosa más imprudente que podemos hacer y no debemos permitir que suceda. Sabe que sería el fin de nuestro mundo hacerle caso a esta profecía," dijo Eva, su tristeza cambiando a ira.

"No te preocupes, Eva. Con el tiempo, verás que es lo correcto," dijo Sabio.

"No le quiero contradecir, pero esta vez debo hacerlo," dijo Eva.

"Ten fe querida," dijo Sabio con una sonrisa.

"Bueno pues, si ya sabe todo lo que iba a decir, no hay necesidad de estar aquí. Le dejo para que siga meditando," Eva le dijo a Sabio.

"Sí, creo que es una buena idea. Y no le digas a nadie lo que sabes. Aún no es el momento," dijo Sabio mientras le daba unas palmaditas en la mano. Ella se dirigió hacia la salida con los hombros caídos y los ojos apuntados al suelo. *Espero que nunca tenga que compartir esto con nadie,* pensó mientras se alejó lentamente del anciano y salió del templo.

2 La Profecía

Hay un libro en el Templo de Ori llamado el Libro de Profecía. Se mantiene en el santuario más interior, custodiado día y noche por los elfos a cargo de su cuidado. En este libro están escritas todas las profecías pronunciadas por los elfos desde hace unos 8,000 años. Esto fue alrededor del tiempo cuando los elfos recuperaron su soberanía después de milenios de vivir bajo el control de los Arches.

Los Arches descendieron a Kitharion en busca de una nueva patria después de destruir su propio planeta. Su cultura fue una dominación y gobernaron con éxito a los seres nativos de Kitharion durante muchos años, hasta que una insurrección envió a los Arches de regreso al espacio para ser una plaga en otro planeta.

Pero mientras estuvieron en Kitharion, los Arches lograron que los elfos olvidaran una gran parte de su historia y conocimiento. Destruyeron muchas de sus obras escritas, incluyendo el primer Libro de Profecía. Los elfos decidieron llamar el año en que los Arches se fueron, Año 1, marcando el comienzo de una nueva era. Al principio, había solamente un Libro de Profecía para todos los elfos, pero a medida que su población aumentaba y sus territorios se volvían más definidos, cada grupo de elfos comenzaba a mantener su propio libro.

Hubo muchos elfos que tenían el don de la profecía. Cada vez que una profecía llegaba, era escrita por una persona que se llama la grabadora. El ser en los reinos superiores que iba a entregar la profecía esperaría hasta que el receptor de la profecía estuviera con un elfo responsable, para recordar y registrar el mensaje con precisión.

Cualquier persona podría ir y leer el libro si quisiera, después de contestar unas preguntas sobre su herencia y motivo. Había aproximadamente 14,000 profecías registradas en el Libro de Profecía de Seren y los temas variaban desde cómo iba a ser el clima en una temporada, hasta cuándo habría guerras y cuándo habría paz.

Una profecía en particular, que había sido hecha unos 80 años antes por el propio padre de Roquiel, Gelmesh, era la que tenía tan preocupada a Eva. El padre de Roquiel no era conocido por el don de la profecía, pero un día mientras meditaba en un templo, una profecía llegó a través de él, que fue escuchada y apuntada por el Eder Bryte. Cuando rompió su estado meditativo, Gelmesh no tenía ningún recuerdo de la profecía que había dado y Bryte estaba demasiado conmocionado como para decírselo.

Desde que era una niña, Eva había sido obsesionada con el Libro de Profecía y solía ir al Templo de Ori para leerlo. No había muchos elfos que hicieran esto, ya que solo algunas de las profecías se hicieron realidad. Hubo incluso algunos elfos que pensaron que todas eran tonterías. Pero para otros, el Libro fue una fuente de mucho conocimiento y sabiduría. Más que eso, era una forma de asegurarse que las buenas profecías se hicieran realidad y que las que no eran tan buenas, no llegaran a suceder. El futuro no está escrito en piedra, y las profecías podrían cambiarse con el curso de acción apropiado.

Eva estudiaba detenidamente todas las profecías. Ella tiene que haber leído el libro por lo menos diez veces. Sabía que muchas de las profecías se habían hecho realidad y que algunos de los resultados negativos podrían haberse evitado si la gente hubiera prestado más atención.

Cada profecía estaba numerada cronológicamente, y la profecía número 13.186 era la que no podía olvidar. Esta fue la que la tenía tan preocupada por el futuro de los elfos y el planeta. Ella esperaba con todas sus fuerzas que estuviera equivocada. La profecía no fue muy larga, pero lo que decía

11

era poderoso. Eva lo memorizó y buscaba un significado alternativo pero no podía encontrarlo. Ella pensaba que solo había una posible interpretación, pero tenía que estar segura. Ella tenía que ir y leerlo una vez más. Tal vez esta vez, ella podría encontrar otro significado, una forma de salir de lo que ella estaba segura que significaría un desastre.

Entonces, después de reunirse con Sabio, ella fue al Templo de Ori y saludó al guardia. La conocía bien, pero le hizo la primera pregunta habitual, solo para estar seguro. "¿Quién fue el primer Anciano Principal después de la partida de los Arches?," preguntó.

"Ranger, me conoces. He estado aquí miles de veces. ¿No puedes dejarme pasar?" Eva dijo malhumorada.

"Sabes que estoy obligado a preguntar para asegurar que eres quien dices. Ahora dame la respuesta y solo por esta vez, no te haré las otras preguntas," dijo Ranger.

"Está bien, está bien," suspiró. "El primer Anciano Principal después de la partida de los Arches fue Meladon. ¿Feliz?" ella dijo sarcásticamente.

"Estoy satisfecho con tu respuesta, aunque tu actitud últimamente no ha sido muy agradable," respondió. Eva no le dijo nada más a Ranger, simplemente entró al templo y bajó el libro de su pedestal. Hojeó las páginas hasta que llegó al número 13.186. Ella respiró profundo, cerró los ojos y suplicó que, por algún milagro, había leído mal la profecía, o que las palabras habían cambiado de alguna manera. Abrió los ojos y una gota de sudor cayó de su frente a las páginas amarillas del libro. Ella estabilizó sus manos temblorosas respirando varias veces y luego leyó en voz alta,

"Profecía número 13.186 hablado por Gelmesh, hijo de Yandir y registrado por Anciano Bryte, hijo de Thronite en Seren en el año 8026.

Cuando llegue el momento en que el cazador apunte hacia el dragón Tarakona en el cielo oriental, el niño nacido a medianoche bajo el símbolo de la foca con el miembro de la comunidad más viejo como su pariente, viajará a las

Cuevas de Cristal para recuperar la próxima Piedra de la Vida, porque el fénix que lo guarda ahora se desvanece y también la piedra. Él será quien reemplace la Piedra de la Vida y restablezca el equilibrio a todos."

Eva se deslizó por la pared contra la que tenía apoyada la espalda y cerró el libro con ambas manos, haciendo que una columna de polvo saliera en espiral hacia arriba. Ella bajó la cabeza mientras lágrimas llenaban sus ojos. La había leído correctamente. Ella siempre supo que no había cometido un error, pero aún no podía entender cómo podría ser. Sabio parecía pensar que era necesario seguir lo que dice la profecía y elegirlo a *él* para ser la persona que reemplace la Piedra de la Vida.

Pero Eva tenía otras ideas. Miró a su alrededor y vio que el guardia había ido a la entrada del templo para hablar con algunos niños que pasaban. Arrancó la profecía del libro y metió la página debajo de su túnica. Nadie más podía saber lo que decía o descubrir lo que significaba. Tenía que haber otra forma de obtener una nueva Piedra de la Vida, y ella iba a encontrar alguna solución. Nerviosamente pasó a Ranger mientras él todavía estaba hablando con los niños emocionados sobre una salamandra bastante grande que habían visto en su camino a casa desde sus clases. "¡Adiós Ranger, nos vemos la próxima vez!" dijo Eva, aparentemente muy alegre. Ranger frunció la ceja, pero no le dijo nada.

Eva corrió a su casa a buscar un lugar para esconder la página. Se sintió culpable por lo que había hecho, pero se aseguró a sí misma que era lo mejor. Mientras nadie se enterara, tendría algo de tiempo para elaborar un plan mejor que el de la profecía.

Se sentía como si hubiera estado caminando durante horas cuando finalmente llegó a su casa. Parecía como si cada persona que había pasado en el camino estuviera mirando su alma y descubriera su secreto. Había intentado no mirar a nadie a los ojos, pero a veces echó un vistazo para ver si parecían sospechar de ella.

Subió las escaleras hasta su casa entre los árboles y pasó a su hermano, que estaba haciendo lo que olía a poción de amor. "Sabes que ella nunca se va a fijar en ti porque eres un imbécil," dijo Eva, tratando de actuar normal.

"¡Cállate Eva! ¿Por qué no vas y te preparas para el turno de esta noche en lugar de molestarme?" dijo Lane venenosamente. Eva miró afuera y se dio cuenta de que tenía razón. Estaba oscureciendo ya y tendría que presentarse a la guardia nocturna pronto. Se sentía cansada después de no poder dormir, pero sabía que no podía usar eso como excusa. "Supongo que tienes razón esta vez," le replicó ella. "Solo necesito sacar algunas cosas de mi habitación y te dejare en paz."

"¡Gracias Medeina!" gritó Lane, levantando las manos en el aire. "Tal vez entonces pueda tener algo de paz y tranquilidad por aquí," continuó. Puso los ojos en blanco y luego volvió a su trabajo.

Eva continuó a su habitación y cerró la pesada puerta de madera detrás de ella. Buscó frenéticamente un plan para esconder la página donde era seguro que nadie lo encontraría. Se sintió abrumada cuando se dio cuenta de que no había ningún lugar en su habitación donde pudiera esconder la página de la florac, Loraz. Ella era obsesionada con la limpieza. Ella seguramente lo encontraría algún día mientras ordenaba.

De repente, un pensamiento se le ocurrió. Si ella pudiera transformarse en diferentes animales, tal vez podría encontrar la manera de transformar la página en algo que nadie más reconocería. Ella solo se había transformado a sí misma, y no sabía si era posible transformar a un objeto, pero lo quería intentar. Sacó la página arrugada de su túnica y la alisó entre sus manos. Podía sentir el espíritu del árbol que fue utilizado para hacer el papel y decidió hablar con él. "Necesito que te transformes en un ave de vuelo. No puedo decirte por qué, pero puedo decir que es de suma importancia que lo hagas. ¿Entiendes esto?"

Todavía estaba frotando el papel entre sus manos cuando comenzó a sentir una cálida sensación subir por sus brazos. La sensación la asustó y soltó el papel. Luego observó cómo comenzaba a curvarse y retorcerse en una forma diferente en el piso. Salieron dos pequeñas patas del papel y comenzaron a saltar de un lado a otro. Luego el papel se volvió marrón y brotaron plumas. Después de unos momentos, un pequeño y perfectamente formado estornino revoloteó desde el piso hasta su hombro, donde comenzó a twittear suavemente.

"¡No puedo creer que haya funcionado!" dijo Eva sin aliento. Justo en ese momento, se abrió la puerta y Lane estaba en la entrada con cara de fastidio. "¿Con quién estás hablando? Pensé que estabas sola," dijo. Su mirada se posó en su hombro y agregó: "¿De dónde vino ese pájaro?"

"El pájaro es mi nueva mascota, y el resto no es asunto tuyo," dijo Eva, tratando de pensar rápidamente. "Y si no te importa dejarme pasar, no puedo llegar tarde a la guardia nocturna," dijo mientras pasaba junto a él, con el pájaro todavía posado sobre su hombro.

Aún en estado de shock por lo que acababa de pasar, Eva bajó a la puerta de entrada, tomó su aljaba y lo colocó sobre su hombro. Abrió la puerta y estaba tan absorta en los miles de pensamientos que corrían por su mente que se le olvidó cerrarla detrás de ella. Cuando Loraz notó esto, se apartó de las hierbas que estaba regando y corrió hacia la puerta para cerrarla antes de que las hojas secas de su árbol comenzaran a entrar a la casa con el viento.

"¡Podrías estar un poco más atenta la próxima vez y cerrar la puerta detrás de ti!" gritó Loraz. Eva ya había bajado los escalones y había recorrido una buena senda, pero había oído lo que decía Loraz. Eva se volvió y miró a Loraz en la casa del árbol. "¡Lo siento!" gritó ella, nunca ralentizando su paso rápido. Loraz cerró la puerta y negó con la cabeza. "¿Qué le ha pasado a esa chica últimamente? ¡Ella ha estado tan distraída! Espero que no tenga ningún problema," murmuró. Entonces Loraz se encogió de hombros y volvió a cuidar las hierbas mientras tarareaba una melodía alegre.

Una vez que Eva llegó al lugar de reunión en el Acantilado de Morton, vio que todos los demás ya habían llegado. "¿Dónde has estado?" susurró Cruiser, una elfa de baja estatura y pelo negro.

"Mi hermano me estaba reteniendo. Ya sabes cómo es él," susurró Eva. El comandante de la guardia nocturna, Deary, cuyo pelo castaño oscuro era incluso más corto que el de Cruiser, ya había comenzado a dar sus órdenes sobre quién iba a patrullar qué área esa noche. "Baktiri y Rosa, estarás patrullando la línea costera de Playa Placentera esta noche. Asegúrense de estar atentos a las ninfas acuáticas que han estado actuando como vigías de los trolls, tratando de encontrar una debilidad en nuestras defensas. Estamos casi seguros de que están intentando escabullirse a través de Mitriam y Seren para robar más de nuestros suministros y no lo permitiremos. Dejen que hagan sus propios armas y que cosechen su propia comida."

Luego dio las órdenes a los otros observadores nocturnos, enviándolos en parejas a sus patrullas. "Y por último pero no menos importante, Cruiser y Eva, irán a ver la frontera norte entre las ciudades de Mitriam y Canter. La gente de esas ciudades sigue viendo mucha actividad de los trolls," dijo.

Mitriam y Canter eran territorios que estaban al norte de Seren y ninguno de ellos estaba muy poblado. No estaban lejos del lugar de reunión, pero era lo suficientemente lejos como para que Eva y Cruiser tomaran dos caballos de los establos para llegar más rápido.

Más allá de Mitriam y Canter había una pequeña franja de tierra llamado Maur, el hogar de la Gente Hormiga. Los seres hormiga tenían las piernas y el torso de un humano, pero la cabeza y las antenas de una hormiga. También tenían cinco dedos en las manos y cinco dedos de los pies, pero sus extremidades eran bastante delgadas. Vivían tanto en la superficie como en viviendas subterráneas y eran muy hospitalarios con los de su clase. Sin embargo, podrían volverse violentos con los demás si percibieran alguna hostilidad. Y pasado Maur se encuentra el Mar de las Aguas Turquesas.

Los trolls en cuestión venían de un pequeño pedazo de tierra en la esquina noreste de lo que solía ser el territorio de la gente hormiga. Ahora lo llaman Perakin. La gente hormiga perdió el territorio en una guerra hace muchos años a un grupo de trolls que habían sido exiliados de Lethinguard. En busca de un nuevo hogar durante muchos años, finalmente pudieron vencer al ejercito de la Gente Hormiga y reclamar un pequeño pedazo de su territorio para los suyos.

Eva y Cruiser galoparon a paso rápido hasta que la luz de las antorchas de Mitriam estaban a la vista. Desde este punto, en la cima de una colina, las tenues luces de Canter también eran visibles. Ambos territorios estaban ubicados dentro del mismo valle, el Valle de Canter. Esta colina brindaba una buena posición desde la cual observar lo que sucedía en la frontera. Eva y Cruiser desmontaron sus caballos y les dieron un trago de agua de sus cantimploras. Miraron el valle en silencio, usando sus agudos sentidos para detectar cualquier señal de problemas.

Después de unos momentos, Cruiser rompió el silencio con una pregunta. "¿Por qué tienes un pequeño estornino en tu hombro?" preguntó ella. Eva casi había olvidado su nuevo compañero y no sabía qué tipo de excusa le iba a dar a Cruiser.

"Ha, esta es una nueva mascota mía," tartamudeó Eva. "Lo encontré fuera de mi casa con un ala rota y lo he estado cuidando. Se siente mejor ahora, pero aún quiere estar conmigo todo el tiempo," continuó.

"Ha, que amable de tu parte hacer todo eso. ¿Tiene un nombre?" preguntó Cruiser. Eva no estaba preparada para todas estas preguntas; ella aún no había procesado la idea de que acababa de crear este pájaro de una hoja de papel. "¿Un nombre? Sí, es um..." miró a su alrededor en busca de algún tipo de inspiración. "Lo llamo Feldespato," dijo Eva cuando vio un afloramiento de piedras a su izquierda.

"Es lindo," dijo Cruiser. Eva cambió de tema. "No estoy detectando ninguna actividad de los trolls desde aquí arriba, ¿verdad?" preguntó ella.

"Todo parece muy tranquilo. Tal vez deberíamos ir a la ciudad y hablar con algunas personas para ver si han visto algo," sugirió Cruiser. "Buena idea," respondió Eva. Montaron sus caballos una vez más y se dirigieron hacia el valle.

***

"¿No te cansas de sentarte contra ese sauce?" Roquiel escuchó una voz que lo hizo volver a la realidad.

"Zaffre! ¿Qué estás haciendo aquí abajo?" dijo Roquiel. "Vine a ver si podemos quedarnos aquí esta noche en lugar de ir al ritual de curación," respondió Zaffre.

"Creo que voy al ritual. Pero no iré al pueblo hasta que esté a punto de comenzar," dijo Roquiel.

"Ah, ¿y por qué?" preguntó Zaffre mientras se sentaba en el pasto junto a Roquiel.

"Estoy cansado de todas las miradas de personas que saben que solo estoy en el pueblo porque ya terminé mi trabajo para ese día," respondió mientras pasaba la mano por el pasto suave.

"Podrías venir a ayudar en la cocina por un tiempo en vez de ir al ritual," sugirió Zaffre.

"Eso suena increíble Zaf, pero creo que me voy a ir. Sabio dice que necesitamos todos los elfos posibles en este tipo de reuniones para que el esfuerzo colectivo sea tan fuerte como sea posible," dijo Roquiel.

"Lo he escuchado decir eso también, pero no quiero ir esta vez. No me siento muy bien. Además, ni siquiera sabemos de qué se trata," dijo Zaffre.

"No, Sabio solo dijo que iba a dar más explicaciones esta noche. ¿Por qué no te quedas aquí conmigo hasta que llegue el momento del ritual y luego te lleve de vuelta a la cocina y de allí me dirijo a la casa de la comunidad?" sugirió Roquiel. Zaffre asintió con la cabeza en acuerdo, y los dos continuaron su tarde perezosa en la sombra.

3 El Ritual Curativo

Tras despedirse de su amigo en la entrada de las cocinas, Roquiel se dirigió a la casa de la comunidad. Era uno de los pocos edificios en Seren que no estaba entre las ramas de los árboles. La escuela era otro edificio que estaba en el suelo y no estaba muy lejos de la casa de la comunidad. Todos los edificios comunales estaban encima de La Colina de Talen. La casa de la comunidad estaba en el centro de la ciudad y servía como un espacio de reunión, salón de fiestas y un lugar para celebrar ceremonias y rituales importantes.

Cuando Roquiel subió la colina, vio que su madre y una de sus hermanas ya estaban allí y estaban sentadas en un banco junto a la pared exterior. Pero antes de que pudiera llegar a ellas, le enfrentó Daver, el aprendiz de herrero. Era un muchacho guapo, tenía el pelo oscuro y era bastante odioso. Había terminado la escuela élfica un año antes que Roquiel. "¿Por qué muestras tu rostro en este tipo de evento? Sabes que no vas a ser de ninguna ayuda," dijo Daver sarcásticamente.

"¿Y desde cuándo decides tú quién llega a los rituales, Daver?" dijo Roquiel mientras hinchaba su pecho y se ponía de puntillas para parecer lo más alto posible.

"No dije que no pudieras estar aquí," dijo Daver lentamente, con los dientes apretados. "Dije que no sé por qué te molestas en venir cuando nadie te quiere."

Roquiel miró hacia su izquierda y vio a Joules cerca de la puerta de la casa de la comunidad, hablando con una de sus amigas. Daver notó que Roquiel ya no lo miraba y se dio vuelta para ver lo que estaba mirando. Cuando se dio cuenta de que Roquiel estaba mirando a Joules, dijo: "Y no pienses ni por un instante que una chica como esa podría estar con alguien como tú," Daver miró a Roquiel y le dio una mirada de disgusto. Tenía los labios apretados y la nariz arrugada como si acabara de oler algo podrido. Roquiel desvió su mirada de Joules y hacia el suelo. "No te preocupes. Ella no me interesa," dijo Roquiel. Daver frunció el ceño y respiraba pesadamente.

Roquiel decidió que ya había tenido suficiente de este encuentro y siguió subiendo la colina sin decir una palabra más. Haciendo todo lo posible por sacudirse la energía negativa, Roquiel llegó al lugar donde estaban su madre y su hermana, y las saludó a ambas con una mano en el hombro y un beso en la mejilla. "¿Cómo estás, madre, hermana?" les preguntó con la mayor calma posible.

"Estamos bien," respondió su madre amablemente. "Te extrañamos de nuevo hoy en el desayuno antes de que saliéramos de la casa."

"Lo siento madre, pero no te preocupes, hice todo lo que tenía que hacer en el río antes de venir aquí," dijo Roquiel.

"Bueno, al menos pudiste hacer eso," dijo Helene con una sonrisa forzada.

"Madre, ahora no es el momento para esta discusión. Algunas personas nos están mirando," dijo la hermana de Roquiel, Juniper.

"Sí, Juniper. Solo creo que con un deber tan fácil como el que tiene, debería ser al menos capaz de... La oración de Helene fue interrumpida por Joules, que acababa de unirse a ellos. "¡Hola a todos!" dijo Joules alegremente. Miró a su alrededor y se dio cuenta de las miradas serias en todas sus caras. "Ha, lo siento si he interrumpido algo importante. Sólo quería saludarlos antes de que empiece el ritual," dijo.

"Está bien, Joules, estábamos teniendo una discusión familiar," dijo Juniper.

Joules tenía una idea sobre el tema de discusión, pero de todos modos pregunto: "¿Se trataba de la tardanza de Roquiel? Sabes, él chocó conmigo esta mañana porque tenía tanta prisa por llegar al río."

"¡Roquiel! ¿Y le pediste perdón a esta chica?" preguntó Helene.

"Sí, por supuesto que sí, madre," dijo Roquiel tímidamente. "Está bien, Helene. Solamente lo dije por molestar. Sabes que me gusta hacer eso," dijo Joules con una sonrisa tímida. En ese momento Sabio salió de la casa de la comunidad. Todos interrumpieron sus conversaciones y lo miraron. "Si todos podrían entran ahora por favor, estamos listos para comenzar," dijo Sabio en voz baja.

Todos entraron a la casa de la comunidad en silencio y tomaron sus asientos en los bancos que estaban contra las paredes. La habitación en la que se encontraban era bastante grande, cabía cómodamente a los 200 elfos que estaban sentados en los bancos alrededor del parámetro. El espacio en medio de la habitación estaba abierto. Este espacio fue utilizado para muchas cosas diferentes. Fue utilizado cuando el líder de una ceremonia necesitaba moverse entre la gente y estar escuchado por todos.

Había un pozo de fuego directamente en el medio que también sirvió para varias cosas. El fuego estaba encendido esta noche pero no era muy grande. Esto generalmente significaba que iba a ser usado para hervir agua y hacer un tónico ritual. Los hombres y las mujeres estaban sentados juntos sin ningún orden en particular, a excepción del banco en el otro extremo: ese banco estaba reservado para los ancianos. Esta noche había ocho ancianos en el ritual: tres mujeres y cinco hombres. Hombres y mujeres fueron tratados por igual en Seren. Este fue el caso entre la mayoría de los grupos de elfos en Kitharion, aunque no todos.

Roquiel se sentó junto a Juniper y miró al suelo con las rodillas ligeramente separadas y las manos entrelazadas.

Él se sobresaltó cuando alguien comenzó a empujarlo hacia un lado con la cadera para hacer más espacio. "¡Oye! Roquiel, muévete." Levantó la vista para ver quién era y su hermana Amarantha lo miraba con expresión irritada. Se acercó a Juniper y Amarantha se sentó. "Me alegro que pudiste venir," susurró Roquiel.

"Pensé que no iba a poder llegar, pero terminé temprano en el boticario," susurró ella.

La hermana de Roquiel, Amarantha, quien era 7 años mayor que él, siempre había amado las plantas, las hierbas y todas las cosas que la naturaleza nos dio para que nos curemos. Desde muy joven, hizo sus propios tés para todo tipo de dolencias, bálsamos de hierbas para las lesiones de sus compañeros de clase, y de vez en cuando hacia pociones.

Desde su graduación en la escuela de los elfos, ella había sido aprendiz en el boticario. Al levantar la vista, Roquiel vio que Anciano Sabio ya había entrado y cerró las puertas dobles detrás de él. Caminó hacia el frente de la habitación con los dedos índice junto sobre su boca, sumido en sus pensamientos. "Hoy los he reunido a todos aquí por una razón muy importante," comenzó. "Como es una cuestión tan seria, iré directo al grano. Lamento informarles que he recibido noticias tristes de las tierras que rodean el Templo de Medeina. La gente allí me dice que todas sus cosechas han fallado este año y que las flores no florecieron. Dicen que una enfermedad está venciendo a la tierra y sospechan por qué.

Hay relatos escritos que dicen que esto sucedió la última vez que el fénix que guardaba la Piedra de la Vida estaba llegando al final de su vida.

Todos sabemos que es peligroso recuperar una nueva Piedra de la Vida de las Cuevas de Cristal. Esta es la razón por la cual hoy nosotros, junto con muchos otros grupos alrededor del planeta, estamos llevando a cabo un ritual de curación. Enviaremos nuestro amor y energía curativa al fénix, con la esperanza de que recupere su salud y la

23

necesidad de una nueva Piedra de Vida se pospondrá. Les pido a todos que no tengan miedo. Esta es una ocurrencia no muy común, pero es algo que viene con los ciclos naturales del tiempo. Por lo tanto, les pido que se pongan de pie y que se tomen las manos mientras hago un ritual de limpieza. Quiero que todos se concentren en la curación del fénix. Envíen sus mejores intenciones de amor y luz. Si tenemos éxito, también curaremos el terreno que rodea el Templo de Medeina. El terreno siente la disminución de la salud del magnífico pájaro y por lo tanto, también se está desvaneciendo en este momento," dijo.

Después de permanecer en silencio por unos momentos, Sabio inspiró profundamente y luego se acercó a una pequeña mesa donde había colocado un poco de salvia blanca seca. Levantó el manojo que había sido atado con un cordel y fue al fuego. Encendió el extremo de la salvia y luego lo sacó de las llamas. Sopló suavemente en el extremo de las hojas hasta que enviaron columnas de humo hacia el cielo. Usando su mano para avivar el humo hacia sí mismo, comenzando por sus pies y moviéndose hacia su cabeza, se purificó a sí mismo. Mientras hacía esto, cantó: "Limpia y disipa todo lo negativo de nuestras vidas,"

Dirigió el humo hacia sus pies y luego comenzó a caminar alrededor del espacio, moviendo la salvia arriba y abajo con movimientos lentos y deliberados. "Limpia y disipa todo lo negativo de nuestras vidas. Limpia y disipa todo lo negativo de nuestras vidas. Limpia y disipa todo lo negativo de nuestras vidas y sana el sagrado fénix," continuó cantando.

Roquiel estaba parado con los ojos cerrados, no porque estuviera en una meditación profunda, sino para evitar el escozor del humo. Inhalando la salvia, sintió una sensación de enfriamiento en lo profundo de sus pulmones. Luego abrió un ojo para ver si alguna de las ventanas estaba abierta para dejar salir el humo, pero todas estaban cerradas. La única forma en que el humo podía escapar era a través de un pequeño agujero en el techo sobre el fuego. Roquiel luego abrió ambos ojos y vio que la salvia casi se había acabado. Sabio cavó un pequeño agujero en el piso de tierra de la casa y enterró lo que quedaba de la salvia.

Luego regresó a su lugar en el frente de la habitación. Se dirigió a todos diciendo: "Por favor, tomen asiento." Todos soltaron las manos que sostenían y se sentaron. A continuación, Sabio hizo un gesto a una elfa anciana con el pelo gris despeinada, sentada detrás de él. "Anciana Uki, por favor," dijo. Anciana Uki era una mujer muy sabia. Ella había sido nombrada anciana casi un siglo antes y ahora daba consejos a los que la buscaban, enseñaba en la escuela y cuidaba un huerto comunitario.

Anciana Uki se puso de pie, caminó hacia la olla de agua hirviendo en el centro de la habitación y agregó hojas de gayuba secas. Agitó la olla por unos minutos con una cuchara de madera. Cuando la infusión estuvo lista, sacó las hojas y las sumergió en un plato hondo hecho del sagrado bayron.

"Esta bebida está diseñada por la naturaleza para sanarnos y purificarnos. Es importante que tengamos en cuenta lo que ponemos dentro de nuestros cuerpos. Al fin y al cabo, es el único hogar que tenemos para vivir, por eso debemos tratarlo bien. Como tomen, digan una oración individual por el fénix, por Kitharion y por nosotros mismos," dijo mientras le daba el plato a Sabio. Tomó un sorbo y luego se lo pasó a los otros ancianos. Cuando el plato estaba vacío, Uki regresó a la olla, la volvió a llenar y se la pasó al siguiente elfo. Cuando le llegó a Roquiel, tomó un pequeño sorbo. No le gustó el sabor, pero sentía que tampoco podía saltear su turno. Pasó el líquido e intentó no dejar que el asco se reflejara en su rostro. El plato se dirigió al último de los elfos y luego lo devolvieron a Uki, quien lo colocó junto a ella en el banco.

Sabio se puso de pie para hacer su última observación y cerrar el ritual. "Es la energía masculina del fénix, combinada con la energía de nuestra madre Medeina, la que ayuda a equilibrar nuestro mundo. Esta ceremonia nos ha ayudado a todos a limpiar nuestras mentes y eliminar cualquier energía negativa que pueda persistir a nuestro alrededor. No creo que haya necesidad de decirlo, pero este tema es muy importante. Les pido que sigan enviando energía curativa y positiva al fénix. Dediquen tiempo a la meditación centrándose en la curación del fénix como lo permita su día. Además, sigan purificando sus cuerpos y mentes. Estaré en contacto con todos ustedes para que sepan cómo sigue el fénix."

Entonces alguien en el rincón más alejado de la habitación se levantó lentamente y carraspeó. Todos giraron la cabeza para mirar en esa dirección. "¿Y si nuestros esfuerzos fracasan? ¿Qué pasa si el fénix continúa desvaneciéndose? ¿Quién será enviado a reemplazar la Piedra de la Vida?" preguntó. Todos miraron el uno al otro. Algunos comenzaban a entrar en pánico; nadie quería hacer ese viaje o enviar a un ser querido. El hombre que hizo la pregunta, Brann, salió de las sombras a la luz del fuego parpadeante. Miró a Sabio atentamente mientras esperaba una respuesta. Brann era el principal comandante en el ejército de Seren y fue admirado por muchos. También fue vilipendiado por muchos otros, que no les gustó su franqueza, ni su actitud amarga. "Brann, todavía no creo que estemos en ese punto," respondió Sabio con calma. "Tengo fe que el fénix todavía tiene tiempo, pero si continúa desvaneciéndose, entonces nos ocuparemos de la cuestión de la Piedra de la Vida. Gracias por tu pregunta. Ahora les pido a todos que vayan y pasen una noche tranquila. Adiós."

La mayoría de la gente parecía satisfecha con esta respuesta y todos se levantaron y comenzaron a salir de la casa de la comunidad. Brann, viendo que esta era la única respuesta que iba a recibir, frunció los labios y exhaló en voz alta. Envolvió su capa alrededor de él rápidamente y regresó a su casa en los árboles.

Roquiel salió al final de la cola con su brazo alrededor de su hermana Amarantha, que había cogido un escalofrío. "Gracias Ro, siempre has sido un buen hermano," dijo Amarantha, mientras estiraba el cuello para mirar a su hermano menor. Roquiel solo sonrió y se sonrojó un poco mientras continuaba caminando hacia su casa.

***

"No hay nadie afuera con quien podamos hablar. ¿Crees que deberíamos irnos?" Eva le preguntó a Cruiser. "No. Dudo que estén durmiendo, todavía es temprano. No quiero irme sin recopilar algo de información. Toquemos algunas puertas y vemos lo que pasa," respondió. "Está bien, buena idea," dijo Eva.

La primera casa a la que llegaron no parecía tener mucha actividad adentro, pero podían ver a través de la ventana que había un fuego encendido en la chimenea, por lo que decidieron probar su suerte. Las casas de Mitriam estaban todas a nivel del suelo, ya que había menos árboles en el valle. Eran de piedra con techos de paja. Estaban distribuidos bastante juntos, rodeando la plaza del pueblo.

"Uf, ¿por qué tendrían eso allí?" preguntó Cruiser. Eva miró en la misma dirección y vio el cadáver de una ardilla colgando de un gancho junto a la puerta de entrada. "No estoy segura, pensé que solo los elfos de las cuevas comían carne," respondió Eva. Cruiser se acercó a la puerta y golpeó tres veces. Luego dio unos pasos hacia atrás para esperar y ver si alguien respondía.

Unos momentos después, una mujer bajita y anciana abrió la puerta y los miró de reojo. Ella no dijo nada, entonces Eva decidió comenzar. "Buenas tardes. Nuestros nombres son Eva y Cruiser. Somos de la guardia nocturna de Seren. Lamentamos mucho molestarla, queríamos ver si podríamos hacerle algunas preguntas," dijo Eva. La anciana se frotó los ojos con los puños arrugados. Eva pensó que no la había escuchado pero después de otro momento, la mujer les indicó que entraran. Pasaron por la puerta detrás de la mujer vieja. Luego ella hizo un gesto a las chicas para que se sentaran en unas sillas de madera que estaban junto a la chimenea.

"Muchas gracias por dejarnos entrar. Estábamos aquí abajo viendo si alguien había notado alguna actividad de los trolls últimamente," dijo Cruiser, pero la viejita no le respondió. Ella estaba en la cocina recogiendo las cosas que necesitaría para hacer un té. "Ha, no, realmente estamos bien, señora. Solo queríamos hacerle algunas preguntas rápidas. No le quitaremos mucho de su tiempo," dijo Cruiser. Entonces Cruiser miró a Eva y después hacia la puerta como para decir, 'Salgamos de aquí, estamos perdiendo el tiempo'. Eva asintió con la cabeza y las dos se levantaron para ir a la siguiente casa. Pero entonces la mujer les hizo un gesto frenético para que se volvieran a sentar. Se miraron una a la otra, perplejas, pero volvieron a sentarse.

La mujer tomó la silla frente a ellas y lanzó un suspiro profundo, su cabeza cubierta de trapo apuntando hacia el suelo. Y finalmente, ella habló. "Ustedes niñas, se dan cuenta de que Mitriam tiene su propia guardia nocturna para cuidar la ciudad, ¿verdad? Solo tenemos a cinco elfos para hacerlo aquí en esta ciudad pobre y pequeña, pero hacen un buen trabajo," dijo con voz tensa y aguda. "Ha, sí, señora, sí lo sabemos," respondió Eva. "Nos pusieron a cargo de vigilar la frontera entre nuestras ciudades esta noche. Nuestro líder de guardia, Deary, recibió la noticia de que se han visto trolls en esta área. Vinimos y miramos hacia el valle por un buen rato y no vimos nada extraño, así que decidimos bajar a la ciudad," Eva continuó. "Queríamos ver si había alguna información que pudiéramos reunir para llevar a Seren," agregó Cruiser.

Los ojos de la anciana se movían rápidamente por toda la habitación. Sus manos estaban sobre sus rodillas, que se balanceaban arriba y abajo, y no hacía contacto visual con ellas. "¿Qué tipo de información sería útil para ustedes?" preguntó ella. "Bueno, queremos saber si usted ha visto o escuchado acerca de algún troll que vino por aquí, tratando de llegar a Seren," dijo Eva. "Escuché de algunos trolls que pasaron por aquí hace unos días. No causaron muchos problemas, solo querían hablar con algunos de los líderes, supongo. Yo-yo no estoy muy segura," dijo mientras se ponía de pie.

Eva y Cruiser la miraron mientras caminaba de un lado a otro de la habitación mientras retorcía febrilmente sus manos. Luego comenzó a gemir y susurrar cosas a sí misma. "No no. No puedo hacerlo. ¡No se puede hacer *eso!* ¡Me daría demasiados problemas!" dijo ella. Sintiéndose incómodo, Cruiser se levantó e indicó a Eva que hiciera lo mismo. "Muchas gracias por la información. Ha sido de lo más útil, pero no podemos quitarle más tiempo," dijo Cruiser mientras se acercaba a Eva y la agarraba del brazo y comenzó a llevarla hacia la puerta. "Ha, está bien. Lo siento, no podría ser más útil. Ambas parecen buenas chicas," tartamudeó la viejita que ahora tenía lágrimas en los ojos. "¡Adiós!" gritó Cruiser mientras salieron a la calle.

"Eso fue extraño," dijo Eva una vez que estaban afuera. Estaba contenta de estar de regreso en el aire frío de la noche.

"Sí, me siento mal por esa mujer, viviendo allí solita. Claramente es delirante," agregó Cruiser. "Pero no dejemos que nos afecte. Vamos, llamemos a la puerta del lado para ver qué podemos averiguar." Eva suspiró y vaciló, pero sabía que Cruiser tenía razón. Estaba nerviosa por ver qué iban a encontrar a continuación. "No te preocupes, yo tocaré," dijo Cruiser. Eva era una elfa muy valiente, pero Cruiser no le tenía miedo a nada y si quería tomar la delantera en este caso, Eva no iba a tratar de detenerla.

Caminaron hacia la siguiente casa en la calle y subieron los tres escalones hacia el pequeño porche. Después del tercer paso, Eva se golpeó la punta del pie contra algo que yacía en el porche. "¡Ay! ¿Qué es eso?" ella gritó de dolor. En la luz tenue del atardecer, bajaron la vista para ver que lo que ella había pateado era una caja de bronce. "¿Por qué alguien dejaría esto aquí?" preguntó Eva. "Es muy hermosa," dijo Eva mientras levantaba la caja para examinarla. En la tapa había un diseño intrincado con varios caballos corriendo por un campo. "Qué extraño. Tal vez se cayó por accidente. Podemos preguntar sobre eso cuando hablemos con los elfos que viven aquí," respondió Cruiser.

Cruiser se acercó a la puerta y golpeó varias veces. Eva había dejado la caja para que pudiera tener una mano en su arco dentro de la aljaba. Después de esa primera visita, pensó que deberían estar preparadas para cualquier cosa. Esperaron unos minutos pero no recibieron respuesta. Cruiser golpeó de nuevo. "No creo que haya nadie en casa," observó Eva.

"¿Dónde estarían a esta hora?" preguntó Cruiser.

"No creo que debamos perder más tiempo aquí. Parece un pueblo fantasma y no hemos llegado a ninguna parte. Volvamos al Acantilado de Morton e informemos a Deary," sugirió Eva.

"No tendremos mucho que decir," dijo Cruiser sombríamente.

"No, pero a veces cuando no hay noticias, es bueno, ¿verdad?" dijo Eva.

"Sí, supongo que tienes razón. Vamos," dijo Cruiser.

Las muchachas volvieron a buscar sus caballos en el poste de la cerca donde los habían atado en la entrada de la ciudad. Cruiser esperó a que Eva montara su caballo porque tardaba más de lo normal. Cruiser notó que parecía estar buscando algo. De repente, un pájaro voló hacia Eva y se posó sobre su hombro. "Ah, claro, había olvidado que habías dejado aquí al pequeño Feldespato con los caballos. Sería malo perderlo," dijo Cruiser.

"No, definitivamente no puedo perderlo," dijo Eva. Entonces Eva montó su caballo y se dirigieron hacia Seren para encontrar a Deary.

Cuando regresaron al Acantilado de Morton, encontraron a Deary dentro de la carpa de observadores nocturnos con Rosa y Baktiri. Oyeron por casualidad que le decían que no había mucha actividad para informar desde Playa Placentera, excepto un encuentro con una ninfa acuática. Las ninfas acuáticas eran seres femeninos que están hechos completamente de agua. Por lo general, tomaban la forma de una mujer, pero a veces elegían un animal. No eran muy amables, pero a menudo se alineaban con las criaturas terrestres cuando les beneficiaban.

"Ella nos dijo que no había necesidad de estar observando la costa. Ella dijo que estaba allí para asegurarnos que no estaban trabajando con los trolls y que nos avisarían si los veían," dijo Baktiri.

"No se debe confiar en las ninfas acuáticas. Ustedes lo saben. Pueden ser astutas con sus palabras, pero son los engañadores de las profundidades," replicó Deary.

"Sí, lo sabemos," respondió Rosa. "No le creímos, pero no le dijimos esto. Dijimos que íbamos a quedarnos y observar la costa un rato más."

"¿Y cómo respondió la ninfa del agua?" preguntó Deary.

"Ella no dijo nada. Solo nos miró por unos momentos y luego desapareció en las olas. Buscamos señales de trolls y esperamos a ver si aparecían más ninfas, pero no vimos nada," respondió Rosa.

"Obviamente saben que sospechamos algo y quieren que nos mantengamos lejos de esa área," agregó Baktiri. Deary lo miró por un momento, sumida en sus pensamientos.

"Tienes razón, por supuesto, Baktiri," dijo después de unos minutos. "Razón de más para seguir enviando elfos allí todas las noches, aunque puede ser peligroso," dijo Deary, resignada.

"Sí, eso es posible, pero todos hemos sido entrenados ampliamente y todos hemos aceptado voluntariamente el deber del observador nocturno, así que ya sabemos que podemos enfrentar circunstancias peligrosas," dijo Baktiri tranquilizadoramente.

"Sí, sí, supongo que tienes razón," suspiró Deary.

Deary miró hacia la parte posterior de la carpa y notó a Eva y Cruiser inmóviles. "Ha, no las había visto a ustedes dos allí. Muy bien. Baktiri, Rosa, pueden salir y esperar el resumen nocturno. Deary revolvió los papeles que tenía sobre la mesa hasta que finalmente sacó el que estaba buscando. "Está bien, por favor, siéntense, chicas. ¿Cómo fueron las cosas en la frontera norte esta noche?" preguntó Deary.

"Pues..." Cruiser no estaba segura por dónde empezar. "Estábamos observando el valle por un tiempo y no vimos ninguna actividad de trolls o señales de que habían atravesado esa área. Así que decidimos bajar a Mitriam para hablar con la gente del pueblo para ver lo que habían estado observando." Cruiser hizo una pausa, se frotó la parte posterior del cuello y miró el suelo durante unos momentos. Entonces Eva intervino. "Y luego fuimos invitadas a la casa de una viejita vestida con harapos. Ella estaba actuando de manera muy extraña y al principio no nos hablaba. Cuando por fin nos habló, ella nos recordó que Mitriam tenía sus propios observadores nocturnos y dijo que hubo algunos trolls allí unos días antes. También mencionó que habían querido hablar con los líderes. Parecía saber más, pero pensó que no debería decirnos," dijo Eva.

"¿Trolls visitaron a sus líderes? ¿Por qué no fuimos conscientes de esto?" Deary dijo, levantándose de repente. Sus ojos se movían rápidamente y sus labios estaban fruncidos. Estaba respirando tan fuerte que Eva podía sentirlo en su rostro. "¡Tengo que ir a hablar con ellos!" dijo Deary mientras volvía a sentarse. Sus nudillos se estaban poniendo blancos por agarrar los apoyabrazos con tanta fuerza. "¿Pasó algo más?" les preguntó, su respiración aún muy rápida.

"Bueno, estábamos confundidas por el encuentro, pero sí fuimos a la siguiente casa para tratar de hablar con las personas que estaban adentro. No recibimos una respuesta en la puerta y como es un viaje largo de vuelta a casa, nos fuimos," le dijo Eva.

"Muy bien, ya se pueden ir. Todavía estoy esperando que vuelvan dos pares más. Después de recibir sus informes, saldré y haremos el resumen nocturno," dijo Deary mientras comenzaba a escribir notas febrilmente en la página que tenía frente a ella.

Eva y Cruiser no se tomaron la molestia de decir adiós ya que claramente ella ya no les estaba prestando atención. Entonces salieron a donde los otros estaban reunidos y se sentaron en una gran roca plana para esperar.

Después de que todos los informes nocturnos habían sido recibidos, Deary salió a dirigirse a todos. Algunos elfos estaban sentados en las rocas, algunos estaban parados y otros estaban sentados en el pasto. Alguien había encendido varias antorchas. Cuando vieron a Deary emerger, todas las conversaciones cesaron. Deary estaba de pie al frente del grupo con la cabeza apuntada hacia el suelo. Sus manos estaban dobladas sobre su boca, con los pulgares presionados contra sus labios.

"Hemos recibido noticias de que ha habido actividad de ninfas acuáticas a lo largo de la costa en Playa Placentera. Parece que están tratando de ocultar el hecho de que están trabajando con los trolls. Intentan evitar que patrullemos esa área. Pero por supuesto, continuaremos nuestra guardia nocturna allí.

La otra noticia que hemos tenido esta noche es que, hace algunos días, algunos trolls fueron a Mitriam para hablar con sus líderes." Se oyó en grito ahogado de los observadores nocturnos. "No sabemos cuál fue su propósito en estas discusiones y no sabíamos nada de esta reunión hasta que Eva y Cruiser fueron informadas por un ciudadano esta noche durante su guardia," dijo Deary. Una mano fue levantada por uno de los observadores nocturnos. "¿Sí, Lerek?" dijo Deary.

"¿Qué hacen las ninfas acuáticas para ayudar a los trolls?" preguntó. Lerek era un elfo amante de la diversión, de piel oscura que se había mudado a Seren con su familia cuando tenía 5 años.

"Excelente pregunta. Desafortunadamente, no estamos seguros de por qué estos dos grupos están trabajando juntos, pero estamos investigando y esperamos descubrirlo pronto," respondió Deary. Todos se miraban unos a otros, inseguros de qué decir acerca de estas noticias. Deary rompió el silencio aturdido. "Creo que eso será todo por ahora. Necesito ir a informarle a Orvick y luego iré y le daré un informe a Sabio en lugar de enviar a uno de ustedes. Se pueden ir. Buen trabajo esta noche a todos."

Se levantaron de sus lugares de descanso y comenzaron a regresar a sus casas para dormir. Cruiser comenzó a caminar cuesta abajo hacia la ciudad. Cuando Eva se puso de pie, miró el cielo nocturno y se estremeció cuando vio, una vez más, ese signo temido en las estrellas.

"¿Vienes, o te vas a quedar aquí hasta el amanecer?" preguntó Cruiser cuando se había dado cuenta de que Eva no estaba caminando con ella.

"¿Qué? Ha sí. Ya voy," respondió Eva, que seguía mirando hacia el cielo. Se abrazó y se frotó la parte superior de los brazos unas cuantas veces para tratar de evitar el frío que acababa de atravesar su cuerpo. Luego dio media vuelta y alcanzó a Cruiser y caminaron juntas colina abajo.

4 Mitriam

Deary se frotó los ojos, tratando de sentirse más despierta. El sol ya había salido y no tuvo tiempo de descansar antes de ir a ver qué estaba sucediendo en Mitriam. Ella tiró una silla de montar sobre la parte posterior de su caballo, pero se detuvo y levantó la vista cuando escuchó unos pasos que venían hacia ella. "Veo que has decidido ir sola," dijo Orvick mientras se acercaba. "Sí. Pensé que los líderes en Mitriam podrían dar más información si yo no estuviese acompañada," respondió Deary.

"Bueno, entonces me estas dejando aquí para valerme por mí mismo," dijo Orvick con una sonrisa. Deary negó con la cabeza y le devolvió la sonrisa. "¿Crees que van a hablar con alguien tan dulce e inocente como tú?" Preguntó Orvick. "Tal vez no sea físicamente intimidante, pero soy inteligente. Así que sí, creo que puedo lograr que hablen conmigo," dijo Deary.

"Lo sé. Solo estoy bromeando. Una ventaja es que no hemos anunciado tu intención de viajar allí. De esta manera, no tendrán tiempo para reunirse y formar una coartada. Necesitamos saber qué está pasando con estos trolls," dijo Orvick.

Una vez que ella tenía el caballo listo, Deary se puso su capucha de lana verde oscuro para protegerla del fuerte viento otoñal. Luego, después de verificar que ella tenía todo lo que necesitaba llevar, montó el caballo. Después de un comando suave, el caballo comenzó a trotar y saludó a Orvick mientras pasaba.

***

"Vamos, amigo, solo un poco, por favor," Eva suplicó a Feldespato que tomara un poco de agua, pero él se negó. Él todavía estaba posado en su mesita de noche, como lo había estado cuando ella se durmió la noche anterior. Estaba empezando a preguntarse si su creación no necesitaba ningún sustento, ya que no había logrado que él comiera ni tomara nada.

El olor maravilloso de un guiso de verduras estaba surgiendo de la cocina. "Mmmm, Loraz ha hecho mi almuerzo favorito, Feldespato. Tal vez probarás algo de la sopa. Nadie la puede resistir," dijo Eva mientras recogía el pájaro y se lo ponía en el hombro. Entró en la cocina con su pequeño amigo emplumado en el hombro y dijo: "¡Esa sopa huele excelente!" Loraz se giró para mirar a Eva. "¡Muchas gracias! Sé que es tu favorito," dijo Loraz alegremente. "También hice una ensalada, recién sacada del invernadero. Veo que todavía tienes ese pajarito contigo. Lo noté el otro día cuando saliste corriendo y se te olvidó cerrar la puerta," dijo Loraz. "Sí," respondió Eva. Queriendo evitar más discusión sobre el pájaro, agregó, "No puedo esperar por la comida, huele deliciosa."

"¿Cómo te fue anoche en tu deber?" preguntó Loraz. A Eva no le apetecía entrar en detalles sobre los eventos de la noche anterior, así que simplemente respondió: "Todo estaba tranquilo." "Supongo que eso es bueno," dijo Loraz. "Aquí tienes, come." Colocó un plato frente a Eva. "¿Cuáles son tus planes para el día, antes de partir nuevamente para hacer otra guardia nocturna? ¿O es esta noche tu noche libre?" preguntó Loraz. "No, mi noche libre es mañana. No estoy muy segura de lo que voy a hacer hoy. Estaba pensando en encontrar a Joules. No he hablado con ella durante mucho tiempo," respondió Eva.

"Ha, pero ¿no estará trabajando con los leones de agua?" preguntó Loraz. "Sí," dijo Eva con la boca llena. "Y sé que no les gusta cuando voy y la molesto mientras ella está trabajando, pero podría pasar por allí de todos modos y ver si no está demasiado ocupada."

Terminó su comida, tomó un poco de agua y agarró una capa que estaba colgada cerca de la puerta. "Gracias, Loraz. ¡Hasta luego!" Eva dijo mientras se ponía la capa y luego salió por la puerta.

Nadie más en la familia de Eva era observador. De hecho, ella fue la primera observadora, noche o día, en la historia de su familia. Como todos podían comunicarse con los animales y usar la metamorfosis para transformarse en un animal, a los miembros de la familia de Eva siempre se les habían asignado deberes que tenían que ver con la atención o el entrenamiento de los animales.

Joules en particular se sentía decepcionada cuando Eva fue elegida como vigilante nocturno. Se habían hecho buenas amigas en la escuela. Se unieron mientras cuidaban a los patos que tenían en la escuela para enseñarles a los niños sobre el cuidado de los animales. Las niñas salían y les daban de comer y recolectaban los huevos que habían puestos ese día.

Joules siempre había pensado que ambas se convertirían en entrenadores de animales. Pero una vez que se graduaron y Eva fue enviada a la guardia nocturna, se alejaron lentamente.

Si un elfo creía que el deber que se les había asignado no era el camino correcto para ellos, podían solicitar un cambio a los ancianos. Esto es exactamente lo que Joules pensó que Eva haría cuando recibieran sus asignaciones. No había duda en su mente de que Eva pediría que la cambiaran a los entrenadores de animales. Pero después de unos días de consideración, Eva decidió que de hecho se convertiría en una observadora. A ella le gustaban las cosas que necesitaban una gran cantidad de valentía para lograr.

Aunque era necesario ser muy valiente para trabajar con los leones acuáticos y los lobos alados, ella quería mostrar su valor y usar sus habilidades defendiendo a la gente de Seren. Eva siempre había tenido mucha confianza, algunos dirían que demasiada. Pero la autoestima saludable era algo que se requería de los observadores si iban a tener éxito. Necesitaban confiar en sí mismos y en sus instintos y ser capaces de tomar decisiones en una fracción de segundo.

Pero una cosa para la que Eva no tenía coraje era decirle a Joules que no le pediría que cambiaran su deber. Joules lo descubrió cuando fue al Anciano Gabriel para preguntar si la solicitud de cambiar de deber de Eva había aceptada. El Anciano Gabriel le informó que Eva no había presentado una solicitud y que, de hecho, ella había estado allí para decirle que estaba aceptando el deber de vigía nocturna.

A pesar de que Joules estaba desconsolada por esto, ella continuó hablando con Eva. Pero comenzaron a hablar menos cuando empezó sus entrenamientos y aún menos cuando Eva comenzó a hacer las guardias nocturnas. Sus horarios opuestos hicieron que fuera más difícil pasar tiempo juntas.

Últimamente, lo más que se decían una a la otra era una "Hola" cortes si se encontraban en la ciudad. Eva acababa de aceptar que así eran las cosas ahora y pensó que si algún día pasaba de la guardia nocturna a la vigilancia diurna, con suerte podrían pasar más tiempo juntas, si es que a Joules todavía le interesaba su amistad.

Bajó los escalones de la casa del árbol y dio unos pasos hacia el centro de la ciudad. Se detuvo de repente y se preguntó si ir a visitar a Joules era una buena idea. La idea de ver a su amiga distanciada se sintió como lo correcto, pero no sabía si estaba de humor para lidiar con ser reprendida por Kelarion, la entrenadora principal.

Tampoco estaba deseando ver la mirada molesta de Joules. Eva respiró profundo algunas veces con los ojos cerrados y la cara hacia el sol y luego decidió que un paseo a su lugar favorito sería mejor para ella en este momento.

Caminó hacia el Rio Sicsip y se sentó en su roca favorita junto a la cascada y se preguntó cómo le estaba yendo a Deary en Mitriam. Estaba segura de que escucharían todo al respecto durante el turno de esta noche. Feldespato revoloteaba y revoloteaba alrededor de su cabeza y le dificultaba relajarse. "¿Podrías quedarte quieto por unos minutos?" Eva le suplicó al pájaro.

Le hizo caso a Eva y aterrizó junto a ella en la roca. Ella se sentó en meditación durante aproximadamente media hora cuando alguien se le acercó. Ella podía ver su silueta a través de sus párpados cerrados. Abrió los ojos lentamente para ver quién la estaba interrumpiendo. "Ha, debería haberlo sabido," le dijo al intruso de su tranquila tarde. "Tenemos que dejar de reunirnos así," dijo Roquiel con una sonrisa. Eva se rió y asintió.

"Ha, hola pequeño," dijo Roquiel mientras Feldespato voló sobre su hombro. Feldespato comenzó a tuitear felizmente. "¿Es tuyo?" le preguntó a Eva. "Sí. Es una nueva mascota. Feldespato, vuelve a la roca." Eva pensó que el pájaro la obedecería, pero en lugar de eso comenzó a chirriar aún más fuerte. Eva suspiró y miró hacia el suelo.

"Es muy amistoso," dijo Roquiel mientras levantaba su mano opuesta hacia su hombro y extendía su dedo para que el pájaro subiera. El pájaro se subió a su dedo con un fuerte agarre. Roquiel bajó la mano lentamente y colocó al pájaro de nuevo en la roca al lado de Eva.

"¿Algo te está molestando?" Roquiel le preguntó a Eva, temblando un poco por el frío.

"No. Estoy bien. Solo vine aquí para relajarme por un tiempo. Anoche fue estresante," respondió ella.

"¿Algo de lo que quieras hablar?" preguntó Roquiel, preocupado.

"Realmente no. Era solo el problema típico de las ninfas acuáticas y los trolls," dijo Eva, que no quería profundizar más.

"Ha bueno, espero que las cosas se calmen pronto. Es una lástima que tú y Cruiser tuvieran que perder la ceremonia de curación," dijo Roquiel.

"Ha, se me había olvidado de eso. ¿Para qué fue?" preguntó ella.

"Sabio dice que la tierra que rodea el Templo de Medeina se está muriendo y que es una señal de que el fénix que guarda la Piedra de la Vida se está desvaneciendo."

"¿Qué? ¡No! ¡No puede ser! ¡Todavía no!" dijo Eva frenéticamente.

"Es por eso que reunió a todos para hacer la ceremonia de curación. Dijo que muchos grupos diferentes en todo el planeta hicieron lo mismo con la esperanza de sanar al fénix y extender su vida. Es un viaje peligroso reemplazar la Piedra de la Vida y nadie quiere hacerlo. *A mi* definitivamente no me gustaría hacerlo," Roquiel le dijo.

"No. No creo que nadie en su sano juicio te pondría a *ti* a cargo de esa tarea, orejas redondas," Eva respondió con sarcasmo.

Roquiel se rió. "No, no creo que lo hagan. Y deja de llamarme orejas redondas," dijo, sonrojándose. Eva suspiró y dijo: "Lo siento Ro. Es solo que últimamente he recibido muchas malas noticias."

"Bueno, creo que la ceremonia de curación nos fue bien. Sabio nos mantendrá informados sobre el fénix y su salud," dijo Roquiel.

"Espero que Sabio tenga buenas noticias para nosotros pronto," dijo Eva. Estaba sentada con las rodillas levantadas y le estaba acariciando a Feldespato.

"Sí, yo también," dijo Roquiel.

"Te dejaré para que te relajes. Necesito ir y atender a los peces," dijo mientras recogía su saco lleno de gusanos y su red. Se volvió para caminar hacia el río, donde sus amigos acuáticos estarían esperando para saludarlo.

***

Al llegar a Mitriam, Deary fue directamente a la casa de la comunidad para buscar a los líderes de la ciudad. Entró y vio a un grupo sentado en un semicírculo en el suelo, escuchando a una mujer hablar. "Lamento mucho interrumpir, pero es extremadamente importante que hable con todos ustedes," dijo Deary con fuerza. La mujer que había estado hablando la miró y le dijo: "Sí, estás interrumpiendo, Deary. ¿Puede esto esperar hasta que hayamos terminado con nuestra reunión?"

"Lo siento mucho, Concejala Mefri, pero esto es urgente," respondió Deary. La concejala Mefri era una líder fuerte pero también era bastante vanidosa, incluso a su edad avanzada. Se pintaba los labios de rojo con remolachas y se vestía con lujosas túnicas moradas. Su largo cabello blanco siempre estaba en una trenza prolija que caía en cascada por su espalda y casi tocaba el piso.

"Si es realmente tan urgente, entonces proceda," dijo la concejala.

"Gracias," dijo Deary. Ella caminó hacia el frente del círculo y Mefri se hizo a un lado. "Hola a todos. Vine hoy para preguntarles acerca de un poco de información que un par de observadores nocturnos de Seren encontraron anoche," comenzó Deary, pero Mefri la interrumpió. "Tenemos nuestros propios observadores que protegen a Mitriam."

"Sí, por supuesto que somos conscientes de eso. Pero dado que ha habido informes de actividad de troll en el área, los observadores nocturnos decidieron bajar y revisar la situación. Al hablar con algunos de los habitantes del pueblo, les dijeron que recientemente se había tenido una reunión entre los trolls y algunos elfos de Mitriam," explicó Deary. La gente que estaba sentada en el piso intercambiaba miradas nerviosas entre ellos.

"No he tenido noticias de tal reunión. ¿Alguien más ha oído hablar de esa reunión?" preguntó Mefri en su voz resonante. Todos los presentes negaron con la cabeza.

"Bueno, puedo ver que ustedes no van a ser de ninguna ayuda, así que no ocuparé más de su tiempo. Buen día," dijo Deary, furiosa y entonces salió de la casa de la comunidad sin decir nada más.

A Deary no le gustaba la disposición severa de Mefri, pero nunca la había tratado así antes. Mefri fue la líder del consejo asesor. Trataron temas que se consideraron no lo suficientemente importantes para los ancianos, y también asesoraron a los ancianos sobre una serie de temas diferentes. Deary pensó que hoy sí, se pasó. Había ¿Cómo podía negar que la reunión con los trolls había ocurrido? Deary había notado el nerviosismo de los que estaban sentados en el piso y sabía que algo estaba mal. Decidió regresar a Seren para hablar con Orvick y ver qué deberían hacer a continuación. Tal vez deberían enviar a Sabio a hablar con ellos. No se atreverían a mentirle a él, ¿verdad?

Deary caminaba hacia su caballo cuando una mujer vieja salió de detrás de un árbol y le hizo señas. Deary se detuvo. La mujer hizo un gesto para que Deary se acercara a donde estaba parada. Deary caminó en su dirección con cautela. Cuando Deary llegó a la mujer, le susurró frenéticamente. "Necesito que vengas a mi casa conmigo. ¡Tenemos mucho que hablar! Sé por qué has venido a Mitriam. Me iré y tú seguirás a una distancia detrás de mí. Asegúrate de que nadie te vea entrar a mi casa."

Normalmente, Deary no habría aceptado tal invitación ya que esta mujer no parecía estar en su sano juicio, pero como sospechaba que esta era la persona con la que Eva y Cruiser habían hablado anoche, ella decidió ir a su casa. "Sí, está bien," Deary le susurró.

La viejita se fue y Deary se arrodilló y fingió inquietarse con las correas de sus botas. Unos minutos después, Deary se levantó y comenzó a seguirla. Por suerte, no había mucha gente afuera. Pasó junto a algunas personas, pero trató de mantener su mirada apartada y pasar desapercibida. Observó atentamente para ver en cual casa había ingresado la mujer. Después de que la viejita entró, Deary tuvo que esperar unos minutos hasta que no hubiera nadie antes de que ella pudiera entrar. Cuando estuvo despejado, entró rápidamente y cerró la puerta detrás de ella.

Una vez adentro, Deary se quitó la capucha. Hubo un fuego crepitante en la chimenea. Su calor se sintió bien en este día frío. Por unos momentos, las dos mujeres se miraron fijamente. La anciana señaló las sillas junto a la chimenea y ambas se sentaron. La elfa vieja estaba retorciéndose las manos nerviosamente, como si debatiera si debería comenzar a hablar o no. Deary pudo ver esto y por eso ella habló primero. "¿Cómo sabes la naturaleza de mi visita a Mitriam?"

La anciana respondió con una pregunta propia. "¿Asumo que eres la líder de la guardia nocturna de Seren?"

"Sí, lo soy," respondió Deary.

"Hablé con las dos vigilantes nocturnas que vinieron aquí anoche en busca de información sobre los trolls," dijo la viejita. "Les conté sobre una reunión entre algunos de nuestros líderes y los trolls que tuvieron aquí hace poco. Quería contarles más, pero tenía miedo. Se supone que no debemos hablar de lo que está pasando. De hecho, toda la ciudad ha jurado guardar el secreto sobre este asunto. Pero después de pensarlo toda la noche y luego verte aquí hoy, decidí que tenía que decírtelo. Soy una elfa vieja y frágil. Muchos me han dicho que tengo que ir a vivir a los Jardines Eternos, pero no deseo abandonar mi hogar. Como he vivido una vida plena, decidí que no tengo miedo de perderla. Entonces te diré lo que nadie más dirá." Deary estaba muy intrigada en este momento. No podía creer lo que estaba escuchando. Pero ella no quería interrumpir a la mujer. Deary le indicó que continuara.

La anciana respiró entrecortadamente. "Es que a veces salgo a caminar por las tardes cuando me sienta sola. Hace algunas noches, estaba caminando cerca de una cueva en las afueras de la ciudad. Cuando me acerqué, escuché voces que venían del interior. Pensé que era muy extraño, ya que nunca había visto a alguien allí antes. Me acerqué sin ser detectada y pude ver a algunas personas: el Concejal Lodi, la Concejala Mefri y otros. También hubo tres trolls. Enormes y terroríficas criaturas son. Y estaban hablando sobre algún tipo de trato que estaban resolviendo. No escuché muchos detalles, solo algo acerca de obtener permiso para atravesar a Mitriam y Seren sin problemas. Me apresuré a alejarme de la cueva porque en este punto parecía que habían terminado la reunión y no quería arriesgar que me vieran."

La viejita respiró profundamente y luego continuó. "Después de eso, volví directamente a mi casa. No tuve un buen presentimiento sobre lo que escuché, y al día siguiente mis sospechas fueron confirmadas. El consejo convocó una reunión de la ciudad. Nos dijeron a todos que fuéramos a la casa de la comunidad para un anuncio importante. Una vez que todos llegaron, Mefri se puso de pie para dirigirse a nosotros. Noté que los ancianos estaban sentados con las cabezas agachadas. Ella nos dijo que los trolls Perakin estaban tratando de viajar a Lethinguard por tierra. Ella dijo que habían hecho varios intentos para llegar allí por agua, pero sus intentos habían fallado.

Los trolls no son buenos en la construcción de embarcaciones marinas y carecen de la inteligencia y la destreza para navegar a través del Mar de Aguas Turquesas hasta el Mar Murky para llegar a la costa de Lethinguard. El viaje es muy traicionero. Tampoco tuvieron éxito en tratar de obligar a las personas hormiga a navegar allí. Por tierra era su única opción restante. Entonces ella nos recordó sobre los tiempos difíciles que estábamos pasando. La gente de Mitriam habíamos estado sufriendo desde que Lake Wocanter se secó hace unos años. Un terremoto abrió una gran fisura debajo del lago y se tragó toda el agua." Deary recordó haber escuchado que el lago desaparecía de repente.

La anciana suspiró y luego dijo: "El lago por supuesto, era el único lago de agua dulce en Mitriam y fue donde cultivamos nuestras perlas. Las perlas proporcionaron una gran parte de la riqueza que alguna vez tuvo Mitriam. Mi único hijo, Dowlin, atendía a las perlas. Una vez que el lago desapareció, se sintió inútil. Él había amado su trabajo allí. Tristemente, se quitó la vida después de intentar cultivar las perlas en el mar, pero los mejillones no sobrevivieron allí. Sintió que me había fallado. No podía ver que siempre estaría orgullosa de él."

Las manos de Deary se dirigieron a su boca y sus ojos se llenaron de lágrimas. El suicidio era poco común entre los elfos. Pero a veces la propia mente de una persona puede ser su peor enemigo. Parecía que este había sido el caso con Dowlin.

"Todos caímos en tiempos difíciles. Los elfos de Canter y Seren nos ayudaron, por supuesto, pero muchos de nosotros no teníamos el mismo estilo de vida que teníamos antes. Me quedé sola. Pude haber ido a los Jardines Eternos, y todavía puedo ir, pero no quiero abandonar el único hogar que conozco.

Mefri y las otras personas en el consejo buscaron algo que nosotros en Mitriam, podríamos producir para el mundo, algo tan único, hermoso y codiciado como las perlas, pero no encontraron nada. Entonces, en la reunión en la casa de la comunidad, ella nos dijo que los trolls habían venido a ellos con una oferta. Los trolls Perakin habían oído hablar de nuestros problemas y querían llegar a un acuerdo que beneficiara a ambos grupos.

En Perakin, había dos lagos interiores de agua dulce que nos dijeron que podíamos usar para producir nuestras perlas y recuperar nuestro estatus social. A cambio, querían pasar por Mitriam y Seren a Lethinguard, y querían un artículo de valor de cada hogar en Mitriam.

Mefri nos dijo que el consejo dudaba pero que habían aceptado los términos de los trolls. Ella nos dijo que en el lapso de dos noches, todos teníamos que dejar un artículo de valor en la puerta de nuestra casa y los trolls vendrían y los recogerían durante la noche.

Yo no tenía nada que ofrecer, pero sé que comen carne, así que atrapé una ardilla y la colgué afuera para ellos. Otros dejaron armas, joyas, cajas bonitas y cosas de este tipo. Llegaron los trolls y recogieron los objetos, y esta noche hay un plan para que nuestros vigilantes nocturnos y el ejército los guíen a través de Seren hasta la frontera con Lethinguard." La anciana parecía asustada, pero aliviada de haberle dado esta información a Deary.

"¡¿Esta noche?! ¡Debo regresar a Seren para que podamos prepararnos! Te agradezco por la información. ¿Cuál es tu nombre?" dijo Deary. "Eso no es importante en este momento. Debes ir y advertir al ejército de Seren. Tengo miedo de lo que sucederá si los trolls de Perakin y Lethinguard se unen," respondió la mujer elfa.

"Sí, claro," dijo Deary mientras se ponía de pie y se acercaba a la puerta principal. Ella la abrió levemente. Asomó la cabeza y miró a su alrededor para asegurarse de que nadie la viera salir de la casa. Nadie estaba allí, así que se deslizó y comenzó a correr lo más rápido que pudo hacia su caballo.

Deary corrió por la ciudad a un ritmo vertiginoso. Tropezó con una piedra y cayó al suelo, pero se levantó tan rápido como pudo y siguió corriendo. Estaba tan concentrada en volver a Seren, que no había notado la gran herida sangrante en su rodilla izquierda. Cuando finalmente llegó a donde estaba amarrado su caballo fuera de la casa de la comunidad, estaba jadeando pesadamente. Ella montó el caballo y dio las instrucciones para galopar. El caballo despegó a toda velocidad. "¡Tenemos que regresar lo más rápido posible!" Deary le dijo al caballo. El caballo la entendió y corrió tan rápido que dejó una nube de polvo a su paso. Salieron del Valle de Canter y continuaron hacia Seren.

Deary sabía que no podía esperar hasta que regresara para reunir las fuerzas. Algunos pero no todos los elfos podían comunicarse telepáticamente y Deary había trabajado muy duro para desarrollar esta habilidad. Afortunadamente, también lo habían hecho Orvick y Brann. Sabía que en su estado de angustia y estar a lomos de un caballo a toda velocidad no eran las mejores condiciones para tratar de conectarse con las mentes de los que estaban en Seren, pero tenía que intentarlo. Inhaló profundamente por la nariz e intentó enviar el mensaje primero a Orvick. *"Orvick, los trolls Perakin están planeando pasar a través de Seren esta noche con la ayuda del ejército y los observadores de Mitriam. Reúna a los observadores y encuéntreme en El Acantilado de Morton lo antes posible."*

Orvick estaba patrullando el bosque en las afueras de Seren con un par de otros observadores del día cuando de repente se detuvo. Les dijo a los dos que estaban con él que se callaran porque había escuchado algo. Pensó que había escuchado la voz de Deary en su mente, aunque no estaba muy seguro de lo que había dicho. *"Deary, ¿eres tú?"* Proyectó sus pensamientos hacia la líder del turno de noche. Ahora que estaba parado y esperando escuchar de ella, el mensaje esta vez era claro. *"Sí. Reúna a los observadores diurnos, despierte a los observadores nocturnos, reúna a todos y encuéntreme en El Acantilado de Morton. Dile a Brann que reúna al ejército y nos encuentre allí también. Mitriam planea ayudar a los trolls Perakin a cruzar nuestra frontera y entrar a Lethinguard esta noche. Debemos detenerlos."*

Los dos que estaban con Orvick lo miraron con impaciencia. "¿Qué pasa?" dijo finalmente uno de ellos.

47

"Los trolls de Perakin vendrán esta noche. Necesito su ayuda para reunir a todos y llevarlos al Acantilado de Morton. Morvin, avisa a todos los observadores del día. Senefre, ve y despierta a todos los observadores nocturnos y diles que vayan al Acantilado de Morton lo antes posible. Voy a buscar a Brann y ayudaré a reunir el ejército. Iremos al acantilado y esperaremos más información de Deary cuando llegue," dijo Orvick. Morvin y Senefre sabían que era mejor no quedarse quietos ni hacer preguntas, así que se pusieron en acción.

Morvin corrió primero para contarles a los observadores del día que estaban en la ciudad. Eran los más cercanos a él y luego podrían ayudarlo a llegar a los demás. Mientras se acercaba a la ciudad, se cruzó con Roquiel. "¿Por qué estás tan apurado, Morvin?" preguntó Roquiel.

"Estoy reuniendo a los observadores del día. No se lo digas a nadie, pero los trolls están planeando venir a Seren esta noche y vamos a tratar de detenerlos," respondió Morvin sin aliento.

"¿Hay algo que puedo hacer?" preguntó Roquiel.

Morvin se rió y negó con la cabeza. "No. Definitivamente no," dijo mientras pasaba por delante de Roquiel y comenzó a correr de nuevo.

Roquiel suspiró y se preguntó que cuándo alguien lo tomaría en serio. Sabía que los vigilantes podrían pelear contra los trolls, pero también estaba ansioso por tener la oportunidad de demostrar que también era valioso. Había nubes que se formaban en el cielo y coincidían con el humor sombrío de Roquiel. Con la cabeza baja, continuó por el camino y se dirigió hacia su casa.

Morvin alcanzó el grupo de observadores del día que estaban en la ciudad. Tan rápido como pudo, les dijo lo que estaba pasando y todos se apresuraron a ir a buscar al resto de los observadores. "¡Recuerden- váyanse todos al Acantilado de Morton! ¡Deary nos contará más una vez que todos lleguemos allí!" gritó Morvin al grupo mientras se dispersaban en diferentes direcciones.

Mientras tanto, Senefre llegó a la casa de Eva. Subió las escaleras y tocó la puerta. Loraz abrió unos momentos después. "Necesito hablar con Eva. Es urgente," dijo Senefre.

"Lo siento, pero tendrás que volver más tarde. Ella acaba de regresar de un paseo al lago y ahora está descansando en su dormitorio," respondió Loraz.

De repente escucharon una voz, "Loraz, ¿quién es?" gritó Eva.

"Ha bueno, parece que ella está despierta. Pasa, pasa," dijo Loraz y Senefre pasó corriendo hacia el dormitorio de Eva.

"¡Sen! ¿Por qué estás aquí?" preguntó Eva, frunciendo el ceño.

Senefre habló rápidamente. "Deary habló telepáticamente con Orvick mientras estábamos en el bosque. Ella dice que los trolls de Perakin con la ayuda de los elfos de Mitriam, intentarán cruzar nuestra tierra esta noche para llegar a Lethinguard. Todos se reunirán en El Acantilado de Morton y desde allí saldremos para evitar que ingresen a Seren," dijo.

"Entonces, de eso se trató la reunión del otro día," dijo Eva a sí misma.

"¿Qué? ¿Cuál reunión? Ha, no importa eso. ¡Necesito que me ayudes a buscar al resto de los vigilantes nocturnos y llevarlos a todos al Acantilado de Morton rápido!" dijo Senefre.

***

Orvick irrumpió en el área de entrenamiento del ejército. Gritó a cualquier persona que estuviera al alcance del oído. "¿Dónde está Brann? ¡Necesito hablar con Brann!"

"¡Sí señor! Está por allí ayudando a los que practican tiro con arco," dijo un soldado mientras señalaba un campo. Orvick corrió al campo y vio a Brann corrigiendo el agarre de alguien en su arco que estaba a punto de disparar. "¡Brann!" dijo Orvick, sin aliento. Estaba doblado de la cintura y agarrando sus rodillas.

"Orvick. ¿Qué está pasando?" preguntó Brann.

"Deary," dijo, jadeando todavía. "Deary me habló telepáticamente hace poco. Dice que ha descubierto un complot de los trolls de Perakin para cruzar a través de Seren esta noche y pasar a Lethinguard. Me dijo que reuniera a los observadores y al ejército en El Acantilado de Morton para organizar nuestros planes."

Brann dejó a Orvick, todavía recuperando el aliento y corrió hacia el centro del área de entrenamiento. "¡Atención! ¡Necesito que todos dejen lo que están haciendo! Póngase su equipo de batalla, agarre sus armas y suministros, y entren en formación. ¡Debemos marchar hacia el Acantilado de Morton de inmediato!" gritó Brann.

Los soldados hicieron lo que se les dijo y en cuestión de minutos se alinearon ordenadamente, listos para la batalla. Cuando Orvick se sintió mejor, se acercó a Brann y Brann le pidió que fuera y reuniera a los soldados que estaban recogiendo leña en el bosque. "Está bien, los encontraré y nos vemos en el acantilado," dijo Orvick.

En poco tiempo, todos los observadores nocturnos, los vigilantes diurnos y el ejército de Seren estaban juntos en El Acantilado de Morton. Orvick había intentado comunicarse con Deary para ver dónde estaba, pero no había recibido una respuesta. Todos se estaban poniendo un poco nerviosos, pero todo lo que podían hacer era esperar y especular sobre lo qué estaba pasando exactamente.

Cruiser notó primero a Deary. "¡Miren! ¡Ella ha vuelto!" gritó mientras señalaba hacia la colina. Todos se volvieron para mirar en esa dirección. Deary venía hacia ellos a toda velocidad. Cuando llegó a donde todos estaban reunidos, ella bajó de su caballo y le dio un poco de agua. Luego corrió hacia el grupo y les contó todo lo que había sucedido en Mitriam.

"Hablemos sobre estrategia entonces," dijo Brann mientras se levantaba del suelo. "Creo que el mejor curso de acción sería esparcirse y esconderse en el bosque a las afueras de Mitriam. Desde este punto de vista, podremos verlos pero no nos verán. No nos están esperando, así que cuando se acercan, los emboscamos, obligándolos a retroceder a Mitriam. Luego hacemos guardia allí para asegurarnos de que no traten de cruzar de nuevo. ¿Alguien objeta este plan?" preguntó.

Nadie habló en contra de la idea de Brann. "¿Tenemos suficientes armas y suministros aquí? Si no, tenemos que reunirlos rápidamente, debemos irnos pronto si queremos llegar al bosque antes del anochecer," dijo Deary.

"Sí, hemos traído muchas armas y raciones," declaró Brann.

"Debemos irnos ahora. La mayoría de nosotros tendremos que ir a pie. Traeremos algunos caballos para llevar la carga fuera del bosque, pero si tenemos demasiados, su ruido puede alertar a los trolls y m sobre nuestra presencia," intervino Orvick.

"Brann, Orvick y yo iremos a los establos a buscar nuestros caballos. El resto de ustedes, comiencen a marchar hacia el Bosque de Graybell. Una vez que lleguemos, esperaremos en silencio hasta que Brann dé la orden. Ante su señal, cargamos y los llevamos a todos hacia Mitriam," dijo Deary.

Luego llevó el caballo con el que había cabalgado hacia Mitriam en la mañana de regreso a los establos para descansar. Tendría que encontrar un nuevo caballo para montar en esta próxima aventura. Brann y Orvick la acompañaron a buscar sus propios caballos para la batalla. "Realmente creo que una posición en el bosque es la mejor. Podríamos ir directo a Mitriam y detenerlos antes de que comiencen, pero será más fácil de esta manera. El bosque está a las afueras del valle y una vez que lleguen a nosotros, estarán cansados de tener que salir de allí," dijo Brann a los otros dos cuando llegaron a los establos.

"Sí, es una estrategia muy buena. Creo que funcionará," respondió Orvick. Cada uno eligió un caballo apropiado para ellos y para la situación. Una vez que se ensillaron, se dirigieron a alcanzar a los demás. Tomaba dos horas en caballo de El Acantilado de Morton al Bosque de Graybell y cinco horas a pie, pero para reducir el tiempo, los caballos y los elfos trotaban. No querían correr porque usarían toda su energía antes de enfrentarse a los trolls y Mitriamitas.

Llegaron al Bosque de Graybell y se dispersaron, un elfo cada pocos metros. Los líderes también se esparcieron. Una vez en posición, todo lo que podían hacer era esperar. Eva, que había dejado a Feldespato en casa dentro de su dormitorio, se sentía ansiosa, pero era exactamente por situaciones como esta que había aceptado el deber de observadora de la noche.

Estaba oscureciendo y mientras miraba al cielo a través de los árboles, las gotas de lluvia comenzaron a caer sobre su rostro. *Medeina, vamos a necesitar ayuda con esto,* pensó. Se le ocurrió la idea de tener que luchar contra un troll y comenzó a sentirse mareada. *Espero que no haya muchos trolls y que no empiece a caer más agua.*

5 La Batalla

Mirando desde la espesura, Orvick pensó que había notado movimiento en la distancia. Hizo un gesto silencioso a los más cercanos a él para dirigir su atención en esa dirección. Asintieron para reconocer que también vieron algo. Orvick habló con Brann y Deary por telepatía y les dijo lo que estaba viendo.

"Hay un grupo de unos diez elfos formando un círculo alrededor de tres trolls enormes, guiándolos a través de la oscuridad. No están utilizando antorchas ni ninguna otra cosa para iluminar su camino a través de la llanura," les dijo Orvick. Antes de que los intrusos se acercaran demasiado, el resto de los elfos descendieron hacia donde estaba Orvick, para que todos estuvieran listos para saltar del bosque en el mismo lugar cuando fuera el momento adecuado.

Después de escuchar las palabras de Orvick, Brann extendió su brazo para detener al grupo. Los elfos detrás de él estaban agarrando sus arcos y dagas con anticipación. Brann y Deary esperaron a que Orvick le hiciera saber que el momento era el correcto y, una vez que lo hizo, dieron la señal para que sus grupos atacaran. Corriendo tan rápido como pudieron, todos los elfos de Seren salieron del bosque. Tan pronto como los elfos de Mitriam los vieron, se detuvieron e hicieron que los trolls hicieran lo mismo. Entonces de repente, los intrusos dieron media vuelta y comenzaron a huir hacia el valle. Los elfos de Seren observaron en estado de shock. "¡Jaja! ¡Cobardes! ¡La simple vista de nosotros les hace temblar!" les gritó Brann.

"¿Realmente fue tan fácil hacer que se retiraran?" preguntó Deary cuando alcanzó a Brann. Orvick, que todavía estaba en su caballo, se había desviado un poco del resto del grupo. Después de unos momentos, los otros lo escucharon gritar: "¡Miren allá! ¡Esto fue un señuelo! ¡Hay más de ellos en el sur!" Todos giraron y miraron hacia donde Orvick estaba señalando frenéticamente. Había un grupo más grande de unos cincuenta elfos que rodeaban a unos veinte trolls y estaban corriendo hacia Seren.

"¿Cómo pudimos haber sido tan estúpidos como para cargar todos juntos?" gritó Deary. "¡Brann, tenemos que guiar a algunos elfos en esa dirección! Dijo ella. Brann señaló a un grupo de unos diez elfos del ejército que estaban cerca y dijo: "Todos ustedes, vayan tras los elfos y trolls en retirada para asegurar de que regresen hasta Mitriam. Hagan guardia en el borde hasta la mañana para asegurar que permanezcan allí. ¡Todos los demás, corran tan rápido como puedan hacia el sur, aún podemos evitar que pasen!"

Los diez elfos persiguieron al grupo de señuelos y el resto del ejército, junto con los observadores de la noche y el día, corrieron detrás sus líderes a caballo, la mayoría de ellos todavía con sus armas en la mano. Eva y Cruiser corrían juntas. "No vamos a lograrlo. Están demasiado lejos para que podamos atraparlos," Cruiser le dijo a Eva.

"Sí, creo que podemos. Dejemos de hablar y usemos nuestra energía para correr," le dijo Eva. Cruiser miró a Eva con una mezcla de fastidio y desesperación.

Deary y Brann habían alcanzado a Orvick y los tres estaban frente al grupo. No avanzaron demasiado porque sabían que los tres solos no podrían detener a estos invasores. Necesitaban toda la fuerza del grupo si iban a tener alguna posibilidad de hacerles regresar con éxito. "¡Manténganse firmes! ¡No los pierdan de vista!" gritó Brann cuando la lluvia comenzó a golpearlos.

Eva se resbaló y cayó a cuatro patas en el barro. Al verla, Cruiser se giró y la ayudó a levantarse. "¡Vamos, no debemos reducir la velocidad!" le dijo Cruiser. Corrieron juntas de la mano por un tiempo hasta que Eva recuperó el equilibrio. Afortunadamente, la lluvia también estaba frenando a los trolls y a los elfos de Mitriam.

Mirando hacia la distancia, Cruiser vio a dos de los trolls tropezarse. Los elfos de Mitriam y otros trolls se detuvieron e intentaron levantarlos. "¡Ahora es nuestra oportunidad de ponernos al día! ¡No paren! ¡Ayúdense el uno al otro!" Brann les gritó desde lo alto de su caballo. Todas las patas de los caballos estaban cubiertas de barro y se les estaba complicando para correr, pero seguían liderando el camino. Los elfos que corrían al frente del grupo estaban recibiendo barro levantado en la cara por los cascos del caballo, pero simplemente se enjugaron los ojos y continuaron.

Los dos trolls que cayeron eran tan grandes y torpes que todos los intentos de levantarlos fueron en vano. Cuanto más luchaban, más entrelazados se volvían. Los elfos de Mitriam vieron a los elfos de Seren, entonces formaron un círculo alrededor de los trolls para tratar de mantener a raya a los elfos Seren. Los elfos de Seren cabalgaron y corrieron hacia ellos e hicieron un círculo aún más grande alrededor de ellos. Brann estaba montando su caballo de un lado a otro, inspeccionando la situación y luego reconoció a uno de los elfos Dontiel quien como él, también era un comandante.

"¡Dontiel! ¿Cuál es el significado de todo esto?" le gritó Brann. Dontiel se acercó a Brann y sacó su espada de su funda. "¡Esto no tiene nada que ver contigo! ¿Y quién es el soplón que te avisó de nuestros planes?" respondió Dontiel, agitado.

"Eso ya no importa. Y guarda tu espada, deseo ver una resolución pacífica esta noche," dijo Brann.

"No estoy tan seguro de que sea posible," replicó Dontiel.

"Obviamente les tenemos rodeados, así que les llevamos de regreso a Mitriam donde te quedarás, o les tomaremos prisioneros para asegurarnos de que ya no nos causen más problemas," gritó Brann.

Dontiel sabía que no tenía otra opción, pero no le gustaba fracasar. Luego pensó que si regresaban a Mitriam ahora, tal vez podrían tratar de pasar por Seren otro día. Dontiel tenía las manos en las caderas y las aletas de su nariz se ensancharon debido al disgusto de tener que ceder ante Brann. Él bufó un par de veces más y luego despegó sus labios fruncidos. "Está bien. Regresaremos a Mitriam para ya no volver," le dijo de mala gana a Brann.

"Muy bien," dijo Brann. "Pero hay otra condición a la que debes adherirte si quieren que les dejemos libres," "¿Y qué podría ser eso?" replicó Dontiel, todavía resoplando. "Vamos a mantener a uno de los trolls detrás para interrogarlo. Cuando terminemos, lo escoltaremos de vuelta a Mitriam," dijo Brann, con mucha naturalidad.

"¡¿Qué?! ¡Eso es ridículo! ¿Qué podrías ganar haciendo algo así? ¡No! O volvemos todos juntos o te enfrentaremos en la batalla para que podamos seguir nuestro camino," respondió Dontiel.

"No seas tonto. Puedes ver que te superamos en número. Si decides luchar contra nosotros, sabes que perderás. Creo que estoy siendo bastante generoso con mi oferta. ¿Y por qué te preocupas? ¿Crees que aprenderemos algo importante si interrogamos a uno de los trolls de Perakin?" preguntó Brann. Dontiel se frotaba la cara con las manos, desesperado.

"De acuerdo. ¡Pero no le hagas ningún daño y tráelo de regreso a la frontera de Mitriam esta misma noche!" Dontiel exigió. "Será como dices," respondió Brann con calma.

Brann escaneó a los trolls e intentaba decidir cuál interrogar. Él no quería uno de los más grandes, porque los trolls son muy fuertes, podría tratar de dañarlos y escapar sin dejar información. Así que eligió uno que era de un tamaño más pequeño, pero notó que había estado observando todo con mucha atención y parecía estar del lado inteligente (por un troll). Señaló este troll a Dontiel. "Este es el que quiero cuestionar," dijo Brann.

"Morlo, quédate aquí con ellos," dijo Dontiel a la troll. Luego la miró amenazante. "No la maltrates Brann," dijo Dontiel con severidad.

Brann hizo un gesto a los otros dos a caballo para que se acercaran y hablaran con él. "Deary, Orvick, quiero que guíen al resto de este grupo de vuelta a la frontera de Mitriam. Necesitaré a tres personas para interrogar a Morlo y trataremos de alcanzarlos más tarde. No quiero que nadie del ejército se quede conmigo, ya que los necesitarán a todos para mantener este grupo en línea. ¿Quién piensan que debería quedarse y ayudarme a hacer esto?" les preguntó.

"Morvin tiene una forma muy gentil pero firme con las bestias. Creo que debería quedarse," ofreció Orvick.

"Cruiser y Eva trabajan bien juntas como equipo y también han tenido experiencia con grandes criaturas," dijo Deary.

Brann asintió. Luego se volvió para dirigirse a los elfos de Seren. "Escuchen. Morvin, Eva y Cruiser se quedarán atrás para cuestionar el troll y el resto de ustedes irán con Orvick y Deary para llevar a este grupo a la frontera."

Morvin, Cruiser y Eva se separaron del grupo y se quedaron atrás según lo ordenado. El resto fue con los elfos de Mitriam y los trolls Perakin de regreso a Mitriam. Morlo se quedó sola. Ella era de estatura promedio para un troll femenino, de aproximadamente dos metros de alto. Los machos promediaron de dos y medio a tres metros de altura. Era difícil distinguir el hombre de la mujer ya que ambos sexos eran sin pelo y bastante musculosos. Su piel tenía un tinte grisáceo y sus cabezas tenían forma de cono. Tenían su propio idioma, pero la mayoría de ellos también había aprendido a comunicarse con los elfos hasta cierto punto.

Ella estaba nerviosa, con sus manos fuertemente apretadas y miraba al suelo. Brann desmontó su caballo para no parecer intimidante y los cuatro caminaron hacia ella juntos. Sabía que tenía que descubrir por qué los trolls Perakin tan desesperadamente querían acercarse a los trolls de Lethinguard.

La buena noticia era que la lluvia había comenzado a ceder y ahora se había reducido a una llovizna. Brann habló con ella primero. "Hola, Morlo. Mi nombre es Brann de Seren, comandante en el ejército de Seren, y estos son mis amigos. Tenemos algunas preguntas para hacerte. Es importante que nos digas la verdad. ¿Nos entendemos?" preguntó. Morlo asintió sin decir nada.

"Solo necesitamos que nos digas por qué los trolls de Perakin y Lethinguard están tratando de organizar una reunión entre ellos. Los dos grupos han estado separados durante mucho tiempo y por eso nos parece extraño que quieran contacto ahora," dijo Brann.

"No se supone que Morlo te diga nada," respondió Morlo en voz baja. Brann dio un paso hacia ella. Estaba intentando pensar en una forma de hacerla hablar. Entonces, de repente, se le ocurrió una idea.

"Sí, estoy consciente de eso. Pero entiende que ya sabemos muchos de los detalles de sus tratos en Mitriam. Por ejemplo, sabemos que hubo una reunión hace unos días entre el consejo asesor y los trolls. Sabemos que recibieron un regalo de valor de cada hogar en Mitriam a cambio de un pasaje seguro a través de Seren, y sabemos que han ofrecido sus lagos de agua dulce a los elfos Mitriam para que puedan continuar produciendo sus perlas. También sospechamos que sabemos por qué están tratando de llegar a Lethinguard. Como puedes ver, tenemos ojos y oídos en todas partes, y ningún secreto es seguro. Entonces, es mejor que nos digas ahora lo que queremos saber. Y si no lo haces, las repercusiones para los trolls serán severas, y temo que no podamos dejarte ir," dijo Brann a la troll temblorosa.

Morlo parecía sorprendida. No tenía idea de cómo este elfo de Seren sabía toda esta información supuestamente secreta. Si él sabía todo eso, seguramente ya sabía por qué los trolls Perakin deseaban ir a Lethinguard, pensó. "Y si Morlo te dice por qué queremos ir allí, ¿qué ocurre?," le preguntó Morlo a Brann con su voz profunda y áspera.

Eva estaba corriendo sus manos a lo largo de su arco nerviosamente. "Si nos dices ahora, te llevaremos de vuelta a Mitriam y te reuniremos con los otros trolls," dijo Brann en respuesta. A Morlo no le gustaba la idea de convertirse en prisionera de los elfos. Brann tenía la reputación de ser un hombre de su palabra y quería salvar a su gente de las "graves repercusiones" que había mencionado. Pero la idea de volver a casa como soplón tampoco parecía muy atractiva. Lo que los trolls estaban tratando de hacer era muy importante para su futuro como raza. Después de pensarlo un poco más, Morlo decidió decirle a Brann qué es lo que estaban haciendo en Seren. Después de todo, las probabilidades eran que ya lo supieran o lo descubrirían lo suficientemente pronto y también ella podría volver a su grupo esa noche y podrían volver a crear una estrategia.

"Bueno. Morlo te dirá por qué pasamos por Seren," dijo Morlo tristemente. Los ojos de Brann se iluminaron. No podía creer que su estratagema hubiera funcionado, pero intentó mantener la cara seria. Los cuatro elfos escucharon atentamente mientras Morlo explicaba. "Los trolls nos sentimos muy aislados y solos. Nos quedamos atrapados en un pequeño rincón con poca tierra. Los trolls de Lethinguard están en la misma situación. La idea es ir a ellos y hacer planes para sacar a los elfos de Seren de su territorio. Entonces convertimos a Seren en nuestro nuevo hogar. Luego unimos a Lethinguard, Seren y Perakin y hacemos un gran reino. Mucha tierra, recursos y poder. Eso es todo."

Brann se aclaró la garganta y negó con la cabeza. "Ahem, um, sí, bueno, eso es lo que habíamos sospechado, pero gracias por decirnos," dijo, tratando de mantener la compostura.

"¿Me llevas a casa ahora?" preguntó Morlo.

"Espera. Yo también tengo una pregunta," dijo Cruiser. "¿Por qué las ninfas del agua te estaban ayudando?" preguntó ella.

Morlo miró hacia abajo y juntó sus manos. "Ya dije muchas cosas," respondió ella.

"Pero necesitamos saber esto también," dijo Cruiser.

"Está bien. Yo también te digo eso. Pero solo porque Morlo quiere salir de aquí," dijo. "Los trolls hablamos con las ninfas del agua porque necesitamos su ayuda para el plan. Necesitamos saber dónde estaban patrullando los elfos y dónde no," dijo.

"¿Y qué recibieron las ninfas del trato?" preguntó Eva.

"El jefe troll les promete el control de la costa y los lagos del interior una vez que los trolls alcancen con éxito a Seren. Les gusta mucho el poder," dijo Morlo. "No digo nada más. Llévame a casa," exigió.

"Sí, vamos a ver si podemos alcanzar a los demás," respondió Brann. Los cuatro elfos intercambiaron miradas de sorpresa entre ellos, pero nadie se atrevió a decir una palabra.

Brann habló telepáticamente con Orvick y Deary. Les dijo que habían obtenido la información que necesitaban. Dijo que ahora los estaban alcanzando y que los informaría más tarde para que no se cayeran de sus caballos.

"¿Es tan malo?" respondió Orvick a Brann.

"Temo que sí, pero ahora que lo sabemos, podemos hacer algo al respecto. Creo que Sabio puede detener todo esto," dijo Brann.

"No puedo esperar para escuchar de qué se trata todo esto," dijo Deary. "Estamos casi en el valle, en el punto donde se nivela," agregó.

"Bueno. No estamos lejos de allí, así que nos encontraremos con ustedes pronto, " les dijo Brann.

Cuando Brann y los otros elfos, junto con Morlo, llegaron a la frontera de Mitriam, todos los demás estaban allí esperando para ver cuál sería su siguiente movimiento. También se habían encontrado con los elfos que habían seguido al grupo señuelo. Brann dirigió a todos diciendo: "Deary, Orvick y yo tenemos que debatir un tema importante. Mientras tanto, el resto de los elfos Seren, hagan guardia aquí. No permitan que ningún elfo o troll abandone esta área." Los líderes fueron en los caballos lo suficientemente lejos como para que no los oyeran. Brann les contó a los otros dos lo que Morlo les había confesado. "Bueno, ¿qué hacemos ahora?" preguntó Orvick en pánico.

"Sí, ¿qué es lo que crees que Sabio puede hacer al respecto?" preguntó Deary en voz baja.

"Sé que antes él ha puesto un tipo de barrera de energía alrededor de un grupo de trolls, hace muchos años cuando algunos de ellos fueron mantenidos prisioneros en Seren. Siguieron rompiendo las paredes donde los mantenían cautivos. Me contó sobre esto una vez, y dijo que es capaz de poner una barrera alrededor de las criaturas de un nivel de conciencia más bajo que los elfos," les dijo Brann. Deary y Orvick se miraron confundidos. Brann pudo ver que no entendían su plan, por eso les explicó más. "Así que tal vez, si podemos devolver estos trolls a Perakin, Sabio podría poner dos barreras de energía. Uno alrededor de Perakin y el otro alrededor de Lethinguard para que ya no tengamos que lidiar con ellos tratando de sacarnos de nuestro hogar," dijo.

"¿Crees que puede crear barreras que son tan grandes como esos dos territorios? Quiero decir, el que estás hablando que hizo antes, solo rodeó a un par de trolls," dijo Orvick.

"No lo sé, Orvick. ¿Tienes una mejor idea?" preguntó Brann. Orvick se frotó la barbilla mientras pensaba en la pregunta de Brann.

"No, supongo que no," respondió. "Deary, ¿qué piensas de esta idea?" preguntó Brann.

"Creo que es extraño. Nunca escuché de algo así antes. Pero si Sabio cree que puede hacerlo, vale la pena intentar. Me sentiría mucho más segura sabiendo que los trolls están contenidos," dijo.

"De acuerdo entonces. ¿Por qué no nos comunicamos con Sabio y le preguntamos si esto sería posible?" dijo Brann. Deary y Orvick miraron a su alrededor, nerviosos. Ninguno de los dos quería contarle a Sabio sobre la trama de los trolls. "Supongo que seré yo quien lo haga," dijo Brann después de unos momentos de silencio. Brann bajó de su caballo, se alejó unos pasos de Deary y Orvick y se concentró en Sabio para hablar telepáticamente con él. "Anciano Sabio, soy yo, Brann, comandante en el ejército de Seren. Deseo hablar con usted," comenzó. Esperó por unos momentos y luego recibió una respuesta.

"Brann, me has despertado. ¿Cómo le puedo ayudar?" preguntó Anciano Sabio.

"Lamento molestarlo, pero hay una situación grave aquí en Mitriam. Una trama ha sido descubierta con la confesión de un troll Perakin. Ella nos dice que los trolls de Lethinguard y Perakin planean reunirse para alejar los elfos de Seren de nuestro hogar para que puedan incorporar la tierra como parte de su reino. Estamos aquí ahora con el grupo que intentó cruzar nuestra frontera esta noche. Los tenemos rodeados. La idea que se ha discutido es ver si usted cree que está dentro de sus poderes colocar una barrera energética alrededor de Perakin y Lethinguard para que los trolls se queden allí y no puedan llevar a cabo sus planes," respondió Brann.

"Es una solución interesante. Debo confesar que nunca antes había creado una barrera energética tan

grande, pero creo que puedo. Sí, sí, puedo. Brann, quiero que escolte a los trolls de vuelta a Perakin y que se queden allí. Los trolls en Lethinguard, supongo que no están conscientes de nada de esto, por lo tanto, no hay razón para pensar que están fuera de su patria. Avísame cuando todos los trolls vuelvan a la tierra de Perakin. Mientras tanto, me prepararé para este ejercicio," dijo Sabio.

"Muy bien, estaré en contacto," respondió Brann.

Entonces Brann regresó a Deary y Orvick justo cuando el sol de la mañana aparecía en el horizonte. "Él dice que puede hacerlo. Él puede poner las barreras de energía," dijo Brann. "No debemos perder tiempo entonces," dijo Deary. "Tenemos que irnos de inmediato para traer a los trolls a través de Mitriam y regresar a Perakin para que las barreras puedan ser colocadas tan pronto como sea posible," continuó. Los dos hombres asintieron con la cabeza en acuerdo. Brann volvió a montar su caballo y los tres volvieron al grupo para contarles el siguiente paso del plan. Los elfos de Seren se aseguraron de que todos los trolls estuvieran presentes y partieron. Los elfos de Mitriam que habían estado ayudando a los trolls en sus esfuerzos esa noche, recibieron una severa advertencia de Brann.

"Espero que ya no se les ocurra más planes tan destructivos e intrigantes. Les dejaré aquí por ahora, pero sepan que volveré para dirigirme a toda la ciudad. Estas acciones suyas no irán sin castigo," dijo. Todos se quedaron en silencio atónito mientras Brann se alejaba.

Al llegar a la frontera de Perakin unas horas después, alrededor del mediodía, Brann habló con Sabio para hacerle saber que habían llegado. *"Anciano, hemos llegado a la frontera de Perakin. Esperamos su instrucción,"* dijo telepáticamente. Sabio había estado en una profunda meditación en el Templo de la Montaña desde su última comunicación para prepararse para la tarea que tenía por delante. Cuando Brann le habló, su atención se rompió y sus ojos se abrieron de golpe. Tomó algunas respiraciones para regresar al momento presente y luego respondió a Brann.

"Estoy preparado para poner las barreras. Asegúrate de que todos los trolls estén dentro del territorio de Perakin y que todos los elfos estén en el lado de Mitriam. Cuando estén listos, dímelo para que pueda comenzar," dijo.

"Muy bien," respondió Brann mientras se acercaba a hablar con los trolls.

"Bueno trolls, les hemos traído de vuelta a su tierra. Les pedimos que continúen ahora a sus hogares y les aconsejamos que no intenten volver a pasar por Mitriam o Seren," les dijo. Sin decir otra palabra más, los trolls se acercaron pesadamente a Perakin para explicar su derrota a los demás. Cuando habían caminado unos minutos y estaban más allá de la pared de árboles que delineaban el límite entre los territorios de los elfos y los trolls, Brann le dijo a Sabio que podía continuar con las barreras de energía. Detrás de él, Lerek le susurraba algo a Deary. "No sé si esto va a funcionar. ¿Crees que sí?" le preguntó.

"Tengo fe en Sabio. Entonces sí, creo que funcionará," respondió Deary.

"Nunca antes había escuchado que se hiciera algo como esto," dijo Lerek, sus dudas no cambiaron por la tranquilidad de Deary.

"Ni yo tampoco, pero es el único plan que tenemos ahora para evitar una invasión," dijo. Lerek asintió y se cruzó los brazos.

"Bueno, supongo que todo lo que podemos hacer ahora es esperar y ver," dijo.

Ahora Brann se dirigía al grupo. "Si todos pudieran escucharme un momento, he hablado con Sabio y él está a punto de poner las barreras," dijo.

Entonces alguien habló desde la parte posterior del grupo. "¿Podemos quedarnos a mirar? Quiero saber cómo se ve."

"Sí, tengo curiosidad también. Nos quedaremos y esperaremos hasta que la barrera este colocada y luego volveremos a Seren. Todos hemos estado despiertos por mucho tiempo," respondió Brann. El grupo de elfos miró y esperó para ver lo que haría Sabio.

Mientras tanto, en el Templo de la Montaña, Sabio se estaba enfocando en las áreas de Perakin y Lethinguard. Estaba solo en el centro del templo con los pies descalzos sobre el suelo frío de piedra. Se llevó los dedos a las sienes y pidió la ayuda de los seres dimensionales superiores. "Es por el bien mayor de este mundo. Y así será," recitó.

Después de unos momentos, sintió una oleada de energía recorrer su cuerpo. Comenzó en el centro de su pecho e irradió a través de sus dedos mientras él continuaba enfocándose en los dos territorios. Levantó sus manos hacia el cielo y permitió que la energía divina hiciera su trabajo. Se quedó allí el tiempo que pudo, pero cuando el último hilo de energía lo dejó, se derrumbó sobre el suelo duro.

Los elfos se sobresaltaron cuando, en ese momento un campo nacarado emergió del suelo a lo largo de la línea de árboles y se dirigió unos treinta metros hacia el cielo. Continuó hacia arriba y luego hacia arriba, formando una cúpula sobre todo Perakin. Algunos de ellos cubrían sus bocas abiertas con sus manos y algunos elfos incluso se habían caído hacia atrás. Brann se acercó y tocó el campo enérgico que acababa de erigirse ante sus ojos. "Lo hizo," dijo sin aliento con una lágrima en los ojos. Se inclinó un poco y su mano atravesó la barrera. Se sintió electricidad estática subiendo y bajando por su brazo.

Luego recordó cómo Deary había dicho que la barrera solo era efectiva en niveles más bajos de conciencia. Por curiosidad, decidió probar algo. Dio un paso completo a través de la barrera y salió sin estar afectado. Otros elfos habían sido testigos de lo que estaba haciendo y ahora estaban parados al lado de Brann. Algunos de ellos tenían las manos en alto y las estaban colocando a través de la barrera.

De repente, hubo un crujido en los árboles al otro lado de la barrera. Brann volvió su mirada en esa dirección y luego apareció Morlo. Se detuvo cuando vio la energía translúcida. Brann se acercó a ella y le preguntó qué estaba haciendo allí. "Morlo vuelve para decir gracias por no lastimarnos ni a mí, ni a mis amigos," dijo, todavía mirando hacia arriba y hacia abajo a la barrera, confundida. "¿Qué es esto?" preguntó mientras trataba de pasar la mano, pero se detuvo como si hubiera un objeto sólido allí.

Brann se sintió obligado a explicar. "De nada, Morlo. Nunca queremos lastimar a los demás si se puede evitar. Y lo que estás viendo es una barrera energética. Fue erigida hace un momento por uno de nuestros ancianos. Era nuestra manera de evitar que los trolls trataran de llegar a Lethinguard otra vez y también evitar que intentaran robar nuestro territorio," dijo.

"¿Estamos atrapados?" preguntó Morlo, sollozando, con la voz quebrada. "Temo que sí. Hasta que llegue el momento en que Sabio considere apropiado derribar la barrera," respondió Brann. Morlo parecía aturdida y triste. Luego bajó su mano de la barrera y se giró lentamente. Sin decir una palabra más, desapareció a través de los árboles.

Deary se acercó detrás de Brann y le puso una mano en el hombro. "Eso debe haber sido difícil," le susurró.

"Sí, pero al menos ahora les puede contar a los demás trolls por qué están atrapados allí y tal vez lo pensarán dos veces antes de conspirar contra nosotros otra vez. Deary, quiero que tú y Orvick guíen todos a casa. Voy a ir y hacer una pequeña visita a Mitriam. Te contaré los detalles a mi regreso," dijo Brann.

Deary asintió. "Te esperaré en mi carpa en El Acantilado de Morton," respondió ella.

***

Al volver a Mitriam, Brann fue a la casa de la comunidad para ver a quién podía encontrar para hablar sobre esta situación. Encontró a Lodi y Mefri allí, hablando con Petra, una anciana de Mitriam. "Me gustaría hablar con todos ustedes, si es posible," les dijo Brann.

"Sí, Brann, creo que debemos hacerlo," respondió Petra.

"Estoy seguro de que todos ustedes ya saben que ayer en Seren, nos enteramos de una situación en la que los elfos de Mitriam iban a ayudar a los trolls de Perakin a cruzar nuestra frontera hacia Lethinguard. Estoy aquí para informarles que frustramos ese plan y que ambos grupos de trolls están ahora en cuarentena. Lo que me gustaría saber es por qué los Consejos de Mitriam son codiciosos de un plan tan cobarde.

Somos conscientes del trato que ustedes hicieron con los trolls para usar sus lagos para continuar cultivando perlas. Me parecen medidas bastante desesperadas ya que han estado recibiendo ayuda de Canter y Seren desde que el lago Wocanter se secó," dijo Brann.

Mefri habló. "Por favor, quiero que sepas que lamentamos mucho la decisión que tomamos, Brann. Pero déjame explicarte un poco más. Fíjate que como ya no estamos produciendo nuestras perlas, nuestro estilo de vida ha cambiado drásticamente. Es cierto que hemos recibido ayuda de nuestros vecinos y todos han tenido suficiente para comer, afortunadamente. Pero aún nos faltaba la abundancia del pasado. Estábamos bastante desconsolados cuando los elfos de Seren se negaron a dejarnos usar su lago para cultivar nuestras perlas, como ya sabes," dijo.

"Sí, lo sé, Mefri. Yo fui parte de esas discusiones. Pero también sabes que para nosotros, era una cuestión de ética. No estamos de acuerdo con usar esas criaturas de esa manera," respondió Brann.

"No matamos los mejillones después de cosechar las perlas," agregó Lodi.

67

"Es cierto, pero el estrés que los pobres tienen que pasar para producir las perlas no justifica su uso. Normalmente no nos adornamos con objetos tales como los que usan en Mitriam y en otras partes del mundo. Somos personas muy simples. Dicho esto, me doy cuenta de que no comprendí hasta qué punto el secado del lago les había afectado. Sugeriré a los Consejos de Seren y Canter que todos brindemos más ayuda a los elfos de Mitriam hasta el momento en que puedan producir algún otro tipo de bienes y se restaure su abundancia anterior. Porque, por supuesto, no utilizarás los lagos de Perakin como habías planeado anteriormente," dijo Brann.

"No podríamos incluso si quisiéramos," dijo Lodi. "La única forma en que nos iban a dejar usarlos era llevando los trolls de manera segura a Lethinguard," explicó.

"Muy bien. Los dejaré ahora, pero quiero que sepan que no están solos y, a pesar de este gran error de juicio de su parte, que casi nos ha hecho perder nuestra patria, me encargaré personalmente de que nada falte a los elfos de Mitriam," dijo Brann.

"Gracias Brann, muy amable," dijo Mefri, con sus labios rojos levantados en una sonrisa forzada.

Brann se volvió y salió de la casa de la comunidad para regresar a Seren. Hasta ahora, la adrenalina lo había estado manteniendo alerta, pero ahora se estaba poniendo fatigado y podía decir que lo mismo era cierto para su caballo. Ambos estarían contentos de volver a casa y poder descansar.

Cuando llegó a los establos de Seren, puso su caballo en su establo y lo palmeó en el cuello. "Buen trabajo hoy," dijo. El caballo relinchó en reconocimiento de la gratitud de Brann. Se aseguró de que su caballo y todos los demás tuvieran suficiente comida y agua y luego caminó hasta la carpa de Deary. Al entrar en la carpa, encontró a Deary sentada detrás de su escritorio y Orvick sentado encima del escritorio. Al parecer, lo que él le estaba diciendo era bastante divertido porque los dos estaban sonriendo de oreja a oreja. Deary miró a Brann entrar. "¡Ha, Brann! Estás de vuelta. ¿Qué noticias nos traes?" preguntó ella.

Brann se acercó al escritorio y se sentó en una de las sillas que estaba frente a Deary. Orvick se quedó sentado encima del escritorio, balanceando una de sus piernas al lado de Brann, lo que le molestó mucho, pero trató de ser cortés. "Hola, Deary. Orvick, no esperaba verte aquí," dijo Brann, alejando su silla de la pierna oscilante de Orvick.

"Bueno, quería esperar aquí y ser el primero en escuchar lo que sucedió en Mitriam," respondió Orvick mientras mordía una manzana que había estado en el escritorio de Deary.

"Sí, está bien. Cuando llegué a Mitriam, entré en la casa de la comunidad para ver quién estaba allí y encontré a Mefri, Lodi y Petra. Me dijeron que su dificultad desde que el lago se secó ha sido más de lo que habíamos imaginado. Dijeron que la ayuda que han recibido de nosotros y Canter no fue suficiente para mantener su abundancia del pasado. Todavía parecían bastante molestos que les negamos el acceso a nuestros lagos para que pudieran seguir cultivando sus perlas.

Creo que sí entienden ahora, sin embargo, nuestras objeciones morales a la práctica. Dijeron que esta era la razón por la que había aceptado los planes de los trolls, usar sus dos lagos continentales para continuar produciendo perlas y devolver su sociedad a su estado anterior. Me disculpé por no saber cuánto estaban sufriendo y les prometí que ayudaríamos todo lo que pudiéramos hasta que pudieran ser autosuficientes una vez más. Estuvieron de acuerdo con esto y así es como dejé las cosas," dijo Brann.

"¿Les dijiste sobre la barrera energética?" preguntó Deary. "Mencioné que los trolls estaban en cuarentena, pero no proporcioné más detalles y no presionaron el asunto," respondió Brann.

"Gracias por su informe, Brann. Te cuento que he enviado a algunos de los vigilantes nocturnos para ver a Anciano Sabio. Te avisaré cuando escuche algo sobre su condición," dijo Deary.

"Sí, gracias. Apreciaría eso. He tratado de hablar con él telepáticamente, pero no he recibido una respuesta," respondió Brann.

"Tampoco nosotros, es por eso que envié a los observadores," dijo Deary. Orvick estaba estirando sus brazos sobre su cabeza. "Esta ha sido toda una aventura, pero estoy listo para la cama," dijo mientras saltaba del escritorio.

"Sí, todos deberíamos ir a descansar un poco," agregó Brann.

***

Lerek y Baktiri, los dos vigilantes nocturnos que Deary había enviado para cuidar de Sabio, llegaron al Templo de la Montaña. Subieron los escalones y entraron al santuario principal. Allí, arrugado en el suelo en un montón, estaba Sabio. Los muchachos corrieron hacia él y se arrodillaron a su lado. "¿Está él respirando? ¡Comprueba si está respirando!" Lerek le gritó a Baktiri.

Baktiri puso su rostro al lado de Sabio y pudo sentir un leve aliento. "Sí, está vivo, está respirando. Ayúdame a llevarlo a su cama," dijo. Levantaron a Sabio y comenzó a murmurar algo. "¿Qué fue eso? Anciano Sabio, estamos aquí para ayudarlo. ¿Puede caminar?" dijo Baktiri.

"Supongo que ese acto me dejó sin aliento", dijo Sabio con una sonrisa débil.

Los chicos se miraron sorprendidos. "Le encontramos tendido casi inconsciente en el piso y todavía está haciendo bromas," dijo Lerek y los tres se rieron entre dientes.

"Le vamos a llevar a su cama," dijo Baktiri.

Los muchachos caminaron, uno a cada lado de Sabio, hacia un pequeño edificio separado en el patio del templo donde el anciano tenía su hogar. Lerek abrió la puerta con su mano libre y ayudaron a Sabio subirse a la cama. Baktiri agarró la jarra de agua de la mesita de noche y le sirvió un vaso a Sabio. "¿Podemos traerle algo más para que se sienta cómodo?" preguntó Baktiri mientras le daba agua a Sabio.

Él lo aceptó agradecido y dijo: "No, gracias. Estoy seguro de que los otros ancianos vendrán a verme más tarde. Solo necesito descansar. Eso realmente me quitó mucha fuerza. ¿La vieron? ¿Vieron ustedes la barrera?" preguntó.

"Sí, Anciano," respondió Lerek. "Fue algo magnífico. Nunca he visto algo así. Parecía translúcido con un poco de tinte de arcoíris, dependiendo del ángulo desde el que lo estuvieras mirando. Y nosotros los elfos podíamos atravesarlo sin ningún problema, pero hubo un troll que regresó para hablar con Brann y ella puso su mano sobre la barrera, pero no la pudo penetrar. Parece que funcionó a la perfección," continuó.

"Ha, bien, sí, muy bien," dijo Sabio mientras se recostaba y cerraba los ojos.

"Bueno, ya nos vamos. Espero que pueda descansar," dijo Baktiri. Los dos chicos salieron tan silenciosamente como pudieron y cerraron la puerta detrás de ellos.

6 Eligiendo

Roquiel entró al boticario unos minutos antes de cerrar. Vio a Ranger al frente de la tienda. "Esta tintura de árnica va a ser perfecta para empapar los pies después de un largo día de guardar el Libro de Profecía. Gracias, Amarantha," dijo. La hermana de Roquiel le entregó a Ranger un frasco de vidrio marrón oscuro lleno de líquido. "Por supuesto," respondió ella con una sonrisa.

Roquiel entró en su punto de vista cuando Ranger se hizo a un lado y salió de la tienda. "Hola hermano," lo saludó.

"Hola Amarantha. Necesito tu ayuda con algo," dijo Roquiel.

"¿Ha, sí? ¿Y qué podría ser eso?" preguntó ella. Roquiel miró hacia abajo al suelo y se metió las manos en los bolsillos. "Bueno, um, he estado teniendo un problema con mi estómago últimamente y me preguntaba si podrías tener algo para eso," murmuró tímidamente.

"¿Qué tipo de problema?" preguntó Amarantha. "No sé, se siente todo atado en nudos la mayor parte del tiempo," respondió Roquiel.

"¿Y por qué crees que es así?" preguntó ella. Él ya estaba empezando a arrepentirse de haber entrado.

"¿Tienes algo que pueda tomar o no?" preguntó, frustrado por las preguntas.

"No me estoy siendo metiche Roq, solo necesito saber qué está pasando para saber qué darte," dijo. Roquiel se sonrojó.

"Ya veo. Lamento haberte hablado así. Es que me da pena, pero me he sentido así desde que me encontré con

Daver en la ceremonia de curación. Ya sabes cómo es él conmigo. Y luego me dijo que Joules nunca estaría con alguien como yo y bueno, le estoy empezando a creer," le dijo Roquiel.

"Ha. ¿Fue tan difícil? Creo que lo entiendo ahora. Como consejo, te digo que Daver es una persona muy insegura que se burla de los demás para sentirse mejor. Por lo tanto, no te preocupes por él. Y en cuanto a Joules, ¿cómo sabes que a ella no le gustas? Casi ni hablas con ella," dijo Amarantha.

"Sí, supongo que tienes razón. Trato de hablar con ella de vez en cuando, pero siempre me siento tan estúpido cuando lo hago," dijo Roquiel.

"Bueno, no hay mucho que pueda hacer por tu confianza, pero en cuanto a tu estómago, aquí hay algunas hojas de menta para hacer un té. Creo que ayudará," dijo mientras le entregaba una pequeña bolsa de muselina atada con una cuerda. Roquiel metió la mano en el bolsillo para buscar una moneda, pero Amarantha lo detuvo. "No hay necesidad. Es un regalo de mi parte," dijo.

"Gracias. Lo intentaré. Realmente lo aprecio. Nos vemos en casa Ama," le dijo Roquiel mientras se daba la vuelta para irse. "Solo necesito cerrar aquí y estaré en camino a casa también," respondió ella.

"¿Quieres que te espere?" preguntó Roquiel. "No hay necesidad." respondió ella.

***

Roquiel bajó enérgicamente por los escalones de la casa de árbol. Iba hacia el bosque. La nieve crujió bajo sus botas. Aún era otoño, así que probablemente la nieve se derretiría por la tarde. Una vez en el bosque, Roquiel se sintió en paz entre sus amigos, los árboles. A menudo les hablaba en voz alta, y hoy no fue una excepción. "Hola, mis viejos amigos," les dijo mientras respiraba profundamente.

"¿Por qué siento que son los únicos que me entienden? Tal vez es porque deseamos el mismo tipo de existencia, lento y pacífico. Tal vez sea porque están libres de cosas que desprecio como pequeños argumentos y juicios. Desafortunadamente, no soy un árbol. No esta vez, al menos," dijo con un suspiro. Roquiel caminó sin rumbo por el camino trillado, deteniéndose de vez en cuando para observar un insecto interesante o un tronco de árbol de forma extraña. "Al menos el té de menta parece estar ayudando. Bueno, está ayudando a mi estómago, pero no creo que nada pueda ayudarme a reunir el coraje para hablar con Joules," le dijo a un gran pájaro carpintero en una rama.

De repente, supo que había otro elfo cerca, aunque no había visto a nadie. Se detuvo y miró alrededor por un momento. Dio unos pasos más y luego, en la distancia, pudo ver a alguien que se mantenía cerca del suelo. Le gritó: "¡Hola, allí!" La cabeza de la persona apareció y se voltearon rápidamente. Levantaron una mano hacia Roquiel y luego se agacharon.

Acercándose aún más, Roquiel pudo ver que era su amigo Zaffre. Se acercó para ver lo que estaba haciendo. Cuando llegó al roble en el que Zaffre estaba agachado, vio que su amigo estaba recogiendo hongos de rebozuelo. "Ha, me encantan estos. ¿No están deliciosos?" Roquiel le dijo a Zaffre.

"Sí, lo son," dijo Zaffre mientras olía un par de ellos. "Y también son los favoritos de los ancianos. Vine aquí a buscar hongos silvestres para preparar para la cena de esta noche," continuó.

"¿Cómo te van las cosas en la Casa de los Ancianos?" preguntó Roquiel.

"Me gusta, en su mayor parte. Hetep mantiene su distancia de mí, lo cual es bueno", le dijo Zaffre a Roquiel. "Puedo cocinar lo que quiero la mayoría del tiempo, y he estado recibiendo algunos comentarios realmente buenos," continuó.

"Eso me hace muy feliz de escuchar," dijo Roquiel.

"¿Qué estabas haciendo aquí?" le preguntó Zaffre a Roquiel.

"Solo paseando," respondió.

"Bueno, fue bueno verte, pero me tengo que ir. Escuché que va a haber una reunión de ancianos, y luego todos vienen a la casa a comer," dijo Zaffre.

"Es bueno verte también," dijo Roquiel. Los chicos se separaron y Roquiel siguió vagando por el bosque.

***

Los ancianos estaban reunidos en el patio del Templo de la Montaña. Sabio los había llamado allí para discutir un asunto muy importante. Les pidió a todos que fueran al templo porque estaba bastante aislado y no quería que los escucharan. Había trece miembros del Concilio de Ancianos de Seren, porque trece era un número sagrado que simbolizaba el trabajo duro y la intuición.

Todos estaban sentados en bancos dentro del templo y charlando cuando Sabio salió de su casa en el patio. Entró al templo y fue lentamente hacia el grupo. Permaneció de pie mientras se dirigía a sus compañeros ancianos. "Quiero agradecerles a todos por asistir a la reunión con poco tiempo de aviso," comenzó. "Pero hay un asunto que necesita nuestra atención inmediata. He recibido noticias, como estoy seguro otros de ustedes han escuchado, de que las condiciones que rodean al Templo de Medeina están empeorando una vez más. Esta vez está ocurriendo bastante rápido. Parece que nuestros esfuerzos en la ceremonia de curación ayudaron por un momento, pero ahora el fénix está desapareciendo de nuevo de este mundo." Algunos de los ancianos intercambiaron miradas de preocupación. "Lo que significa es que ya es hora de elegir a alguien para ir a reemplazar la Piedra de la Vida. Siempre ha sido un elfo que ha ido a las Cuevas de Cristal para recuperar la nueva piedra, ya que los elfos estamos más en sintonía con la energía de los cristales y somos capaces de detectar cual debe ser elegido a continuación. Estoy al tanto de una profecía que indica que será un elfo de Seren quien llevará a cabo la tarea esta vez. Los elfos de otras tierras me han expresado que ellos también han recibido profecías similares que les han llegado desde los reinos superiores. Están de acuerdo en que debemos elegir a alguien de nuestra comunidad para hacer esta misión," afirmó.

"Si me permite," dijo la Anciana Uki mientras se ponía de pie, "¿qué dice esta profecía? No la conozco." "Gracias, Uki. Esa, por supuesto, es la pregunta más importante. Solo tengo un problema para responderte," dijo Sabio mientras sacaba el Libro de Profecías que sostenía a sus espaldas. Los otros ancianos lo miraban desconcertados. "El problema, que descubrí hoy en el Templo de Ori, es que la página que contiene la profecía que buscamos ha sido arrancada," dijo Sabio con tristeza. Abrió el libro en la página que debería contener el número de profecía 13.186 y mostró a todos dónde había la página rota. "Aquí es donde debería estar," dijo Sabio.

"¿Pero quién la hubiera tomado y por qué?" dijo Malarquia, uno de los miembros más nuevos del Consejo de Ancianos. "Esa es otra razón por cual les he reunido a todos aquí. Necesito encontrar esta página, pero no estoy seguro dónde comenzar la búsqueda," respondió Sabio.

"Debe haber sido alguien que no quiere que esta profecía en particular salga a la luz," agregó Tonerbius, un elfo grande y físicamente imponente que en realidad era un hombre muy amable. Todos los ancianos asintieron con la cabeza.

Jolania, uno de los elfos más intuitivos en el consejo, se puso de pie. "Tengo la sensación de que es una niña. Una chica joven que tomó la página. La estoy viendo en mi mente. Ella tiene cabello largo y castaño y ojos grises," dijo y luego ella volvió a sentarse.

"Gracias, Jolania. Consideraré tus palabras," dijo Sabio. Y de repente se le ocurrió. "¡Por supuesto! ¿Cómo no pude darme cuenta antes? Poner las barreras debe haber afectado mi memoria y mi energía. Eva," susurró a sí mismo.

"¿Qué dijiste?" preguntó Tonerbius.

"Ha, nada. Solo tenía una idea de quién podría ser. Iré a visitar a esta persona para ver si tiene alguna información," respondió Sabio.

"¿Te gustaría que alguno de nosotros te acompañe?" preguntó Bryte.

"No, no, iré solo. Iré a verla de inmediato," dijo Sabio.

"¿Pero no te vas a unir con nosotros para cenar en la Casa de los Ancianos?" preguntó Tonerbius.

"No, no creo que vaya a poder, Tonerbius. Debo atender a esto de una vez," respondió, con tono muy urgente.

"Antes de que te vayas, ¿cómo están las barreras alrededor de los territorios de los trolls?" preguntó Tonerbius, levantando la mano y haciendo señas para que Sabio esperara. Sabio se dio la vuelta y dijo: "Parecen estar aguantando bien. Los trolls no están muy felices, por supuesto, pero como todos estarán de acuerdo, era una medida necesaria."

"Bueno, esas son buenas noticias. Sí, es absolutamente necesario," dijo Tonerbius. Y con eso, Sabio salió enérgicamente del templo. Los otros ancianos se pusieron de pie y comenzaron a hablar entusiasmados acerca de los acontecimientos recientes mientras caminaban juntos fuera del templo y bajaban a la Casa de los Anciano para cenar.

Sabio regresó a su casa y puso el Libro de Profecía en un lugar seguro. Lo devolvería al Templo de Ori una vez que la página faltante hubiera sido recuperada. Luego caminó tan rápido como pudo a través de la nieve que había en el suelo, con la esperanza de ver a Eva en su casa antes de que se fuera a la guardia nocturna. Llegó a la casa de árbol de Eva y subió los escalones hasta la puerta principal. Tocó y el hermano de Eva, Lane, le abrió. "¡Anciano Sabio!" dijo, sorprendido. "Por favor, entre y salga del frío."

"Sí, gracias." dijo Sabio mientras se quitaba las botas y entraba a la casa.

"Qué honor tenerlo en nuestro hogar. ¿Le puedo ofrecer un poco de té?" preguntó Lane.

"No, gracias, Lane. De hecho, estoy aquí para hablar con Eva. ¿Ya se fue para la guardia nocturna?" preguntó Sabio.

Lane estaba en shock. ¿Qué podría querer un anciano con su hermana fastidiosa? "Creo que ella todavía está aquí. Por favor siéntese. Iré a buscarla arriba," dijo Lane. Cuando estaba de espaldas a Sabio, sus ojos se abrieron de par en par. Tal vez él estaba aquí porque ella estaba en algún tipo de problema. Sí, eso fue probablemente. Y si Sabio vino por su cuenta, debe ser algo serio. Lane llamó a la puerta de la habitación de Eva y Feldespato comenzó a tuitear. "¿Qué quieres?" preguntó Eva.

"¿No puedes mantener tranquilo a ese pájaro? No puedo creer que guardes esa cosa en tu habitación. ¿Es tu único amigo?" se burló Lane.

"¿Solo viniste para molestarme o hay algo más?" preguntó Eva.

"Sabio está abajo para verte," dijo Lane, tratando de parecer indiferente.

"¿En serio?" preguntó Eva con escepticismo.

"Sí. Y será mejor que no lo hagas esperar," dijo Lane mientras bajaba las escaleras. Cuando bajó, le dijo a Sabio: "Sí Anciano, ella todavía está aquí y ya se va a bajar. ¿Estás seguro de que no puedo ofrecerle algo?"

"No. Estoy bien, gracias," respondió Sabio.

"Probablemente debería de ponerse una gorra cuando hace mucho frío, especialmente porque no le queda mucho cabello," sugirió Lane.

Sabio se rió entre dientes y dijo: "Normalmente lo hago, pero estaba caminando bastante rápido, así que eso me mantuvo caliente."

Eva dejó a Feldespato en su dormitorio y cerró la puerta para que no escapara. Luego bajó las escaleras con los ojos muy abiertos y respirando rápidamente. ¿De qué se trata esta visita? pensó Eva nerviosa. "Hola Anciano Sabio," dijo temblorosa mientras se acercaba a su visitante inesperado.

"Hola, Eva. ¿Me pregunto si podrías dar un paseo conmigo?" preguntó.

"Um, está bien," respondió ella. "Me pondré mi capa y mis botas," dijo Eva mientras se ponía sus cosas y abría la puerta para que Sabio pudiera pasar. Lane estaba de pie detrás de Sabio y pronunciando las palabras *estás en problemas,* con una gran sonrisa. Eva le sacó la lengua una vez que Sabio había salido de la casa. Lane se rió de ella y luego volvió al piso de arriba. Eva salió y ambos descendieron las escaleras hasta el suelo helado.

Caminaron por el sendero hacia la ciudad, y Sabio guardó silencio por unos momentos. Estaba caminando un poco encorvado con los dedos entrelazados detrás de su espalda. El corazón de Eva estaba acelerado mientras jugueteaba con los botones de su capa y finalmente, él habló. "¿Sabes por qué he venido a hablar contigo?" preguntó.

"No, no estoy segura," respondió honestamente.

"¿Te sorprendería saber que falta una página del Libro de Profecía?" le preguntó Sabio.

Él sabe que fui yo, pensó, sintiéndose derrotada. *Pero todavía no tiene la página en su posesión.* Sabía que no tenía sentido tratar de mentirle a alguien tan avanzado como Sabio. Él lo detectaría de inmediato.

"¿Cómo sabía que fui yo?" preguntó en voz baja.

"Bueno, confieso que me tomó un tiempo resolverlo por mi vejez. Poner las barreras realmente me pasó factura. Llamé a una reunión de los ancianos esta noche para que me pudieran ayudar, y uno de ellos dijo que sintió que la página había sido arrancada por una joven con cabello castaño y ojos grises. Entonces recordé cuando viniste a verme al templo después de haber leído las señales. Recordé lo preocupada que estabas por lo que significaba la profecía, y pensé que podrías haber hecho algo para evitar que todos los detalles pasaran," respondió.

"Ya veo. Sé que lo que hice estuvo mal," dijo Eva. "Pero todavía pienso que la persona que creemos que se indica en la profecía no es adecuada para el trabajo. Quizás significa alguien más. No quería que la comunidad la viera y lo eligiera solo por lo que estaba escrito. Creo que hay muchos en la comunidad que tendrían más posibilidades de éxito en esta misión."

"Debo admitir que estoy bastante decepcionado con tu decisión de eliminar la página. Siento que debo recordarte que las profecías nos llegan de aquellos en los reinos superiores que nos están cuidando. Puede que no comprendamos su dirección en ese momento, pero es aconsejable seguirla," dijo Sabio suavemente.

Eva no estaba convencida. "También he estado pensando que tal vez el ser que entregó esa profecía era de la oscuridad. Tal vez alguien que quiere que fallemos en esta tarea para que puedan tener este mundo para ellos una vez que todos nos hayamos ido," sugirió.

"Ha sucedido muy pocas veces cuando alguien disfrazado de ser positivo ha tratado de enviarnos falsas profecías para decepcionarnos, puedo asegurarte que no fue el caso esta vez. Hablé con Bryte yo mismo después de que Gelmesh pronunció la profecía. El Anciano Bryte está muy en sintonía con las energías del universo y dijo que solo había amor detrás de esta profecía. Confío en su juicio, Eva. Además, he estado recibiendo noticias de otras comunidades de elfos que han mirado sus propios libros, y han encontrado profecías similares a las nuestras. El universo nos está guiando en esta dirección. Sabes que hay muchos elfos espirituales y dotados entre nosotros. Sugiero que llamemos una reunión, presentemos la profecía a todos y dejemos que la comunidad decida. Pero debemos hacer esto pronto. El fénix continúa desvaneciéndose. ¿Qué piensas?"

Eva pensó que Sabio tenía una buena idea. Una vez que todos supieran lo que decía la profecía, estarían de acuerdo con ella en que no se podía seguir el curso que sugiere y elegirían el elfo o elfos apropiados para esta tarea tan importante. "Creo que una reunión sería el mejor curso de acción," respondió ella.

Llegaron a la casa de té en la ciudad, y Sabio sugirió que entraran para calentarse. Al entrar, fueron recibidos por Seraphin, la propietaria. Ella siempre era muy alegre y apasionada por el té y sus habilidades curativas. En lugar de preguntarte qué tipo de té querías, ella te preguntaba cómo te sentías o qué estaba pasando en tu vida, y ella hacía una selección por ti. "¡Hola! ¡Qué alegría tenerte a los dos aquí! Por favor tomen asiento. Anciano Sabio, ¿cómo se ha sentido?" preguntó Seraphin.

"He estado recuperando mi fuerza bastante bien, pero todavía he tenido problemas para dormir," respondió.

"Ya veo. No diga más. Tengo justo lo que necesita. Eva, ¿y tú?" preguntó ella.

Eva miró a Sabio pero él no dijo nada. "Bueno, para ser sincera, estoy un poco preocupada," dijo Eva.

"¿Preocupada por qué, cariño?" preguntó Seraphin.

"Um, simplemente toda la situación con el fénix en el Templo de Medeina," contestó ella. Seraphin miró a Eva por unos momentos mientras entrecerraba los ojos y fruncía los labios.

"Ha, sí. Bueno, es un tiempo tenso con la Piedra de la Vida que necesita ser reemplazada pronto. Te traeré algo que calmará tus nervios," dijo mientras le daba unas palmaditas a Eva en la espalda.

"Gracias," dijo Eva mientras se levantaba y se quitó su capa y luego la colocó en el respaldo de la silla.

Unos minutos después, Seraphin regresó con el té. Ella los dejó frente a los dos patrones. "Albahaca santa para tus nervios, Eva. Y té de valeriana para ayudar con su ciclo de sueño anciano," dijo con una sonrisa, su cabello castaño y rizado se movía arriba y abajo. Ambos le agradecieron y luego ella se dirigió a la puerta para saludar a un grupo de tres elfos que acababan de entrar.

En silencio sorbieron su té por unos momentos, luego Eva se levantó de repente y dijo: "Anciano, debo irme. La guardia nocturna comenzará pronto."

"No, no harás la guardia nocturna esta noche, Eva," dijo Sabio.

Eva lo miró, desconcertada. "Estaba hablando con Deary telepáticamente y ella está de acuerdo conmigo en que este tema del Libro de Profecía debe resolverse lo antes posible," dijo Sabio. Eva volvió a sentarse en su silla e hinchó las mejillas mientras dejaba escapar un gran suspiro.

"Ahora que tenemos más tiempo, ¿por qué no me dices dónde pusiste la página?" dijo Sabio.

"Probablemente está volando alrededor de mi dormitorio en este momento," respondió Eva.

"¿Qué significa eso?" preguntó Sabio, frunciendo el ceño.

"Quiero decir que estaba buscando un buen escondite para la página y no podía pensar en ningún lugar que pudiera ponerla donde no sería descubierta. Y así se me ocurrió intentar convertir la página en un animal. Hablé con el espíritu del árbol del que se había hecho el papel, y le pedí que se convirtiera en un pájaro. Para mi sorpresa, mi idea funcionó. La página se transformó en un pequeño estornino frente a mis ojos y he estado manteniendo el pájaro conmigo o en mi dormitorio desde entonces," dijo Eva.

Los ojos de Sabio se movían rápidamente. Sus manos estaban fuertemente apretadas en su regazo y sus rodillas se balanceaban arriba y abajo. No podía creer lo que estaba escuchando. Sabía que Eva y su familia podían convertirse en animales, pero nunca había oído hablar de que alguno de ellos transformara un objeto. "Una hazaña muy impresionante," dijo al fin. "¿Pero cómo recuperamos la página ahora?" preguntó, casi a sí mismo.

"No había pensado en eso. Está en mi dormitorio ahora mismo. Podemos regresar a mi casa, recuperar el pájaro y ver si podemos volverlo a la forma de la página," dijo Eva.

"Eso parece ser el mejor curso de acción, sí. ¿Has terminado con tu té?" preguntó.

"Sí. Estuvo delicioso," respondió Eva.

"Muy bien, entonces, vámonos," dijo Sabio mientras dejaba unas monedas sobre la mesa, y se dirigieron hacia la puerta. Cuando llegaron a la salida, Seraphin levantó la vista de la mesa que estaba limpiando y dijo alegremente, "¡Gracias por venir! ¡Espero verlos pronto!"

"Gracias Seraphin, el té estuvo muy bueno, como siempre, y estoy seguro de que volveré pronto," dijo Sabio con una sonrisa.

No hablaron en el camino porque sus dientes castañeteaban demasiado en el aire frío de la tarde. Cuando llegaron a la base de las escaleras de la casa de árbol de Eva, Sabio le dijo que fuera a buscar el pájaro mientras él la esperaba allí.

Eva subió las escaleras y entró a la casa. No prestó atención a Loraz o Lane cuando le preguntaron por qué estaba de vuelta y no en la guardia nocturna. Subió silenciosamente a su dormitorio y encontró a Feldespato encaramado en la parte superior de su armario. "Es hora de salir Feldespato. Súbete," dijo Eva. El pájaro la obedeció, revoloteando y aterrizando en su hombro. Ella salió del dormitorio y cerró la puerta detrás de ella. Bajó corriendo las escaleras y salió por la puerta principal, una vez más haciendo caso omiso de las preguntas de Loraz y Lane, que estaban en la cocina.

Sabio la estaba esperando en el mismo lugar donde lo había dejado, pero ahora estaba mirando hacia arriba. Algunas estrellas estaban empezando a aparecer en el cielo de la tarde. Eva lo tocó en el brazo y él saltó un poco. "Ha, veo que has vuelto y te has traído tu pequeño amigo," dijo mirando a Feldespato, sonriendo. "Vayamos al Templo de la Montaña y veamos si podemos recuperar la profecía, ¿de acuerdo?"

Cuando llegaron al templo, Sabio le dijo a Eva que esperara allí e iría a su casa para recuperar el libro. Sacó el libro de su escondite y también tomó un pequeño contenedor de su escritorio, y regresó al área principal del templo. "¿Cómo lo convertimos en la página?" preguntó Eva. Estaba triste de ver a su amiga irse, e incluso más triste de tener que devolver la profecía.

"Creo que deberías hablar con él de la misma manera que lo hiciste cuando primero transformaste la página. Pero esta vez, dile que necesita volver a la forma anterior que tenía," respondió Sabio.

Eva puso un dedo extendido hacia Feldespato y se subió. Eva movió su mano hacia abajo y sostuvo el pájaro delante de ella a la altura de la cintura. Ella lo miró con lágrimas en los ojos. Ella respiró hondo y luego le dijo al pájaro, "Has logrado tu propósito pequeño estornino. Necesito que vuelvas a la forma de la página en el Libro de Profecía." Eva cerró los ojos. Ella no quería ver lo que sucedería después.

Después de un momento, escuchó a Sabio dar un grito de alegría. Eva abrió un ojo ligeramente y miró hacia abajo. Allí, balanceándose en su dedo donde Feldespato había estado, estaba la página. Abrió ambos ojos completamente y agarró la página con su mano opuesta. Se la entregó a Sabio, quien abrió el Libro de Profecía donde debería ir la página que faltaba. Dejó el libro en un banco y abrió el pequeño contenedor que había traído de su casa. El contenedor tenía pegamento hecho de savia de pino adentro, que luego utilizó para pegar la página en su sitio.

Después de haber hecho esto, le dijo a Eva que correría la voz esa noche, de que iba a haber una reunión comunitaria el día siguiente. Cada elfo y florac debía estar allí, independientemente de su deber. No diría de qué se trataba la reunión hasta el día siguiente, para no causar pánico. Eva solo asintió con la cabeza, sabiendo que no se podía evitar. "¿Puedo ir a la guardia nocturna ahora?" preguntó ella.

"Si te sientes lo suficientemente bien para hacerlo, sí," respondió Sabio.

"Sí, estoy bien," dijo Eva y se levantó para irse. No había forma de que volviera a casa para hacer frente a más preguntas sobre lo que ella y Sabio habían estado haciendo esa noche. La vigilancia nocturna sería una buena distracción, porque mañana sería un día terrible. Mientras caminaba, levantó la vista una vez más hacia el cielo nocturno. Examinó al cazador y al dragón. *Mañana es el día en que elegimos quién reemplazará la piedra,* pensó. *Y por lo que parece, mañana la flecha apunta directamente hacia Tarakona.* Todas las señales continuaban apuntando a su pesadilla que se hacía realidad.

***

Zaffre abrió la puerta de la Casa de los Ancianos. "¡Roquiel! Qué agradable sorpresa," dijo.

"¡Hola a ti también! Mira, ¿estás libre ahora?" Roquiel le preguntó.

"Ahora no, pero en unos cinco minutos sí. Solo necesito terminar el postre que estoy haciendo. ¿Qué necesitas?" dijo Zaffre.

"Solo quería platicar un poco," respondió Roquiel.

"Ha, ya veo. Espérame aquí. Saldré enseguida," dijo Zaffre. Después de unos minutos, Zaffre salió de la casa.

"Ups, probablemente debería quitarme el delantal," dijo Zaffre, riendo. Levantó un dedo hacia Roquiel. "Solo un minuto más, necesito ir a colgar esto," dijo mientras se quitaba el delantal por encima de la cabeza.

Después de que regresó, comenzaron a caminar juntos. "Entonces, ¿a dónde vamos?" preguntó Zaffre.

"Bueno, pensé que tal vez-" Roquiel fue interrumpido por Vangeline, quien también trabajaba en la cocina. "Ha, Zaffre, bien, me alegro haberte encontrado. Los ancianos simplemente nos dijeron que habían recibido comunicación de Sabio de que todos se reunirían mañana al mediodía en la casa de la comunidad. Todos deben irse," dijo.

"¿Dijeron de qué se trata?" le preguntó Zaffre. "No, solo que todos tenían que estar allí, sin excepciones. ¡Corre la voz!" respondió ella.

"Bueno, gracias por decirme," dijo Zaffre. Vangeline entró a la Casa del Anciano. "¿De qué crees que se tratará la reunión?" preguntó Roquiel.

"Ni idea. Muy extraño," dijo Zaffre.

"Cambiando de tema, ¿cómo salieron los champiñones?" preguntó Roquiel.

"Ha, muy buenos. Los ancianos estaban contentos," dijo Zaffre.

"Eso es bueno escucharlo. ¿Qué dices si bajamos al río?" preguntó Roquiel.

"Claro, suena bien," respondió Zaffre. Entonces los dos caminaron hacia el río mientras charlaban sobre cosas diferentes. Cuando llegaron al río, todos los peces salieron a la superficie cuando escucharon la voz de Roquiel. "No, no tengo nada para ustedes esta vez," les dijo con una sonrisa. Los dos muchachos pusieron sus manos en el agua y dejaron que los peces nadaran alrededor de ellas. Uno incluso mordió el dedo de Roquiel. Aparentemente no estaba convencido de que Roquiel no les hubiera traído algunas golosinas. "¡Ay!" Exclamó mientras sacaba su mano del agua. Ambos se rieron mientras se ponían de pie y se dirigían a sentarse en la roca gigante.

Subieron y se sentaron. Roquiel miró hacia el cielo nocturno. "No sé cuánto tiempo puedo quedarme aquí, se está poniendo realmente frío," le dijo Zaffre a Roquiel. "Tienes razón. Me gusta venir aquí todo lo que puedo para observar las estrellas antes de que el invierno realmente se instale y lo haga imposible," dijo Roquiel.

"Ya veo," dijo Zaffre. "¿Hay algo en particular de lo que quisieras hablar, Ro?" le preguntó a su amigo. "No en realidad no. Sin embargo, he tenido esta extraña sensación últimamente, como si llegara algo grande. Probablemente no sea nada, pero cuando me siento y miro las estrellas, la sensación es aún más fuerte," respondió Roquiel.

"Bueno, supongo que la única forma de averiguarlo es esperar y ver qué pasa," dijo Zaffre.

"Supongo que tienes razón," dijo Roquiel.

El sonido de botas crujiendo en la nieve resonó en el aire. Miraron hacia el sonido y notaron que dos elfos bajaban por el mismo camino que habían tomado para llegar al río. "Me pregunto quién podría ser," dijo Zaffre. No podían decir exactamente lo que decían los demás, pero se estaban riendo de algo. Cuando la pareja se acercó, Roquiel y Zaffre pudieron ver que eran Rosa y Baktiri de la guardia nocturna. "Hola Rosa, Baktiri. ¿Qué es tan gracioso?" preguntó Zaffre.

"Ha, nada," dijo Rosa. "Nos enviaron aquí a patrullar y nos preguntábamos qué estarían haciendo ustedes dos aquí abajo," continuó. Entonces los dos comenzaron a reírse de nuevo.

Zaffre puso los ojos en blanco. "Qué maduro. Ya nos íbamos," dijo mientras miraba a Roquiel y hacía un gesto con la cabeza para que salieran. Bajaron de la roca y pasaron junto a Rosa y Baktiri sin decir una palabra.

"¡Diviértanse en su romántico paseo debajo de la luz de la luna!" Baktiri gritó detrás de ellos. Zaffre y Roquiel continuaron en silencio. Todavía podían oírlos reír mientras subían la colina.

"Qué cruel," dijo Zaffre con el ceño fruncido. "Solo estaban bromeando. No permitamos que nos moleste," dijo Roquiel.

Zaffre respiró profundamente por la nariz. "Sí, tienes razón. De todos modos, será mejor que regrese a la casa," dijo.

"Está bien, regresaré contigo," dijo Roquiel. Regresaron a la casa y Zaffre abrió la puerta. Estaba contento de que esta casa no estuviera en los árboles. No le gustaba subir escalones de hielo en el invierno. Se giró y se despidió de Roquiel. "Creo que te veré mañana en la casa de la comunidad," dijo.

"De acuerdo, te veo allí. ¡Buenas noches!" Roquiel respondió. Se fue y regresó al calor de la casa de su árbol.

A la mañana siguiente, Roquiel se despertó con el sonido de su hermana Juniper golpeando la puerta de su dormitorio. "¡Roquiel, levántate! ¡Llegarás tarde a la casa de la comunidad!" gritó. Se frotó los ojos mientras luchaba por recordar de qué estaba hablando. *Ha, sí. La reunión de Sabio hoy a mediodía*, pensó. Se levantó de la cama y se vistió rápidamente. Bajó las escaleras y, por lo que parecía, su familia ya se había ido. Untu estaba en la cocina arreglando. "¿Quieres caminar conmigo a la casa de la comunidad?" le preguntó Roquiel. Untu se giró para ver de dónde venía la voz e hizo una doble toma cuando vio a Roquiel.

"¡Ha, Roquiel! Pensé que ya te habías ido. Pero supongo que no me sorprende verte aquí todavía. Sí, estoy terminando aquí. Vamos a caminar juntos," respondió Untu.

"¿Hay algo con lo que te pueda ayudar?" preguntó Roquiel.

"Ha, no. Solo necesito guardar estos platos. ¿Quieres comer algo antes de irnos?" preguntó Untu.

"No gracias. Creo que deberíamos irnos," respondió Roquiel.

"Bueno," dijo Untu. Bajaron por los escalones de madera hasta el nivel del suelo y se dirigieron hacia la casa de la comunidad para la misteriosa reunión.

"¿Para qué crees que Sabio nos ha llamado?" preguntó Roquiel.

"No estoy seguro, pero tengo la sensación de que se trata del fénix," graznó Untu. Roquiel hizo una mueca y comenzó a caminar con la cabeza apuntando hacia el suelo. Puso sus manos en sus bolsillos para protegerlos del frío. Caminaron el resto del tiempo en silencio. Cuando llegaron a la casa de la comunidad, buscaron al resto de la familia de Roquiel y se sentaron al lado de ellos. A su alrededor, las especulaciones volaban. Al lado de Roquiel se escuchó a una elfa vieja decirle a otra: "Escuché que las barreras alrededor de los trolls están fallando." Detrás de él, dos jóvenes estaban hablando de cómo pensaban que los lobos alados habían traicionado a los entrenadores y que iban a venir y atacarlos a todos. Roquiel se rió a sí mismo cuando escuchó esta teoría.

Como se trató de una reunión de todos los habitantes de Seren, había muchos niños pequeños en la casa de la comunidad. Algunos estaban sentados y otros corrían y se perseguían. Pero todos se callaron cuando Sabio entró. A todos se les había enseñado a mantener un gran respeto por los ancianos, e incluso los niños sabían lo suficiente como para dejar lo que estaban haciendo y prestar atención.

Sabio entró, sosteniendo el Libro de Profecía. Eva estaba sentada al lado de Cruiser con la cabeza entre las manos. Cruiser le preguntó por quinta vez si estaba bien. Eva solo asintió. *Todos estarán de acuerdo conmigo, sin importar lo que diga Sabio o alguna profecía*, pensó. Y a pesar de que tenía la esperanza de que la mayoría vería las cosas a su manera y la crisis podría evitarse, todavía tenía miedo. Sabio le había prometido algo de tiempo para dirigirse a todos cuando estaban en la casa de té. Solo esperaba que fuera capaz de pronunciar las palabras de una manera serena.

El silencio permaneció en la habitación por unos momentos mientras Sabio se preparaba para lo que estaba a punto de decir. Los otros miembros del Consejo de Ancianos estaban sentados detrás de él. "Les agradezco a todos por estar aquí sin mucho tiempo de aviso. Lo que tenemos que discutir hoy es de suma importancia y no podía esperar. Ya me he reunido con los Ancianos para discutir este asunto.

Necesito informarles que el fénix en el Templo de Medeina está llegando al final de su vida. Nuestros esfuerzos en la ceremonia de curación no fueron en vano; parece que el fénix mejoró por un tiempo. Pero aquellos que han entrado al templo han visto que el fénix ha comenzado a construir un nido de ramitas alrededor de sí mismo. Esto, por supuesto, se incendiará, junto con el fénix, para que de las cenizas emerja el nuevo fénix. Otras aves están llevando las ramitas al fénix porque nunca deja su poste protegiendo a la Piedra de la Vida. Sabemos que este es un proceso muy tedioso y lleva varios meses completarlo debido a la complejidad y cuidado que le da el fénix. Esto significa que todavía tenemos algo de tiempo para recuperar una nueva Piedra de la Vida y estar allí para reemplazarla cuando surja el nuevo fénix," dijo.

Entonces Sabio se acercó y recogió el Libro de Profecía de la pequeña mesa en la que se lo había puesto. Hojeó las páginas hasta que llegó a la profecía número 13.186. "Ahora les voy a leer una profecía que me ha llamado la atención. Me gustaría mucho escuchar lo que piensa la comunidad al respecto," dijo mientras se aclaraba la garganta y comenzaba a leer. Todos los elfos y floracs presentes estaban sentados en el borde de sus asientos, esperando escuchar lo que la profecía tenía que decir sobre este asunto.

"Profecía numero 13.186 pronunciada por Gelmesh, hijo de Yandir y registrada por el Anciano Bryte, hijo de

Thronite, en Seren en el año 8026." El padre de Roquiel, que estaba sentando cerca de su hijo, se sorprendió al escuchar su nombre. Según su conocimiento, nunca había pronunciado una profecía.

Sabio continuó: Cuando llegue el momento en que el cazador apunte hacia el dragón Tarakona en el cielo oriental, el niño nacido a medianoche bajo el símbolo de la foca con el miembro de la comunidad más viejo como su pariente, viajará a las Cuevas de Cristal para recuperar la próxima Piedra de la Vida, porque el fénix que lo guarda ahora se desvanece y también la piedra. Él será quien reemplace la Piedra de la Vida y restablezca el equilibrio a todos."

Todos los presentes se sentaron en silencio, hurgando en sus cerebros para tratar de averiguar si la persona indicada podría ser una de los suyos. Entonces, de repente, la madre de Roquiel, Helene, comenzó a murmurar algo. "Nacido a medianoche... el miembro más viejo de la comunidad... símbolo de la foca..." Luego jadeó ruidosamente y sus manos temblorosas cubrieron su boca. Todos voltearon a mirarla. Gelmesh le pasó el brazo por el hombro para estabilizarla. "¿Qué pasa, Helene?" preguntó. Sus ojos se llenaron de lágrimas, y después de unos momentos bajó lentamente las manos de su boca y dijo dos palabras que apenas se escuchaban: "Es Roquiel."

"¿Qué fue eso? ¿Qué dijiste?" preguntó Gelmesh. Helene se puso de pie y miró alrededor de la habitación. "Es Roquiel, la profecía habla de Roquiel," dijo, mientras las lágrimas corrían por su rostro mientras se volvió para mirar a su hijo.

Sabio se alegró de que él no tenía que anunciar quién la profecía estaba indicando. Por supuesto, Helene lo había descubierto rápidamente. Ella era, después de todo, su madre. "¡Helene! ¿Qué quieres decir con que es Roquiel?" le preguntó Gelmesh. Helene todavía estaba de pie y sabía que tenía que reunir la fuerza para explicar la profecía a los presentes.

"Sí, estoy bastante segura," comenzó. "El bisabuelo de Roquiel, Banaroq, es el elfo más viejo hoy en día, con 596 años de edad. Y mi hijo nació faltando cuatro minutos para la medianoche bajo el símbolo de la foca. Pero no soy una experta en las estrellas. No sé si esa alineación particular está sucediendo ahora, pero creo que la profecía está hablando de él. ¿Anciano Sabio?" Helene se volvió para mirar a Sabio, esperando que él pudiera tener otra idea de quién podría ser. Sabio luego le hizo un gesto a Eva para que se acercara y se pusiera de pie junto a él.

"Helene, por favor, siéntate, tenemos que discutir esto con calma," dijo Sabio con una sonrisa suave. Helene hizo lo que Sabio dijo y volvió a sentarse. Luego miró a Roquiel, quien estaba demasiado conmocionado para moverse. Estaba mirando a lo lejos, sin parpadear. "Las estrellas ahora están alineadas como dice la profecía. Las he estado observando por un tiempo. También las ha visto nuestra observadora nocturna, Eva," dijo Sabio. Luego se hizo a un lado para que Eva pudiera dirigirse a la comunidad y decir lo que estaba en su corazón.

"Sí. Como dice Anciano Sabio, yo también he estado observando las constelaciones. He estado enterada durante algún tiempo de esta profecía. Desde que era muy joven, he estudiado el Libro de Profecía. Esta profecía en particular me llamó la atención recientemente porque la alineación del encuentro con Tarakona llegará pronto. De hecho, esta noche, la flecha del cazador será apuntada directamente hacia el dragón. Por lo tanto, creo que ahora es el momento de seleccionar a la persona que reemplazará la piedra. Pero debemos considerar cuidadosamente las palabras de la profecía. ¿A quién más podría referirse la profecía? Y aunque se indique Roquiel, ¿lo seguiremos ciegamente y lo seleccionaremos en lugar de alguien más calificado? Tomemos la mejor decisión posible. El destino de nuestro planeta está en nuestras manos," dijo Eva. Cuando terminó su discurso, caminó lentamente de regreso a su asiento con la cabeza inclinada hacia el suelo con la esperanza de que había sido suficiente.

Roquiel dejó escapar un suspiro de alivio al escuchar alguien decir que no sería él la mejor opción. Por supuesto, Eva no confiaría en él, pero ¿qué pensarían los demás? Sabio regresó al centro de la habitación para decir su parte.

"Gracias, Eva" dijo Sabio, haciendo un gesto con la mano extendida hacia la chica que acababa de derramar su corazón delante de ellos. "Como ella dice, esta debe ser una decisión que se considere cuidadosamente. He recibido noticias de los ancianos de otras comunidades de que ellos también recibieron profecías similares que indican que será un elfo de Seren quien llevará a cabo la tarea. Después de repasar los detalles muchísimas veces, debo revelar a todos que también he llegado a la conclusión de que Roquiel es sin duda el que se menciona en el Libro. Sabio miró a Eva y medio esperó que ella se pusiera de pie para protestar, pero no lo hizo. Ella sabía lo que Sabio pensaba y no estaba sorprendida por su declaración. Sabio continuó, "Pero ahora me gustaría abrir la discusión a quien tenga algo que decir. Después de que todos hayan hablado quién les gustaría, votaremos. Si quieres un turno, por favor ponte aquí en el centro conmigo y el resto de nosotros prestaremos mucha atención."

Sabio hizo un movimiento de barrido con la mano y dio unos pocos pasos hacia un lado, indicando que ahora era el turno de los miembros de la comunidad. Brann se puso de pie y cruzó la habitación hacia Sabio. Él plantó sus pies firmemente en el suelo y luego dijo: "Siento que seguir adelante con esta profecía sería una locura." Al decir esto, miró a Roquiel amenazante. "Todos sabemos que las profecías nos han aportado mucha sabiduría en el pasado. Estoy seguro de que algunos de ustedes recuerdan la profecía 12.899. Decía que seríamos atacados desde el aire en el año del oso. Así que, en previsión, a principios de ese año, dirigí al ejército en un intenso entrenamiento para defenderse

93

contra ese ataque. Y luego, por supuesto, unos meses después, los elfos de las cuevas del continente de Maiza vinieron volando sobre grifos. Fue un intento de derrocar a nuestros líderes y establecer una colonia en este continente. Estábamos preparados y fueron enviados de vuelta a las entrañas de Kitharion. Las profecías tienen su lugar, pero también necesitamos usar nuestra propia habilidad para razonar. Si enviamos a este chico, que no ha hecho nada de valor para la comunidad, para reemplazar la Piedra de la Vida, estamos sellando nuestro propio y terrible destino. Les digo, déjenme ir, junto con algunos otros hombres fuertes del ejército. Es nuestra única esperanza." Brann terminó su discurso apasionado y miró alrededor de la habitación donde vio a varias personas asintiendo con la cabeza en acuerdo con él. Confiando en que había dicho lo suficiente como para ganarse la confianza de todos, regresó a su asiento.

La siguiente persona en ponerse de pie e ir al centro fue el anciano Bryte. Se apoyó en su bastón, meciéndose adelante y atrás por un momento antes de comenzar a hablar. "Me gustaría decirles brevemente cómo llegue a escuchar esta profecía," comenzó.

"Sí, creo que a todos nos gustaría escuchar esa historia," dijo Gelmesh.

"Ocurrió hace ochenta años. Estaba en el Templo de la Montaña meditando, y había algunos otros allí. Se estaba haciendo tarde. Cuando rompí mi meditación, solo quedaba una persona más allí. Era el joven Gelmesh, que estaba tratando de olvidar a cierta doncella que no devolvía sus insinuaciones. Bryte sonrió levemente y miró a Helene y Gelmesh. Helene se sonrojó y miró hacia otro lado. "Me estaba preparando para irme cuando de repente escuché un golpe fuerte. Gelmesh se había desmayado y colapsó en el piso. Corrí hacia él para ver si estaba bien. Cuando llegué a él, levanté su cabeza y, para mi sorpresa, comenzó a hablar. Inmediatamente me di cuenta que estaba dando una profecía y que yo iba a ser el grabador, así que presté mucha atención.

Después de que se detuvo, despertó y me miró con ojos vidriosos. Me preguntó qué había sucedido y solo le dije que se había desmayado. No quería que anduviera con el peso de saber que había dado una profecía sobre la próxima Piedra de la Vida. Cuando se fue, de inmediato fui a mi estudio y escribí lo que había dicho palabra por palabra. Fue registrado más tarde en el Libro de Profecía."

"¿Cómo sabemos que lo escribiste correctamente? ¿Qué pasa si tienes algunos detalles incorrectos?" preguntó una elfa que estaba sentada atrás.

"No. Tengo muy buena memoria. Recordé y escribí exactamente lo que dijo," le aseguró Bryte. Entonces Sabio intervino. "Tengo fe en Anciano Bryte y creo que el dador de la profecía lo eligió como el grabador por una buena razón. Él siempre ha tenido una buena memoria, desde que lo conocí. También me gustaría mencionar que Bryte vino a mí después de que esto sucedió. Cuando lo interrogué, me aseguró que la profecía provenía de una fuente amorosa; no había detectado ningún engaño," dijo.

"Así que parece que crees que deberíamos elegir a Roquiel para la tarea," dijo Cruiser lentamente. Sabio se quedó en silencio por un momento y luego dijo: "Sí." Hubo un gran grito de asombro colectivo y una charla estalló entre todos los presentes.

Roquiel se puso de pie y salió corriendo. Amarantha también se levantó y fue tras él. Salió por la puerta y la cerró detrás de ella. Encontró a Roquiel inclinado sobre la barandilla, vomitando violentamente. "¡Roquiel! ¿Estás bien?" gritó.

Roquiel se dio la vuelta y la miró. "¿Que si estoy bien? ¡Por supuesto que no! ¿Estás escuchando lo que está pasando?" dijo, levantando las manos con desesperación.

"Ven y siéntate conmigo," dijo mientras lo rodeaba con un brazo. Se sentaron y Amarantha trató de calmar a su hermano. "Incluso si la profecía habla de ti, la comunidad todavía tiene que votar. Si la mayoría quiere que Brann se vaya, él será el elegido, sin importar lo que piense Sabio," dijo. Roquiel no dijo nada. Simplemente siguió sentado allí con la cabeza baja, los hombros moviendo hacia arriba y abajo por su respiración pesada.

En ese momento la puerta de la casa de la comunidad se abrió de golpe. "¡Ah, acá están! Ustedes dos necesitan regresar. Es hora de votar," dijo Eva. Amarantha agarró a Roquiel por debajo del brazo y lo jaló, tratando de que se pusiera de pie. "No voy a volver allí," dijo tercamente. Amarantha miró a Eva, suplicándole que la ayudara. Eva se acercó a Roquiel y se agachó. "Has estado huyendo de la responsabilidad toda tu vida. Es hora de crecer y convertirte en un miembro de pleno derecho de esta comunidad. En mi discurso, intenté que la gente viera la razón y, con un poco de suerte, me escucharán y seguirás con tu vida normal," dijo.

Eva agarró el otro brazo de Roquiel y las chicas lo levantaron del suelo. Roquiel comenzó a caminar lentamente, como si cada paso le estuviera causando dolor, pero eventualmente lograron volver adentro. Volvieron a sentar a Roquiel con su familia y observaron mientras Sabio intentaba recuperar el control de la reunión. "Necesito que todos se calmen y tomen un momento para considerar todo lo que han escuchado aquí hoy. En unos pocos minutos les pediré que levanten la mano, ya sea para Brann, que se ha ofrecido muy valientemente, o para Roquiel, a quien la profecía ha predicho," dijo.

El estómago de Roquiel se volvió cuando Sabio dijo esa última frase. Hubo un silencio por lo que pareció una eternidad. Entonces Sabio, que había estado sentado, volvió a levantarse. Él dijo: "Por favor, vota en función de lo que sientes en tu corazón y no de la influencia de los demás. Ahora te pediré que levantes la mano para la persona que crees que debería ser elegida. Quien sea que reciba la mayor cantidad de votos estará entonces preparado para el viaje y ellos serán los únicos en reemplazar la Piedra de la Vida en el Templo de Medeina. Primero, Brann. Por favor, levanten la mano, aquellos de ustedes que desearían que fuera seleccionado." Roquiel miró a su alrededor con nerviosismo. Varias manos subieron y Sabio rápidamente contó. "Luego, todos aquellos que deseen seleccionar a Roquiel," dijo Sabio. Roquiel escaneó la habitación. No estaba seguro, pero para él parecía que ahora había más manos levantadas de lo que había estado para Brann.

Después de contar las manos que estaban en el aire, anciano Sabio anunció: "Muy bien, la mayoría de los votos han sido para Roquiel. Él será la próxima persona en reemplazar la Piedra de la Vida." Ante estas palabras Brann salió de la Casa de la Comunidad en protesta, con Eva pisándole los talones. Gelmesh estaba tratando de consolar a su esposa, que sollozaba en un pañuelo.

Roquiel levantó la vista y vio a Joules acercarse a él. Ella se sentó y lo rodeó con un brazo. "Puedes hacerlo. Sé que puedes. La profecía no te hubiera escogido si no fueras capaz," dijo tranquilamente. Roquiel apreció sus palabras, pero no iban a ser suficientes para darle confianza. Él la miró e intentó sonreír. Una vez que Joules se dio cuenta de que Roquiel no estaba de humor para una conversación, se puso de pie y salió con los demás. Daver se acercó y le dirigió una mirada que era una mezcla de ira y disgusto, pero no dijo nada. Entonces vino Sabio. "Quisiera que me acompañaras al templo para discutir lo que acaba de suceder," dijo. Roquiel asintió y se puso de pie al lado del anciano. "Llévala a casa y cuídala," le susurró Sabio a Gelmesh, señalando con la cabeza a Helene.

Sabio sacó a Roquiel de la Casa de la Comunidad. "Realmente no necesito hablar sobre los detalles del viaje contigo todavía, solo quería alejarte de todos para que pudieras tener una oportunidad para procesar los eventos de hoy," le confesó Sabio a Roquiel mientras caminaban juntos. Roquiel miró al anciano y le dio una leve sonrisa. "¿Qué estás pensando?" preguntó Sabio.

"Simplemente no entiendo por qué estás de acuerdo con la profecía. Soy la última persona a la que se debe confiar esta tarea. Ustedes los ancianos me dieron el deber más fácil en todo Seren ¿y ahora se supone que debo salvar al mundo?" dijo Roquiel, exasperado.

Sabio se detuvo y miró a Roquiel directamente a los ojos. "Tengo fe completa en la profecía y en ti," dijo.

7 Preparaciones Finales

"¿De verdad crees que ocho días serán tiempo suficiente para prepararse? Tendrá que reunir suficiente comida, armas y otros suministros para la caminata," dijo Jolania, mientras la luz de la luna reflejaba en su piel blanca.

"Tendrá que ser así. No podemos esperar más que eso," respondió Sabio.

"Al menos no lo estamos enviando solo, ¿pero Orvick realmente tiene que volver a Seren tan pronto?" preguntó anciana Malarquia.

"Temo que será necesario, Malarquia. Él no podrá dejar a los observadores del día por su cuenta por mucho tiempo," respondió Sabio.

"¿Y cuándo te gustaría que volvamos aquí para decidir sobre el elfo de Seren y el miembro del reino animal que también acompañará a Roquiel?" preguntó anciano Tonerbius.

"Me gustaría ver a todos los ancianos y a todos los miembros del consejo asesor aquí en el templo dentro de dos días, al atardecer," dijo Sabio mientras los despedía con un gesto de sus manos hacia la puerta.

Cuando se corrió la voz de que los consejos elegirían a alguien para acompañar a Roquiel, Joules inmediatamente fue a hablar con Sabio. "Nos conocemos desde que éramos bebés y siempre hemos trabajado tan bien juntos. También he estado trabajando mucho con los leones acuáticos y los lobos alados últimamente. Ambos grupos podrían ayudar en el viaje y sé cómo relacionarme con ellos," le dijo Joules.

Después de que ella expuso su caso, Sabio la miró con ojos suaves y dijo: "Joules, no tengo duda de que eres una elfa fuerte, y te agradezco por querer ayudar de esta manera, pero no creo que deberías ser la persona para ir con Roquiel."

"Pero... yo... ¿por qué?" Tartamudeó Joules.

"Aunque tu oferta es bastante valiente, no podemos tener sentimientos sentimentales mezclados con la situación. Roquiel estará bien. Tengo confianza en la profecía y creo que tendrá éxito. Tendremos meditaciones frecuentes y ceremonias para ayudarlo y protegerlo a lo largo del camino. Creo que es mejor que esperes su regreso aquí en casa," explicó Sabio.

Joules estaba en estado de shock y no pudo decir ni una palabra más. Se dio la vuelta justo a tiempo para que Sabio no viera las lágrimas que habían comenzado a rodar por su rostro. A ella no le gustaba la idea de que a Roquiel le hubieran dado esta tarea, y ahora tendría que sentarse y esperar para ver si lograba regresar a salvo.

Joules no sería elegida para ir a la caminata, pero Sabio tenía otra persona en mente. La siguiente vez que los consejos se reunieron, les mencionó su sugerencia. Muchos se sorprendieron de su elección, pero una vez que Sabio explicó sus razones, todos parecían estar de acuerdo. Les habló de una chica que era una arquera, rastreadora y luchadora altamente capacitada. Ella conocía las estrellas como la palma de su mano y las usaba para navegar de noche. Ella era intrépida, sana y fuerte, justo la persona para la tarea. Le enviaron un mensajero para que le hablara sobre la idea.

Poco después, la joven elfa llegó con el mensajero para reunirse con los concejales. "Eva, que bien que pudieras unirte con nosotros tan pronto. Espero que no te hayamos despertado," la saludó Sabio.

"No, no me despertó, pero no puedo imaginar cómo podría ser de más ayuda," dijo Eva nerviosa, mordiéndose el labio inferior y mirando a todos los ancianos y miembros del consejo asesor.

"Por favor, siéntate y te diremos por qué te hemos llamado aquí," dijo Sabio en voz baja. Eva se sentó y esperó una explicación. "Eva, estás aquí porque te hemos elegido para una tarea muy importante," comenzó Sabio. Los ojos de Eva se agrandaron. "Antes de que te diga la tarea, déjame decirte por qué creemos que serías la mejor persona para el trabajo," dijo Sabio. "Está bien," dijo Eva.

"Siempre hemos escuchado cosas buenas de Deary sobre ti. Ella dice que sobresales en tus deberes como observadora nocturna. Ella habla muy bien de tus habilidades de arquería, junto con tus habilidades en combate y rastreo. Yo personalmente sé que eres muy estudiosa; le prestas atención a cada detalle, y eres muy buena para leer las estrellas," dijo Sabio. Eva aún no estaba segura de a dónde iba todo esto. Sin embargo, esperaba que terminaran pronto, se sentía muy hambrienta y necesitaba afilar sus cuchillos antes de la guardia nocturna.

"Eva, no hay una manera fácil de preguntarte esto, así que seré franco. Queremos que acompañes a Roquiel para reemplazar la Piedra de la Vida," dijo Sabio. Luego dio un paso atrás y frunció los labios con anticipación.

Eva no dijo nada durante mucho tiempo. Se sentó con las manos a los costados, agarrada al borde del banco con tanta intensidad que sus nudillos se estaban poniendo blancos. Ella continuó mirando inexpresivamente con los ojos muy abiertos. Sabio se sentó a su lado y le pasó un brazo por los hombros. "Sé que puedes hacerlo," le susurró. Ella lentamente giró la cabeza para mirarlo. Ella lo miró a los ojos, respiró hondo y finalmente dijo: "Acepto."

Anciano Sabio pensó que iba a tener que tratar de convencerla más. Los otros ancianos y los miembros del consejo asesor estaban sonriendo. "¿Qué? ¿Lo harás?" preguntó Sabio.

"Sí," dijo Eva. "No esperaba que me preguntaran. Pensé que elegirían a Brann o alguien como él, pero me siento honrada de que me hayan elegido y no les fallaré.

Sabio le apretó el hombro y se levantó para dirigirse a todos los que estaban allí.

"Ahora tenemos a Roquiel y Eva y he decidido que el próximo miembro será uno de los devi," dijo.

Muchas cejas se levantaron con esta noticia. "¿Un devi, Sabio? Creo que deberías explicarte," dijo anciano Gabriel.

"Los devi son criaturas misteriosas," dijo Sabio. "Residen en las profundidades de los bosques y son bastante privados, tanto que rara vez son vistos por nuestra gente. Algunos no pueden verlos en absoluto. Hace tiempo que los devi desarrollaron la habilidad de ser invisibles a los floracs, en los días en que compartían el mismo territorio y deseaban que los dejaran solos. Los devi realmente son bastante notables. En general, son muy inteligentes, pacientes y sabios. También están muy en sintonía con el agua; ellos entienden el poder que tiene. Incluso dicen que el agua tiene la capacidad de recordar. Me imagino que la razón de su sorpresa es porque es muy raro que los elfos y los devi interactúen, pero creo que un devi sería el compañero perfecto en un momento como este.

Viajé al territorio devi cuando nos enteramos por primera vez sobre el fénix y fueron bastante receptivos conmigo. Hablé con muchos de ellos para determinar el devi que creo que sería el mejor compañero para este viaje. Por supuesto, tendrá que ser aprobado por los otros ancianos y los miembros del consejo asesor primero, y si es así, le avisaré que él debe venir aquí y Eva y Roquiel, ustedes dos pueden verlo," dijo Sabio. Eva solo asintió e intentó una sonrisa débil. "Roquiel ha estado quedándose aquí," continuó Sabio. "Él está en mi casa ahora y mañana por la mañana podemos repasar el plan para el viaje. No nos queda mucho tiempo porque comenzará en cinco días. Dejaré que Deary sepa lo que está pasando y le diré que no estarás en la guardia nocturna porque necesitas descansar. De hecho, ya no serás parte de la guardia nocturna hasta después de tu regreso. Eres más que bienvenida a quedarte aquí hasta que te vayas, si deseas un poco de espacio fuera de la comunidad para prepararte durante los próximos días o puedes volver a casa," dijo Sabio.

"Aprecio que me permitas quedarme aquí, pero estoy acostumbrada a la presión. Creo que me gustaría regresar a casa por un tiempo," dijo.

"Muy bien, te veremos aquí por la mañana. Si te sientes con ganas, creo que sería prudente contarle a tu familia lo que sucedió lo más pronto posible," sugirió Sabio.

"Lo haré," respondió Eva. Todavía estaba en estado de shock cuando se levantó para irse. Ella no dijo nada mientras pasaba junto a todos los presentes y salía del templo.

Eva regresó a su casa en el árbol y los miembros de su familia estaban empezando a llegar de nuevo de sus deberes. Lane llegó con Lerek y los dos se sentaron en la mesa del comedor. "¿Les gustaría un poco de té?" preguntó Loraz, que estaba zumbando alrededor de la cocina.

"Sí, gracias," respondió Lane.

"¿Sabes cuándo volverán mamá y papá?" preguntó Eva a Lane.

"No sé, probablemente pronto," respondió encogiéndose de hombros. "¿Por qué necesitas saberlo?" "Porque hay algo que necesito contarles a todos," respondió ella.

"¿Es algo serio?" preguntó Loraz.

"Probablemente nos dirá que su pájaro ha muerto. No lo he escuchado haciendo un alboroto en su dormitorio por un par de días," dijo Lane con una sonrisa. Lerek se rió.

"No. No es eso, Lane," dijo Eva, sintiéndose bastante molesta. "Avísame cuando lleguen aquí, por favor," dijo, mirando a Loraz.

"Por supuesto querida", respondió Loraz.

Eva fue a su dormitorio y comenzó a buscar un libro que había recibido de adolescente. Ella pensó que sería muy útil teniendo en cuenta las circunstancias. Había sido un regalo de cumpleaños de su tía Gwenvier cuando cumplió diecisiete años. Todos en la familia sabían del amor que Eva tenía por la historia, y Eva había leído este libro muchas veces. Se llamaba El Libro de Miyr y era la historia del último elfo que había ido a reemplazar la Piedra de la Vida muchos siglos antes. Era una colección de sus entradas en el diario que había hecho a lo largo del camino, cosas que había escrito después de regresar con éxito a Canter, y unos pocos capítulos fueron escritos por Alondria, su acompañante en el viaje. La copia original estaba en la biblioteca de Seren, pero la que Eva tenía era una de las pocas copias que existían. El libro tenía un significado especial en la familia de Eva porque Miyr era su tátara tatara-tatara-tatara abuelo.

Miró entre las varias estanterías a lo largo de la pared. Después de vaciarlos durante unos minutos en vano, pensó en revisar su cofre. El viejo cofre marrón y rojo en la esquina de su dormitorio le había sido entregado por su abuela. Eva lo usó para almacenar recuerdos de su infancia y ella recordó que contenía algunos libros. Ella bajó el pestillo y levantó la tapa. El primer libro que encontró fue La Flora y Fauna de Seren; el segundo, después de desempolvarlo, era el que ella había estado buscando. "Realmente debería cuidarte mejor," dijo sosteniendo el libro de seiscientos años. "Creo que te llevaré conmigo. Quizás puedas ayudarnos."

Luego escuchó a Loraz gritar desde abajo. "¡Eva, tus padres están en casa!"

"¡Ya voy!" le gritó. Puso el libro encima de su cama y bajó a contarles la noticia. "Cariño, Loraz nos dice que tienes algo importante que decir," dijo su madre Lily, preocupada.

"Sí es cierto. Fui llamado a comparecer ante los consejos hoy y me han asignado una tarea muy importante," comenzó.

"¿Tú? ¿Una tarea importante?" dijo Lane burlonamente. Su madre le lanzó una mirada que solo una madre puede dar y eso hizo que Lane se callara de inmediato. "Por favor, continúa hija," dijo Lily.

"Bueno, como les decía," dijo Eva mientras respiró profundo. "Me han asignado una tarea los consejos. Me han pedido que vaya con Roquiel para reemplazar la Piedra de la Vida," dijo.

Oyeron un estruendo cuando el padre de Eva, Sirach, dejó caer su taza de té, y su contenido se derramó por todas partes. Loraz fue rápidamente a limpiar el desastre. "¿Te pidieron que hicieras eso?" preguntó Lily, "¡Pero seguro que no aceptaste!"

"Les dije que *sí* lo haría," respondió Eva.

Todos se sentaron en silencio aturdidos. Finalmente, Lily volvió a hablar, agarrando a Eva por los hombros y mirándola profundamente a los ojos. "Eva, debes reconsiderar. Sé que eres valiente, pero esto es algo muy peligroso que estás emprendiendo. ¿Estaba Sabio allí?" preguntó ella.

"Sí, Anciano Sabio estaba allí. De hecho, parece que fue él quien me recomendó," respondió Eva. "¿Estás segura sobre esto?" preguntó Sirach, dando un paso alrededor de Loraz, que estaba recogiendo los pedazos de vidrio en el suelo. "Me siento honrado de que hayas sido elegida y tú también deberías, pero nadie va a pensar mal de ti si te niegas," agregó. "Sé que no he tenido mucho tiempo para pensarlo, pero en el templo me di cuenta de que este es el camino que debo tomar. Les he dicho a los ancianos que emprenderé el viaje para reemplazar la Piedra de la Vida y cuanto más lo pienso, más estoy convencida de que este es mi destino," respondió Eva a su padre.

Sirach suspiró y luego preguntó: "¿Te vas a ir de inmediato, entonces?" Anciano Sabio dijo que quedan unos días para prepararme y que puedo quedarme en el templo durante el tiempo de preparación o en casa. Le dije que me quedaría aquí en casa. Quería pasar todo el tiempo que pudiera con ustedes antes de irme," le dijo Eva. "¿Incluso con Lane?" preguntó Lerek con sarcasmo. "¡Este no es un momento para bromas!" dijo Lily severamente. La sonrisa de Lerek se desvaneció rápidamente y miró hacia abajo a sus manos. "Va a ser muy difícil para todos nosotros, Eva, verte partir, pero también confiamos plenamente en ti. Medeina también estará contigo, nunca se va de nuestro lado," dijo Lily.

***

"Buenos días a todos. Me voy al templo," dijo Eva con naturalidad a su familia, tres días después de darles la noticia del viaje. "Nos estamos reuniendo con nuestro compañero devi hoy. También he decidido quedarme con el grupo, empezando hoy hasta que nos vayamos. Creo que es importante que todos formemos un vínculo fuerte antes de partir," continuó Eva. Su madre se levantó de la mesa y abrazó a su hija firmemente. "Sé que eres fuerte. Pero no lo soy. Mantenme en tus oraciones, ya que tú también estarás en las mías," susurró.

"Por supuesto, madre," respondió Eva. Luego abrazó a su padre y él le dio un beso en la mejilla. Lane todavía estaba sentado en la mesa cuando Lily le hizo un gesto para que le dijera algo a Eva. "Bueno, esto es adiós, supongo," dijo, pero no fue hacia ella. En cambio, miró hacia la mesa con los labios fruncidos. "De acuerdo entonces. Nos vemos en la despedida," dijo Eva mientras se colgaba la aljaba en la espalda y salía por la puerta. Su madre la siguió y la detuvo en lo alto de las escaleras. "Esto es más difícil para Lane de lo que puedas imaginar. Él te ama, ya sabes," dijo ella. "Lo sé," contestó Eva con una sonrisa mientras bajaba por la escalera de la casa en el árbol. Lily se quedó afuera y observó a Eva hasta que desapareció de la vista.

Cuando se acercó al templo, Eva pudo escuchar que alguien hablaba desde adentro. "Sí, maravilloso, esto es maravilloso. Sabes, esta es solo la tercera vez que tengo alguna interacción con los elfos. Pero hasta ahora todos ustedes han sido muy amables anfitriones, y estoy absolutamente enamorado de su cerveza de frambuesa. ¡Tan deliciosa!" dijo una voz extraña.

"Veo que ya has terminado de tomar algunas botellas", dijo una voz tranquila y entretenida que Eva reconoció como la de Sabio. Entró al templo y vio a Roquiel y al anciano hablando con un devi. "Eva, ven y te presentaré a Naki," dijo Sabio.

"Hola," dijo nerviosamente Eva mientras le extendía la mano a Naki para que saludara. Naki ignoró su mano y en su lugar se subió al hombro de Eva y luego volvió a bajar varias veces, inspeccionándola. "Creo que ella servirá, Anciano," dijo cuando finalmente bajó. Eva se volvió mirando a Naki. "Debes poder ver muy bien con esos ojos tan grandes," anotó.

"Sí, podemos, pero nuestros cerebros son aún más grandes," dijo Naki con orgullo.

"Bueno, espero conocerte mejor," dijo Eva.

"¿Cuándo llega Orvick?" preguntó Roquiel.

"Él debería llegar un poco más tarde. Todavía estaba trabajando en la planificación de la ruta la última vez que hablé con él," respondió Sabio. "Hasta entonces, ¿por qué no volvemos a mi casa y continuamos nuestra conversación allí?" sugirió Sabio.

***

Orvick comprobó dos veces sus suministros para asegurarse de que no estaba olvidando nada que necesitarían y luego bajó los escalones de su casa en el árbol. Comenzó por el sendero que conducía al templo y casi se encuentra con Deary, que venía hacia él desde la dirección opuesta. "¡Deary! ¡No te vi allí! ¿Has venido a hablar conmigo? Iba camino al templo," le dijo.

"Sí, vine a hablar contigo. Escuché que ibas a pasar los próximos días en el templo y por eso quería verte antes de que te fueras," respondió ella.

"Ha, ¿hay algún problema?" preguntó Orvick.

"No, no pasa nada, solo, um, quería desearte un buen viaje y decirte que yo, quiero decir, todos, te echaremos de menos aquí. Trataré de mantener todo bajo control durante el día. Solo prométeme que tendrás cuidado y que volverás pronto," murmuró Deary rápidamente mientras miraba hacia el suelo, garabateando en la nieve con sus botas.

"Sé que harás un gran trabajo supervisando tanto la noche como el día. Es mucho pedirte, pero sé que eres capaz. Les he pedido a Morvin y a Senefre que ayuden a que las cosas funcionen sin problemas para que no estés haciendo todo sola," respondió Orvick.

Deary esperaba escuchar algo como que él también la iba a extrañar. Ella se estaba mordiendo el labio inferior, insegura de qué decir a continuación. "Bueno, parece que tienes que ponerte en marcha, así que te dejaré y te veré en la despedida," tartamudeó.

"Gracias por buscarme. Lo aprecio. Te veré en un par de días y, por supuesto, a mi regreso," dijo Orvick con una cálida sonrisa. Luego pasó junto a ella y continuó su camino hacia el Templo de la Montaña. Deary permaneció allí como una estatua mientras lo miraba alejarse. Sintió que le saltaban las lágrimas porque no lo veía desde hacía al menos un mes y también porque en su corazón sabía que no sentía por ella lo que ella sentía por él.

Cuando Orvick llegó al templo, encontró a Eva, Roquiel, Naki y Sabio sentados en una mesa en la casa de Sabio. Hablaban, elaboraban estrategias, comían y bebían. "Ah, Orvick, tan feliz de que te hayas unido a nosotros, por favor siéntate," dijo Sabio, haciendo un gesto hacia una silla libre. Orvick se sentó y Naki fue a presentarse. Trepó a los hombros de Orvick y lo examinó con sus ojos grandes. "Ustedes dos se parecen mucho," dijo Naki, refiriéndose a

Roquiel y Orvick. Orvick notó que la voz de Naki era bastante profunda para una criatura de su tamaño.

"Sí, muchas personas nos han confundido con hermanos," dijo Roquiel con la boca llena de pan. Ambos hombres tenían ojos azules, pómulos altos y cabello rubio largo y pálido, y eran altos y delgados. Después de mirar detenidamente, Naki se bajó de los hombros de Orvick y se sentó en la parte posterior de la silla de Sabio. "Estábamos hablando sobre la mejor manera de cruzar El Rio Verde Azulado. ¿Tal vez tienes algunas ideas?" dijo Eva a Orvick.

"Sí. De hecho, justo estaba pensando en esto y recordé haber escuchado acerca de un puente antiguo que dicen que todavía está en pie. Está directamente al sur de Los Jardines Eternos, así que no tendríamos que ir al oeste para tomar uno de los barcos que cruzan a la gente," respondió Orvick.

"Ha, sí. Sé a qué puente te refieres. Lo crucé hace muchos años cuando era niño. Recuerdo que era muy hermoso, hecho de ramas entrelazadas y extendidas de dos árboles. Me imagino que todavía está a pesar de que es muy antiguo, ese tipo de puente puede durar cientos de años. Hay pocos que pasan por allí en estos días, pero solía ser parte de una ruta comercial muy concurrida," dijo Sabio.

"Gracias Anciano, esa es información muy útil. Creo que parece que usaremos este puente para cruzar el río," dijo Orvick mientras escribía algunas notas.

Entonces Eva habló. "Según el Libro de Miyr, se encontró con algunos Bannik hostiles a lo largo de la frontera sur de Mirnac. ¿Cree que todavía están en esa área?" preguntó, mirando a Sabio en busca de consejo.

"¿Quiénes son los Bannik?" preguntó Roquiel.

"Ha, los Bannik son criaturas bastante desagradables", respondió Naki con una expresión de disgusto en su cara peluda. Ahora estaba colgado boca abajo de una lámpara de vela en la pared. "En su mayoría se encuentran en el territorio de los elfos del sur, pero he oído que se aventuran un poco más al norte a veces. Son pequeñas criaturas humanoides con pelo largo y barba. Sus dientes son filosos y dejan crecer sus uñas para que puedan ser utilizadas como garras. Algunos los buscan porque pueden ver el futuro. Pero la mayoría de los que lo han hecho lo lamentan porque muchas veces recurren a la persona que busca consejo y los atacan. Recomiendo que permanezcamos muy lejos de ellos si podemos," continuó Naki.

"Muy bien dicho, Naki," dijo Sabio. "¿Cómo sabes tanto de los Bannik?"

"Pasé mucho tiempo estudiando la literatura que tenemos sobre ellos. Nunca me encontré con uno en persona y espero que nunca lo haga," respondió Naki.

"No he oído que haya ningún Bannik en esa área, Eva. Pero como precaución, debes llevar un poco de esencia de naranja contigo. Odian el olor y si aplicas una pequeña cantidad en tu piel, no se acercarán a ti," dijo Sabio.

"Esencia... de... naranja," dijo Eva mientras escribía la sugerencia en su cuaderno. Tendría que ir al boticario más tarde para conseguirla.

"Bueno, ahora que sabemos cómo cuidarnos de los Bannik, ¿qué tal si discutimos su ruta después de que yo regrese a Seren?" sugirió Orvick. "Conseguí estos mapas detallados del hemisferio sur de Beratrim y de la totalidad del continente de Maiza. Marqué las rutas de ida y vuelta que creo que serán las más seguras," continuó. Estaba oscureciendo ahora y Sabio estaba encendiendo las velas que estaban en las paredes. Esta nueva fuente de luz bailó en la cara de Orvick y las sombras que proyectaba hicieron que sus pómulos se vieran aún más severos.

Roquiel bostezó y extendió sus manos sobre su cabeza. "Se está haciendo tarde y todos estamos cansados, pero estudiemos la ruta que Orvick ha trazado, entonces podremos retirarnos por la noche," dijo Sabio mientras apagaba la mecha que estaba usando para encender las velas.

Volvió a sentarse y les pidió a Naki, Eva y Roquiel unos minutos más de concentración.

"Bueno," continuó Orvick. Giró los mapas para que los otros los leyeran. "Aquí está el punto en el que regresaré," dijo mientras señalaba con el dedo un punto en el centro de Mirnac. "Desde allí, vayan a la costa y sigan la línea de costa hasta Cabo Refugio hasta llegar a las Cuevas de Cristal. En el camino, cruzarán la Cascada Doble de Rahzed, que está aquí," dijo, poniendo su dedo sobre la imagen de la cascada que había sido bellamente dibujada a mano en el mapa. "Justo después de la cascada encontrarán el pequeño pueblo de Marcin. Creo que serán bienvenidos, porque tengo un primo que vive allí. Pregunten por Krover. No nos hemos visto en cincuenta años, pero recuerdo que es un hombre amable," continuó Orvick.

Eva dio un suspiro de alivio. En secreto, tenía miedo de viajar distancias tan grandes en el yermo. Le asustaba aún más saber que Orvick no podría acompañarlos durante todo el viaje. Por supuesto, ella no mencionó esto a los demás. Ella siempre trató de ser valiente. Sin embargo, se sintió bien saber que tendrían aliados en el camino y que de vez en cuando, podría dormir en una cama real.

Roquiel se estaba aburriendo, esperando que la discusión terminara pronto. Escuchó a medias mientras Orvick extendía el resto del camino que tomarían a través del Océano Rojo en el continente de Maiza, y luego en el Templo de Medeina. Si tenía alguna duda, siempre podría preguntar nuevamente más tarde, pensó Roquiel. Cuando Orvick terminó su discurso, todos se levantaron de la mesa y se fueron a acostar.

Roquiel estaba exhausto, pero no creía que pudiera conciliar el sueño; su estómago estaba atado en un nudo. La realidad de lo que estaba a punto de hacer estaba empezando a hacerse eco. Decidió que salir a caminar podría ayudar a calmar su mente. Agarró su capa del gancho junto a la puerta y luego se deslizó silenciosamente hacia el patio sin que

111

nadie lo notara. Podía oír el crujido de la nieve bajo sus pies cuando comenzó a caminar hacia los árboles que estaban dentro de las paredes del patio. No quería irse de esta zona por temor a toparse con alguien que inevitablemente comenzaría a decirle que sería mejor que no arruinara su misión. Él era muy consciente de la responsabilidad que ahora recaía sobre sus hombros. Roquiel sabía que sin una nueva Piedra de la Vida, había pocas posibilidades de que la vida en Kitharion pudiera continuar.

El frío viento invernal soplaba bastante furioso esta noche, y por eso se cubrió con su capa. Todavía era imposible entender por qué la profecía lo había elegido para esta tarea. En la escuela, Roquiel siempre se metía en problemas por no prestar atención a los ancianos y por no completar las tareas asignadas. Se preguntó cómo iba a hacer esta misión cuando ni siquiera había podido terminar su tarea escolar.

Cuando llegó al pinar se detuvo y se sentó debajo de uno de los árboles. Exhaló un profundo suspiro y extendió los brazos sobre las rodillas dobladas. Miró a su derecha y pudo ver una puerta que conducía a dos caminos. Uno que baja la colina de vuelta a la ciudad y el otro que entra en el bosque. Pensó en escapar. Nadie sabía que él estaba allí. Podía salir a la noche y nunca más volver. Eva, Naki y Orvick podrían hacerse cargo y hacer un buen trabajo. Miró la puerta por un largo tiempo, preguntándose si debería quedarse y enfrentar este reto monumental o huir al bosque. "No," dijo en voz alta. "He huido de toda responsabilidad hasta ahora. Pero esto es diferente. Es hora de crecer y mostrar al mundo de lo que soy capaz,"

Con su mente decidida, Roquiel se puso de pie y comenzó a caminar hacia la casa de Sabio. A pesar de que estaba ventoso, todavía oyó un crujido cuando alguien que estaba escondido entre los árboles pisó una rama. Se detuvo e inspeccionó la zona de donde procedía el sonido. Vio el movimiento de una figura oscura moviéndose hacia él.

¿Quién podría ser? pensó. Quería saber quién lo había estado espiando, por lo que se quedó quieto y esperó a que la figura se acercara. Era difícil distinguir cualquier característica facial a pesar de que la luna Cipri estaba llena esta noche. Cuando se acercaron, Roquiel gritó, tratando de hacer que su voz sonara intimidante, "¿Quién está ahí fuera?" La figura, vestía de una capa negra con capucha, seguía viniendo hacia él. "¡Dije, identifícase!" gritó Roquiel.

La persona se llevó el dedo a los labios para intentar silenciarlo. "¡Roquiel! Soy yo, Cruiser! ¡Mantén tu voz baja! ¡Nadie debe verme aquí!" Roquiel dejó escapar un suspiro de alivio. Debería haber sabido que era ella por el manto negro. Ella era uno de los pocos elfos que usaba ese color y lo usaba casi a diario.

Bajó los puños, que instintivamente habían levantado en preparación para una pelea.

"Cruiser, ¿qué haces aquí?" Roquiel le preguntó cuándo finalmente estaba parada a su lado.

"No puedo decirte aquí. Vamos a la pared, fuera de la vista de la casa de Anciano Sabio," respondió ella. Luego ella lo agarró del brazo y caminaron enérgicamente en silencio durante unos minutos hasta que llegaron a la pared de piedra que rodeaba el patio del templo. "He venido a darte algo," comenzó.

"¿Es para Eva?" preguntó Roquiel.

"No. Es para ti. Te lo iba a dar en la despedida, pero pensé que era mejor venir aquí para ver si podía dártelo cuando estábamos solos. Es mejor así," dijo Cruiser con una sensación de urgencia en su voz.

"Ya veo," dijo Roquiel. "¿Qué tienes para mí, entonces?"

Cruiser metió la mano en una bolsa que llevaba por la cintura y sacó un trapo pequeño. Ella lo desenrolló para revelar un collar adentro. "¿Has venido a darme joyas?" preguntó Roquiel, desconcertado.

"Solo escúchame y te explicaré su significado," dijo Cruiser molesta. "Esta es una esmeralda," dijo, mientras recogía la piedra que colgaba al final de la cadena. "Ha sido dotada con la capacidad de producir un escudo protector alrededor del usuario," explicó.

"¿Dotada? ¿Dotada por quién?" preguntó Roquiel. Era escéptico acerca de este tipo de objetos, ya que a menudo los hacían los malos elfos de las cuevas.

"No te preocupes por eso. Solo déjame decirte cómo funciona para poder irme de aquí antes de ser descubierta," Cruiser respondió apresuradamente. "Escúchame. Para activar la esmeralda, sostenla con tu mano izquierda y di, produce el escudo que fue hecho para mí."

"¿Lo digo en voz alta o para mí mismo?" preguntó.

"No importa. Solo di o piensa las palabras y establece tu intención de producir un campo de energía impenetrable a tu alrededor," respondió Cruiser.

"¿Y funcionará para otros? Quiero decir, ¿puedo envolver a otras personas en este campo también?" preguntó Roquiel.

"No, solo te protegerá a ti," dijo Cruiser con impaciencia. "Fue diseñado para ti."

Roquiel estaba confundido y tenía muchas preguntas, pero podía ver que Cruiser quería irse. "Si no tengo la oportunidad de volver a hablar contigo antes de irnos, quiero preguntarte si visitarás a mi familia mientras estoy ausente. Simplemente dígales que es parte de tus tareas de vigilancia nocturna, no que yo te haya pedido que lo hagas," dijo Roquiel.

"Sí, te lo prometo que lo haré. No te preocupes por ninguno de nosotros aquí. Concéntrate en la tarea. Un movimiento equivocado podría ser fatal para todos nosotros. Y ten cuidado en quien confías. Las palabras de la gente pueden engañar. Fíjate más en sus acciones y cómo te hacen sentir," dijo Cruiser. Roquiel estaba un poco desconcertado por este consejo, pero no dijo nada. "Debo irme. No le digas a nadie que estuve aquí, ni siquiera a Eva. Los veré a todos en la casa de la comunidad pasado mañana," dijo. Y con eso, Cruiser se dirigió a la puerta más cercana fuera del patio y desapareció a través de él. Roquiel miró a su alrededor para asegurarse de que no los habían notado. Envolvió el collar en el trapo y lo guardó en su bolsillo.

Al volver a entrar a la casa, Roquiel encontró a Sabio y Orvick, con la espalda vuelta y en plena conversación cerca de la entrada. Ninguno de ellos lo había notado entrar. Dejó la puerta entreabierta para que no los alarmara a su presencia y pudiera escuchar su conversación. Orvick estaba describiendo su plan de ir y asegurarse de que todo estaba bien con los lobos que custodiaban a los elfos de las cuevas en Mirna. Habían estado vigilando las entradas durante siglos y quería visitarlos. Estaba preguntando si Sabio podría poner una barrera de energía alrededor de las entradas en vez de tener los lobos alados allí vigilando.

Sabio respondió: "En el pasado, los lobos me habían dicho que pensaban que era lo mínimo que podían hacer después de toda la ayuda que les habían brindado los elfos del bosque. Pero también estoy de acuerdo en que han estado realizando este servicio por mucho tiempo y si desean detenerse, encontraré otras criaturas para hacerlo o intentaré poner barreras encima de las entradas. Mi única preocupación es que me estaría esforzando demasiado. Casi morí poniendo las barreras alrededor de los territorios de los trolls y no sé qué tipo de daño sufriría mi cuerpo y mi mente si ahora coloco más barreras en las entradas de las cuevas. Siento una especie de drenaje constante de mi campo de energía de las barreras energéticas que ya están alrededor de los trolls," dijo Sabio con un suspiro.

"Habla con los lobos y luego me cuentas. De allí, vemos lo que hacemos," Sabio continuo.

"Muy bien. Aunque, ahora que lo pienso, este mundo podría acabarse pronto, entonces ¿cuál sería el objetivo?" dijo Orvick.

"Ten fe en él, querido Orvick. Yo le tengo confianza. Querías ayudarlos a comenzar el viaje, por lo que debe haber un rayo de esperanza dentro de ti," respondió Sabio, dándole unas palmaditas en el hombro a Orvick. "Intentemos descansar un poco y mañana haremos los preparativos finales."

"Sí, muy buen plan," dijo Orvick bostezando.

Justo en ese momento Sabio sintió algo y miró hacia la puerta y notó a Roquiel parado allí. "Ha, Roquiel, saliste un rato, ¿verdad?" preguntó Sabio.

"Sí, solo por un corto paseo," respondió. Entonces la puerta se abrió un poco más detrás de Roquiel y le pegó en la espalda. Roquiel saltó de miedo y se dio vuelta para ver quién había entrado, pero no vio a nadie. Entonces Orvick gritó: "¡Oye, tú! ¿Qué estabas haciendo afuera?" Roquiel notó que Orvick estaba mirando hacia abajo, así que también miró en esa dirección y vio que Naki acababa de entrar. Caminaba erguido y tenía sus brazos detrás de la espalda. "No habrías vuelto a entrar a mi bodega otra vez, ¿verdad?" le preguntó Sabio con una expresión de complicidad en su rostro.

Naki se rió nerviosamente y dijo: "¿Qué te haría pensar eso?"

"Porque casi has secado mi suministro de cerveza de frambuesa desde que llegaste aquí," respondió Sabio.

Naki reveló la botella que estaba escondiendo detrás de su espalda y la dejó frente a él. "Iba a ser la última, lo juro," dijo Naki tímidamente. Sabio levantó la botella y le dijo a Naki que era hora de dejar de beber y concentrarse en el viaje al Templo de Medeina.

"Supongo que tienes razón, pero a los devi está permitido divertirse de vez en cuando, ¿no es así?" preguntó Naki.

Sabio se rió. "Sí, supongo que sí, pero es hora de portarte un poco más en serio. Eres muy inteligente y tienes mucho que ofrecer al grupo. No quisiera ver tu mente

116

nublada por tanta cerveza," dijo. Naki asintió con la cabeza en acuerdo. Luego trepó por la pared y dobló la esquina hacia el dormitorio. "Buenas noches a los dos, entonces," dijo Orvick a Sabio y Roquiel. "Les veré en la mañana."

"Buenas noches, Orvick," respondieron.

"Anciano, sé que es tarde, pero escuché un poco de lo que usted y Orvick estaban hablando y tengo curiosidad por saber la historia de cómo los lobos vinieron a proteger las entradas a las cuevas," dijo Roquiel.

"¿No te enseñaron en la escuela?" preguntó Anciano Sabio. Roquiel se frotó el cuello e intentó pensar en una manera de decir que no podía recordar. Anciano Sabio exhaló lentamente y le dijo a Roquiel que se sentara. "Sí, te contaré la historia pero trata de recordar mis palabras. Es una parte importante de nuestra historia," dijo el anciano.

"Lo haré," respondió Roquiel.

"La historia de los lobos está entrelazada con la de los floracs, así que comencemos con ellos. Los floracs llegaron por primera vez a Seren hace unos 350 años cuando los elfos de las cuevas destruyeron su tierra natal. Los elfos de las cuevas habían descubierto que había mineral de hierro debajo del territorio de los florac en una de sus misiones de exploración. Querían acceder a él, ya que el mineral de hierro era uno de los ingredientes necesarios para fabricar la aleación de acero para sus armas. Los floracs negaron la solicitud de los elfos de las cuevas para extraer el hierro y, en represalia, los elfos de las cuevas se quemaron la ciudad de floracs y les dijeron que cualquiera que tratara de permanecer en esa tierra se convertiría en esclavo para ayudarlos con la operación minera.

Debido a esto, todos los floracs huyeron y se dirigieron a Seren, donde el líder de los floracs en ese tiempo, Grayna, habló con el anciano principal de los elfos del bosque para ver si podían ofrecerles refugio. El anciano acordó que los floracs podrían quedarse en Seren, pero solo bajo la condición de que la mayoría de ellos sean asignados a una familia de elfos para ayudar en sus hogares. De esta forma, no serían una carga para la comunidad de los elfos, sino una adición útil. No debían ser esclavos, en ningún sentido. Siempre podían venir y salir como quisieran. Los floracs ayudaron a los elfos con sus tareas domésticas y los elfos serían los que defenderían la ciudad en caso de cualquier tipo de ataque. También enviarían soldados a Mirnac, la tierra de los floracs, para tratar de ahuyentar a los elfos de las cuevas, con la esperanza de que algún día pudieran regresar a sus hogares.

Los floracs fueron asignados a sus hogares elfos y el ejército de Seren se fue un mes después, después de haber reunido los suministros para hacer el viaje. Cuando llegaron, unas tres semanas después de su partida, descubrieron que ya se había hecho mucho trabajo de minería. También vieron que habían tumbado todos los árboles. Al inspeccionar el suelo, descubrieron que los elfos de las cuevas habían puesto veneno allí, de modo que si los floracs decidían regresar un día, sus cultivos no podrían crecer.

Jaelin, el comandante del ejército de Seren, les dijo a los elfos de las cuevas que abandonaran ese lugar y regresaran a su guarida subterránea. Los elfos de las cuevas sabían que el ejército de Seren era más poderoso que el de ellos. También sabían que Seren tenía muchos amigos en el mundo animal que acudirían en su ayuda si lo solicitaban. Pero tontamente, decidieron enviar a un representante a reunirse con el ejército de Seren para transmitir el mensaje de que no tenían intención de irse hasta que hubieran despojado el terreno de todos los recursos que requerían para el fortalecimiento de sus fuerzas de combate. Este mensaje enfureció a Jaelin, pero no respondió al representante del elfo de las cuevas. En cambio, regresó al campamento de Seren. Tenía que encontrar una forma de evitar que los elfos de las cuevas agotaran por completo el terreno natal de los floracs y que crearan más armas, incluso si ya era demasiado tarde para que regresaran allí.

Decidió llamar a sus amigos los lobos alados para expulsar a los elfos de las cuevas. Jaelin salió de su carpa y envió la llamada a los lobos. Al amanecer, doscientos lobos alados habían respondido y estaban esperando a Jaelin fuera de su carpa. Jaelin les explicó la situación y les pidió el favor de conducir a los elfos de las cuevas a la clandestinidad y proteger las entradas de sus cuevas para que ya no pudieran salir y causar más daños. Los lobos estuvieron de acuerdo. Estaban felices de servir a los elfos Seren, ya que eran grandes guardianes del bosque y protegían a todas sus criaturas. Los lobos se sentían particularmente en deuda con los elfos del bosque porque los habían ayudado en varias ocasiones en tiempos de hambruna. Los lobos rodearon a los elfos de las cuevas y los enviaron de vuelta al sistema de la cuevas de dónde venían. Hasta el día de hoy, continúan vigilando las entradas a la casa subterránea de los elfos de las cuevas para asegurarse de que ninguno de ellos escape a la superficie.

El ejército de Seren volvió a casa y le contaron al Anciano Principal la historia de lo que había pasado en Mirnac. El anciano decidió que Mirnac ya no era apto para que los floracs regresaran allí, por lo que le dijo a Grayna que los floracs podrían quedarse en Seren si aceptaban continuar ayudando a las familias de los elfos. Grayna estuvo de acuerdo con esta condición y estaba muy agradecido de tener un lugar seguro para su gente entre los elfos. Y así, desde entonces, los floracs y los elfos han vivido juntos y dependían uno del otro," explicó Sabio.

"¿Cómo es que yo no sabía nada de eso?" preguntó Roquiel con asombro. Sabio solo le dedicó una sonrisa de soslayo y dijo: "Será mejor que nos vayamos a la cama."

"Sí, por supuesto," dijo Roquiel mientras se ponía de pie e intentaba entrar silenciosamente en el dormitorio.

A la mañana siguiente, cuando Roquiel se despertó, vio a Eva sentada en el borde de su cama al otro lado del dormitorio, hojeando el Libro de Miyr. "Buenos días," dijo

Roquiel. La cabeza de Eva apareció sobre las páginas de su libro. "¡Ha, estás despierto! ¡Qué bien! Quiero que eches un vistazo a algo." Eva se acercó y se sentó junto a Roquiel en su cama. Se estaba frotando los ojos, tratando de aclarar su visión. Ella colocó el libro en su regazo y señaló a Cabo Refugio. "Aquí es donde debemos cruzar el Océano Rojo después de recuperar el cristal. Ahora, Orvick nos contó sobre los elfos que podrían llevarnos en barco. ¿Te acuerdas?" preguntó Eva.

Roquiel asintió, pero en realidad no recordaba que Orvick había mencionado ese detalle. Debió haberlo explicado mientras que la mente de Roquiel estaba pensando en otra cosa. "Bueno, mira esto. Mientras repasaba las páginas, una se sentía más gruesa que las demás, lo cual me pareció extraño, así que la miré más cerca y resultó que dos de las páginas estaban pegadas," dijo Eva mientras hojeaba las páginas. "Ha, aquí está. Algunas de las palabras no son claras. El pegamento ha borrado parte del texto. Pero se puede ver por aquí que dice algo acerca de Alondria, la compañera de Miyr, que los lleva a través de un túnel submarino que se extiende desde Cabo Refugio hasta el continente de Maiza, donde emergieron en una cueva, cerca de la ciudad portuaria de Glacken. Ella dice que fue construido por gigantes que se llamaban a sí mismos Los Protectores," explicó Eva.

"¿Puedo ver eso?" preguntó Roquiel. Eva le pasó el libro. Roquiel examinó las páginas con cuidado. Él también revisó las páginas antes y después de las que Eva le mostró. Después de unos minutos de estudiar el libro, Roquiel dijo: "Esta parte de su viaje fue ocultada. Alguien no quería que la gente supiera sobre este túnel. El texto original estaba escondido al pegar las páginas y escribieron aquí otra versión de la historia en la página siguiente." Roquiel pasó la página y la deslizó rápidamente. "Esta página dice que tomaron un barco por el mar, escapando por poco de un monstruo lotan, y que eventualmente llegaron intactos al otro lado."

"Hmm, qué extraño," murmuró Eva con los ojos entrecerrados, su mano bajo la barbilla. "Creo que probablemente estaban tratando de ocultar la existencia de los gigantes. No he oído hablar de gigantes en Kitharion hasta ahora, ¿tú?" preguntó Roquiel.

Eva respiró profundamente. "Solo en leyendas," respondió, con una expresión de preocupación en su rostro.

"¿Cuál ruta crees que deberíamos tomar?" le preguntó Roquiel.

"No sé. Tendremos que decidir cuando lleguemos allí," respondió Eva. Ella tomó el libro y lo puso en su bolso. "¿Vienes al boticario?" preguntó.

"No, me voy a quedar para empacar el resto de mis cosas. Además, no tengo ganas de enfrentar más burlas mientras estoy en la ciudad," dijo Roquiel. Eva se sintió mal por Roquiel, pero sabía por qué algunas personas tenían dudas sobre él. Era difícil imaginarlo liderando con éxito una expedición de este tipo. "¿Hay algo que pueda conseguir para ti mientras estoy allí?" preguntó Eva.

"No, ya tengo todo. Pero saluda a mi hermana por mí," respondió.

"Lo haré," dijo Eva con una leve sonrisa. Agarró su bolsa de monedas de la mesita de noche y salió del dormitorio.

Ahora que estaba solo, Roquiel aprovechó la oportunidad para sacar el collar que había estado escondiendo en su bolsillo y encontrar un lugar seguro para él en su bolsa de viaje. Lo desenvolvió cuidadosamente para echarle un vistazo en el día. La pequeña piedra preciosa tenía un hermoso tono verde y brillaba cuando la retorcía a la luz del sol. Fue entonces cuando notó algo, un símbolo que estaba en la arcilla en la que estaba colocada la esmeralda. Era un símbolo extraño que Roquiel no había visto antes. Parecía un círculo con una estrella en el centro y tres círculos más pequeños alrededor de la estrella. Pensó por un momento en lo que podría significar y como no se le ocurrió nada, lo envolvió de nuevo y lo guardó en su bolso.

Mientras tanto, Eva estaba en la sala de estar, viendo quién querría acompañarla al boticario para obtener suministros de última hora. Todos le decían que tenían otras cosas que hacer hasta que llegara Naki y accedió con entusiasmo. "Muy bien entonces, parece que solo somos tú y yo, Naki. ¿Qué necesitas conseguir?" Eva le preguntó.

"Um, bueno, sería bueno tener algunas hojas de matricaria," dijo Naki, bastante tímidamente. Sabio, que había estado escuchando la conversación, le preguntó a Naki si la matricaria no sería para aliviar el dolor de cabeza.

"Bueno, sí, hoy tengo un dolor de cabeza bastante grande," respondió Naki.

"Esto no sería de todo lo que bebiste ayer ¿o sí?" preguntó Sabio con desaprobación.

"Quizás," dijo Naki, mientras corría hacia el hombro de Eva, indicando que estaba más que listo para irse. Eva miró a Naki y sintió una punzada de dolor, porque se acordó de tener al pequeño Feldespato con ella. A pesar de que había sido el resultado de un hechizo, había sido su compañero fiel. Se preguntó si el grupo con el que estaba a punto de partir se llevaría tan bien como ella y el pájaro. Ella también estaba empezando a extrañar a sus amigos. Especialmente extrañaría a Cruiser, que era su roca en situaciones difíciles, como lo que vivieron en Mitriam. Eva suspiró, luego apartó su mirada de Naki y se inclinó hacia la manija de la puerta y se fueron después de despedirse de Sabio y Orvick.

En el camino a la ciudad, formaron grupos de elfos que pararon porque querrían echar un vistazo a Naki ya que la mayoría nunca había visto un devi. Se enfrentaron al frío y al viento para ver al compañero de Eva. Entre uno de estos grupos estaban la madre de Lerek, su hermana de cuatro años, Floria, y el florac de su familia, Maz. Floria chilló de alegría cuando vio a Naki. "¡Mami, mami, míralo! ¡Es tan lindo! ¿Puedo agarrarlo? ¿Puedo abrazarlo?" le imploró.

"No, no puedes hacer eso, Floria", respondió su madre. Maz, queriendo ser parte de la emoción, le pidió a Floria que describiera lo que estaba viendo, ya que los floracs no podían ver los devi.

"¡Ha, él es genial! Tiene ojos grandes color marrón y está peludo y tiene anillos en la cola y sus orejas están paradas. Por favor, ¿puedo quedármelo mami?" dijo Floria, saltando arriba y abajo en el aire. Su pelo rizado y negro, que estaba en coletas, se agitaba salvajemente. "No, no te lo puedes quedar," dijo su madre con paciencia. Maz hizo una mueca y miró hacia el suelo. No le gustaba sentirse excluido.

Luego pasaron junto a Baktiri, quien se acercó a Eva y le dijo: "Todos en la guardia nocturna vamos a extrañarte. Pero quiero que sepas que también estamos muy orgullosos de ti y no tenemos dudas de que tendrán éxito."

"Gracias, Baktiri. Realmente significa mucho para mí escuchar esas palabras," dijo Eva con una sonrisa. Baktiri tomó una de las manos de Eva y la besó suavemente mientras se alejaba.

Cuando finalmente llegaron al boticario, se acercaron al mostrador para pedir las cosas que necesitaban. Amarantha estaba allí y se elevaron sus cejas cuando los miro. "¡Esto es una sorpresa muy agradable! No pensé que los iba a ver hasta la despedida," dijo.

"Solo necesitábamos obtener un par de suministros antes de partir," dijo Eva. En ese momento, Naki había dejado el lado de Eva y estaba explorando todas las diferentes hierbas y pociones en los estantes. "¿Por qué los elfos complican la vida con tantas estacas y cremas y tal? Nosotros usamos algunas hojas para curarnos, pero no tenemos necesidad de todo esto," dijo, arrugándose la cara. Amarantha estaba mirándolo con una sonrisa. Eva se giró y negó con la cabeza. "Va a ser interesante viajar con él," le dijo Eva a Amarantha. "No me malinterpretes, él está bien informado sobre una variedad de asuntos, pero puede ser demasiado," continuó. Amarantha se rió y le preguntó a Eva sobre qué estaban buscando. "Ha. Vinimos por un poco de matricaria para Naki –a él le gusta meterse en el aguamiel, si entiendes mi significado- y un poco de esencia de naranja para protegernos de cualquier Bannik que encontremos," respondió Eva.

"Ha, los Bannik son pequeñas criaturas terribles, o al menos eso he escuchado. Esperemos que no se encuentren con ninguno de ellos. Sí, creo que tengo un poco de aceite de naranja justo aquí," dijo Amarantha mientras salía de detrás del mostrador y sacaba una pequeña botella del estante en la pared del fondo. "Aquí está," dijo mientras regresaba al mostrador y colocaba la botella frente a Eva. "¿Y qué cantidad de matricaria necesitabas?" preguntó ella. Eva miró a Naki y recordó toda la cerveza que había sacado de la bodega de Sabio. "Mucha, creo," respondió con una mueca. Amarantha se rió entre dientes. "Muy bien entonces," dijo mientras ponía algunas de las hojas en una bolsa.

"¿Puedes creer que ya te vas?" le preguntó Amarantha a Eva.

"No, no puedo. Se siente bastante surrealista. No estoy segura de por qué fui elegida para ir con tu hermano, por cierto, te manda saludos, pero me siento honrada y solo puedo esperar que tengamos éxito," respondió Eva.

"Para ser sincera contigo, me alegra que tú y Naki van a ir. No puedo imaginar a mi hermano allá en el mundo solo. Es un consuelo para mi madre también, a pesar de que ella ha estado muy triste desde que todo esto comenzó," dijo Amarantha. "Pero también tengo mucha fe en Anciano Sabio y, en este momento, todo lo que puedo hacer es confiar en su sabiduría de que los elfos correctos van a reemplazar la piedra," continuó.

"Sí, y Orvick nos ha dado algunos elfos para contactar en el camino. Entonces es bueno saber que tendremos ayuda," dijo Eva.

"Sí, estoy segura de que todo el planeta les apoya. Nuestra supervivencia depende de esto, por supuesto. Solo ten cuidado con aquellos que te engañarían para ganar poder o fama," advirtió Amarantha.

"Sí, tienes razón. Debemos tener cuidado sobre quién confiamos," coincidió Eva.

"¿Ya estás lista?" preguntó Naki, aparentemente aburrido de mirar alrededor de la tienda.

"Sí, ya," dijo Eva mientras le entregaba algunas monedas a Amarantha. Amarantha salió de detrás del mostrador y le dio un gran abrazo a Eva. "Que los antepasados y los seres de los reinos superiores te acompañen," dijo mientras la soltaba.

"Gracias," dijo Eva.

"Y te veré en la despedida," dijo Amarantha mientras se despedía.

Eva y Naki salieron de la tienda y volvieron al Templo de la Montaña. Naki pidió la bolsa de hojas y se metió algunas en la boca. Después de unos segundos, hizo una mueca de disgusto. "¡Estas hojas son tan amargas! Ha, pero sí sirven," dijo, mientras comía unas cuantas más. Entonces los dos fueron vistos por Senefre, quien corrió a hablar con ellos. "¡Eva! ¡Ha pasado tanto tiempo desde que te vi!" dijo, sin aliento. "No creo que nos hayamos conocido," le dijo a Naki. "Soy Senefre, uno de los observadores de día aquí."

"Sí, sí, encantado de conocerte," dijo Naki, muy desinteresado. Senefre apartó la mirada de Naki y de nuevo a Eva. "¿Tienes suficientes flechas para llevar? Tengo algunas si las quieres," ofreció.

"No, gracias, tengo todo lo que necesito," dijo. "También tienes un gran trabajo por delante, ayudar a Deary con la guardia nocturna mientras Orvick está con nosotros. ¿Cuándo dormirás?" ella le preguntó.

"No te preocupes por nosotros aquí. Estaremos bien," respondió tranquilizadoramente.

"¿Sabes quién reemplazó a Roquiel como cuidador del pez? Él ha estado preocupado por sus pequeños amigos," preguntó Eva.

"Um, sí, Anciana Uki ha designado a uno de los recién graduados, Traebon, para ese deber," replicó Senefre.

"Traebon? ¿No es él quien accidentalmente soltó una manada de ovejas?"

"Sí, ese era él. ¡Y pasó toda la noche rodeándolos!" respondió Senefre con una sonrisa. "Fui al río Sicsip ayer para ver cómo estaba. Cuando llegué, vi que habían traído a alguien que había sido quemado con una olla de sopa que estaba hirviendo. Lo estaban sumergiendo en el agua para ser sanado por los peces. Cuando lo sacaron del agua, no había señales de quemaduras. Siempre me sorprende cómo pueden ayudarnos así," dijo Senefre.

"¿No estaba el agua muy fría en esta época del año?" preguntó Eva.

"Bueno, sí, por supuesto que sí, pero no tardó mucho tiempo para que los peces hicieran su magia," respondió.

"Guau, estaré segura de contarle a Roquiel esa historia. Él se alegrará. Bueno, tal vez no se alegra de quién lo ha reemplazado, pero al menos sobre la curación," dijo Eva.

Senefre sonrió. "Realmente deberíamos irnos ahora," le dijo Eva mientras Naki subía a su hombro.

"Sí, claro. La mejor de las suertes para todos ustedes," dijo Senefre mientras continuaba caminando.

Cuando regresaron a la casa de Sabio, Naki se acercó al fuego para echarse a dormir y Eva fue a buscar a Roquiel. Lo encontró parado en el dormitorio de invitados con Orvick revisando su bolso. "¿Por qué estás viendo mis cosas?" preguntó, alarmada.

126

Orvick se volvió y pareció un poco sorprendido. "Eva, me alegra que hayas vuelto. Solo estaba agregando algunos suministros de alimentos a su bolsa, sin revisar tus cosas. No se puede esperar que yo lleve todas nuestras raciones, así que estoy distribuyéndolos entre los tres," respondió Orvick.

"Ya veo, pero podrían haber esperado hasta que volviera para pedir mi permiso," dijo Eva.

"Sí, tienes razón, pero me sentía apresurado porque Sabio me ha dicho que Kelarion llegará en unos minutos para decirnos cómo manejar las diferentes criaturas con las que nos podemos encontrar," dijo Orvick. "Debemos ir ahora al área principal del templo para encontrarla," continuó.

Con eso, Orvick agregó algunos suministros a la bolsa de Roquiel y los dos hombres salieron del dormitorio para ir al templo. Eva corrió a su bolso para asegurarse de que el Libro de Miyr todavía estaba adentro. Tenía la sensación de que sería invaluable para ellos y necesitaba asegurarse de que no se quedara atrás. Una vez que vio que el libro aún estaba allí, sacó el aceite de esencia de naranja del bolsillo y lo añadió a sus suministros, luego se dirigió al templo.

Eva no disfrutaba la idea de estar rodeada de energía masculina por quien sabe cuántos meses, así que estaba contenta de ver a Kelarion, aunque ella misma era bastante masculina. Tenía músculos grandes y mantenía corto su cabello rubio. Las dos se abrazaron y luego Sabio se puso de pie para hablar. "He invitado a nuestra entrenadora principal Kelarion aquí hoy para hablar con ustedes sobre algunos de los animales y criaturas marinas con los que pueden encontrarse. Por supuesto, también pueden hacerle cualquier pregunta que tengan," dijo Sabio mientras se hacía a un lado para dejar que Kelarion comenzara.

"Hola a todos. Antes de comenzar, solo quería decir que admiro su valentía por emprender esta tarea. Y Roquiel, soy una de las personas que levantó la mano y votó a favor de que tú seas quien reemplace la piedra. Las profecías se nos dieron para ayudarnos y no creo que ser elegido sea un accidente," dijo Kelarion.

Roquiel no sabía qué decir. Todavía no estaba acostumbrado a recibir ninguna atención positiva. Él solo miró al suelo y esperó que ella cambiara el tema pronto. "Está bien, entonces, pensé que podría comenzar hablando un poco sobre las criaturas terrestres, luego iré a las criaturas marinas. Sabio me dice que ya hablaron sobre el Bannik, lo cual es muy bueno. Eva, ¿obtuviste el aceite de esencia de naranja?" preguntó ella.

"Sí. Naki y yo acabamos de regresar del boticario," respondió Eva.

"No olvides usarlo si hay un Bannik cerca. Realmente funciona para mantenerlos alejados. En su camino hacia el sur, también pueden encontrar las serpientes de la colina venenosas. En su mayoría se encuentran en el norte de Rahzed, cerca de la cascada doble, ya que disfrutan de la humedad. La gente de allí dice que son muy curiosas y saldrán a inspeccionar a los extraños que pasan por allí. Si los ven, no hay motivo de alarma, ya que generalmente solo atacan cuando están amenazadas. Así que manténganse lejos de sus guaridas y no las provoquen. Mantengan una distancia respetable y deberían estar bien," les dijo Kelarion.

"¿*Deberíamos* estar bien?" murmuró Roquiel en voz baja.

Entonces Kelarion sacó un trapo pequeño de su saco. Tuvo cuidado para no tocar el objeto dentro del trapo. Ella lo abrió para revelar una pequeña bola con docenas de espinas agudas. "Además, estén atentos a los pequeños gadurs que se encuentran alrededor de la boca de las Cuevas de Cristal. Si estaban prestando atención a las lecciones de Anciana Jolania en la escuela, se recordarán que los estas criaturas puntiagudas se llaman 'gadurs'. Fueron llevados a las Cuevas de Cristal como una de las formas de defensa puestas en práctica para proteger los cristales preciosos en su interior para que no cayeran en las manos equivocadas. Los gadurs son una advertencia que se queden fuera y alejaran a los que solo tienen curiosidad por entrar. Son pequeños y muy lindos de mirar, pero no los toquen. Sus espinas están cubiertas de pequeñas cerdas venenosas," dijo.

"¿Qué sucede cuando tocas un gadur?" preguntó Eva.

"Su veneno probablemente no sea fatal, pero causará dificultad para respirar, desmayo y confusión. Ahora, el mejor consejo que les puedo dar es que se acerquen a las cuevas durante el día, ya que los gadurs son nocturnos y no tan activos durante el día. Caminen con cuidado alrededor de ellos y observen sus pasos," respondió Kelarion.

"Estoy segura de que Anciano Sabio ya les ha mencionado esto, pero hay otros objetos, tanto beneficiosos como malévolos, almacenados en las cuevas. Es importante que recuerden que solo están allí para la Piedra de la Vida. No saquen nada más de las cuevas," advirtió Kelarion.

Sabio asintió con la aprobación de este mensaje y alentó a Kelarion a pasar a las criaturas marinas. "Sí, el mar está lleno de muchas criaturas, algunos amigos y algunos enemigos. El más preocupante de los rivales, es el monstruo lotan. Estoy segura de que todos ustedes han oído hablar del lotan que acecha en las profundidades del Océano Rojo. En cuanto a los rumores sobre si él vino con los Arches y luego se quedó aquí después de que se fueran, no estoy segura. Pero ha habido avistamientos hace tan solo seis meses, así que estén atentos mientras cruzan el mar abierto," dijo. Eva le dio a Roquiel una mirada significativa.

"Nosotros los devi hemos oído hablar de la serpiente lotan, sí. Algunos dicen que es independiente, mientras que otros dicen que ha caído bajo el control de alguna fuerza malvada y cumple sus órdenes. Esto no es ni aquí ni allá, me pregunto si tienes algún consejo para sobrevivir si lo encontramos," Naki le dijo a Kelarion.

Kelarion frunció el ceño y pensó que era bastante extraño escuchar una conversación tan sofisticada proveniente de un pequeño animalito peludo que ahora estaba colgando boca abajo en uno de los bancos. "Muy buena pregunta, Naki. Los informes que he leído de aquellos que han sobrevivido encuentros con el lotan dicen que su gracia salvadora fue dar a la criatura un objeto de algún valor de su nave. Hay rumores de que le gustan todas las cosas que brillan y que las acumula en su cueva submarina. Así que esta sería mi única sugerencia para ti, tomar algo de valor para ofrecer como una oferta a cambio de un pasaje seguro," respondió Kelarion. "Pero no tenemos nada de valor," dijo Naki. Los ojos de Sabio comenzaron a dar vueltas alrededor del templo. Vio un collar de oro y esmeralda colgando del cuello de una de las estatuas. Se acercó y lo quitó de la estatua y luego regresó al grupo.

"Toma esto," dijo mientras se lo daba a Eva. "El collar fue colocado en la estatua de mi abuelo, el Anciano Zo, por mi abuela. Mi abuelo fue un líder espiritual muy importante de su tiempo. Después de su muerte, esta estatua fue encargada por los ancianos que él dejó atrás y mi abuela le puso el collar. Había sido su favorito y no quiso que mi abuelo la olvidara," continuó Sabio.

Eva dobló el collar en sus manos y agradeció a Sabio por su generosidad. "Sí, eso funcionará muy bien," dijo Naki mientras se subía a Eva, tratando de ver mejor. Eva cerró sus manos con fuerza y decidió que sería mejor mantenerlo fuera de la vista de Naki.

"En cuanto a las criaturas del continente de Maiza, no sé mucho sobre ellas pero encontré este libro en la biblioteca que puede ser de ayuda," dijo Kelarion. Roquiel extendió su mano para recibir el libro, que parecía agrietado y desvanecido por el paso del tiempo. El título era Identificando los Animales de Maiza. Roquiel buscó el nombre del autor y dijo: "Escrito por Anciano Purpureus y Mondoli de Glacken."

"¿Qué edad tiene este libro? La mayoría de los animales de los que habla probablemente ya se hayan extinto," dijo Roquiel. Kelarion se rió y le aseguró que, aunque el libro era viejo, sería útil una vez que llegaran a Maiza.

"¿Hay alguna otra cosa que nos quieres decir antes de partir?" preguntó anciano Sabio a Kelarion.

"No, solo tengo un mensaje para Roquiel de Joules," dijo Kelarion mientras se volvía para mirar a Roquiel. "Ella me pidió que te dijera que te desea lo mejor y que espera que puedan pasar tiempo juntos cuando regreses," dijo.

Las mejillas de Roquiel pasaron de pálido a un color oscuro carmesí. Eso siempre pasaba cuando estaba avergonzado. No estaba seguro de qué decirle, así que permaneció en silencio. Luego Kelarion agregó: "También me dijo que quería ser la que te acompañara."

Los ojos de Eva se abrieron con sorpresa y Roquiel, mareado, casi se cayó del banco.

"No estoy segura de si ella quería que te dijera eso, pero pensé que debías saberlo," le dijo Kelarion a Roquiel. "Um, gracias", fue la única respuesta que Roquiel pudo reunir.

"Bueno, ya me voy entonces. Tengo fe en todos ustedes. Realmente la tengo," dijo Kelarion mientras recogía sus cosas para salir del templo.

"Gracias," murmuraron.

Mientras regresaban a la casa de Sabio para irse a la cama, todo el mundo pasaba junto al Roquiel lento y le sonreían en respuesta al mensaje de Kelarion para él. "¡Tengo mejores cosas en qué pensar!" les gritó, tratando de asegurarse de que no se burlaran más del asunto. Escuchó a Eva y Orvick reírse delante de él, pero siguió caminando. Al entrar en la casa, Sabio anunció: "Haré un poco de té y después de eso nos iremos a la cama por la noche. Tenemos que levantarnos temprano para reunir nuestras cosas y luego asistir a la ceremonia de despedida."

Nadie se atrevió a estar en desacuerdo con él, por lo que todos se sentaron a la mesa a esperar su té. Cuando todos terminaron, le agradecieron a Anciano Sabio y se dirigieron a sus dormitorios.

Una vez allí, Eva le dijo a Roquiel que estaba sorprendida de escuchar lo que Joules decía. "Pensé que me dijiste que una vez los dos colisionaron y ella te gritó y te llamó torpe," dijo Eva, perpleja. "¿Y ahora resulta que ella quería ir contigo para reemplazar la piedra? Extraño. Ella solía ser mi mejor amiga, pero ahora siento que no la conozco para nada."

"Yo tampoco entiendo. Quiero decir, ella trató de hablar conmigo cuando fui elegido, pero pensé que era solo porque era una buena persona y se sintió mal por mí," respondió Roquiel.

Eva exhaló un gran suspiro. Luego recordó la historia sobre la curación que tuvo lugar en el río. Le contó a Roquiel lo que Senefre le había contado en el pueblo. Una sonrisa grande y orgullosa se extendió por la cara de Roquiel. "¡Ha, ojalá pudiera haber estado allí!" dijo. Luego preguntó: "¿Por casualidad te dijo quién ha sido elegido para reemplazarme temporalmente?"

"Alguien con el nombre de Traebon," respondió Eva, tratando de ser indiferente.

"¿Traebon? ¿De verdad? Él ni siquiera puede mantener a las ovejas en su corral. ¿Cómo va a cuidar los peces? ¿Qué estaban pensando los ancianos?" dijo, furioso.

"Senefre dijo que fue Anciana Uki quien lo seleccionó. Supongo que todos merecen una segunda oportunidad, ¿no?" preguntó ella.

"Sí, bueno, no hay nada que pueda hacer al respecto ahora. Deberíamos dormir un poco. Mañana es el gran día," dijo Roquiel, exhalando fuerte.

"Tienes razón. Buenas noches," dijo Eva mientras se extendía su mano y apagaba la lámpara. Todo se oscureció en el cuarto y después de dar unas vueltas nerviosas, pudieron conciliar el sueño.

8 La Despedida

Orvick caminaba de un lado a otro por el pasillo. No había dormido bien, y ahora se sentía bastante incómodo. No estaba molesto por el viaje, pero detestaba la idea de asistir a la despedida en la casa de la comunidad. Nunca le había gustado ser el centro de atención, pero desde que se tropezó frente a todos en su graduación de la escuela elfica 36 años antes, evitó la fanfarria aún más. A pesar de que había sido hace mucho tiempo, la vergüenza y la ansiedad se habían quedado con él. Como él fue el primero en levantarse, decidió preparar el desayuno para todos. O era eso o hacer un agujero en el piso si seguía caminando.

Uno por uno, los otros salieron de sus dormitorios y se dirigieron a la cocina, atraídos por el olor de algo delicioso. Orvick podía ver que nadie había descansado mucho, por lo que pensó que un buen desayuno podría animarlos un poco. Incluso Sabio se miraba triste cuando salió a la cocina. "Esto es una sorpresa agradable. Se ve maravilloso," dijo Sabio a Orvick cuando vio lo que había preparado.

"Estuve despierto antes que el resto de ustedes, así que pensé que trataría de ser útil," respondió Orvick.

"Me alegra que estarás con nosotros por un tiempo," dijo Eva. Roquiel escuchó este comentario y sintió su corazón hundirse en su pecho porque sabía que no iba a ser tan ingenioso como Orvick en la caminata. Naki corrió a la mesa y metió toda su cabeza directamente en la olla de frijoles y comenzó a engullirlos. "¡Naki! ¡Esos eran para compartir entre todos!" Orvick lo regañó.

La cabeza de Naki se levantó lentamente de la olla, su rostro cubierto de frijoles. "Ha, lo siento. Nosotros, los devi, no estamos acostumbrados a comer en grupos, así que he olvidado mis modales. Y olían tan ricos," dijo tímidamente.

Orvick sintió una punzada de compasión y esbozó una sonrisa. "Está bien. Esos pueden ser para ti. Hay suficiente de la otra comida para los demás. Pero para la próxima vez, recuerda que los elfos compartimos de la misma olla," Orvick le dijo al devi, quien todavía sostenía la olla con ambas patas.

"Sí, lo haré," dijo Naki. Y como ahora todos los frijoles eran para él, volvió a enterrar la cabeza en la olla y continuó engullendo su desayuno. Todos los demás se sentaron a la mesa, tan lejos de Naki y su desorden como pudieron.

"¿Puedo sugerir que decimos una oración?" dijo Sabio. Naki sacó su cabeza de la olla por respeto. Todos se unieron las manos. Naki le tendió una pata a Roquiel pero vio que estaba cubierta de comida, así que colocó su mano al lado de la pequeña criatura.

"Medeina, estamos reunidos aquí en la mesa esta mañana, con la maravillosa comida que Orvick nos preparó, al borde de este viaje tan importante. Te pedimos tu bendición y protección mientras el grupo viaja a tu templo para reemplazar la Piedra de la Vida para que tu energía continúe fluyendo en nuestro pequeño planeta," dijo Sabio.

"Y así es," dijeron todos al unísono. Todos soltaron las manos que estaban sosteniendo y empezaron a comer. Una vez que terminaron de comer y limpiar, reunieron todo lo que tenían que llevar con ellos y caminaron juntos hacia la casa de la comunidad.

"¿Qué es exactamente lo que vamos a hacer y cuánto tiempo tomará? No deberíamos demorar," dijo Orvick a Sabio. "No debería tomar mucho tiempo, dijo Sabio comprensivamente. "Es solo una oportunidad para que todos

135

vengan a despedirse. Habrá una bendición, una oportunidad para que algunos miembros de la comunidad pronuncien algunas palabras alentadoras, y tiempo para que todos se despidan de sus amigos y familiares," continuó.

"Bueno, terminemos con esto," suspiró.

Cuando llegaron a la casa de la comunidad, todos ya estaban esperándolos adentro. "¡Miren! ¡Son ellos!" alguien gritó. Todos los que estaban allí reunidos se volvieron para mirar hacia la entrada y luego estallaron en vítores y aplausos. Orvick se puso de color rojo brillante, se cubrió la boca con la mano y siguió caminando hacia el frente junto a Sabio con la cabeza agachada. El resto del grupo los siguió detrás. Roquiel estaba buscando a su familia pero no pudo encontrarlos entre la multitud. Los vítores no se detuvieron hasta que Sabio alzó una mano para llamar a todos a silencio.

"¡Estoy seguro de que su amor y apoyo son muy apreciados por aquellos que se están embarcando en esta gran aventura!" dijo Sabio con una sonrisa. "No perdamos esa pasión y actitud positiva mientras avanzan hacia el Templo de Medeina," continuó, mientras sonaban más vítores y aplausos. "Me gustaría comenzar invitando a aquellos elfos que han mostrado interés en decir algunas palabras, empezando con Anciano Gabriel. Así que, por favor, tomen sus asientos. Orvick, Eva y Roquiel dejaron sus bolsas y tomaron las sillas que les habían colocado delante. Naki se subió al hombro de Eva para poder ver mejor. Hoy los bancos en la casa de la comunidad habían sido movidos de alrededor del perímetro a ser colocados en filas.

Anciano Gabriel se levantó y se dirigió hacia el frente de la habitación. Tenía el cabello largo y blanco y su piel era aún más blanca y ojos grises que lo hacían parecer más severo y frío de lo que realmente era. Era una persona muy amable y apacible. Todos los elfos sabían que podían acudir a él en busca de consejos. Sabio le había pedido que hablara primero por el efecto calmante que tenía sobre todos.

"Estamos viviendo en tiempos muy interesantes," comenzó a decir Gabriel, con sus dos dedos índice presionadas en los labios. "Nadie que esté vivo estuvo vivo la última vez que se reemplazó la Piedra de la Vida, por lo que es comprensible que haya mucho miedo. Me gustaría recordarles a todos que tenemos un buen equipo de elfos y un devi, que se van este día en el viaje. He conocido a los tres elfos durante toda su vida y me gustaría compartir con ustedes lo que sé sobre ellos. Primero, tenemos a Orvick." Al mencionar su nombre, Orvick se deslizó en su silla y quería que se abriera un agujero en el suelo para que se arrastrara dentro. Pero no tuvo más remedio que quedarse sentado y escuchar.

"Orvick ha liderado con valentía y éxito a nuestros observadores del día durante los últimos diez años. Jugó un papel decisivo para frustrar los planes de los trolls de apoderarse de Seren y ponerlos en cuarentena en su propio territorio. Él sabe cómo sobrevivir fuera de la sociedad y cómo defenderse a sí mismo y a los demás contra personas y criaturas peligrosas. Estoy muy orgulloso de él por aceptar acompañar a los otros tres en la primera etapa de su viaje. Sin duda, será muy valioso para ellos," continuó Anciano Gabriel. Más vítores estallaron entre la multitud, pero Orvick no levantó la vista. No creía que toda esta fanfarria fuera necesaria, pero Sabio sí, así que lo aceptó todo lo que pudo.

"Eva. Eva se unió a los observadores de la noche justo después de dejar la escuela y ha demostrado que es sabia más allá de sus años. Ella tiene un dominio del arco y la flecha que elfos mucho mayores que ella aún no han alcanzado. Debido a esto, y su fuerza mental y física, fue elegida por los ancianos y el consejo asesor para ayudar a Roquiel. Ella aceptó valientemente la tarea, pensando solo en el futuro de Kitharion y no en el riesgo personal que está tomando," dijo Anciano Gabriel. Sus palabras hicieron que Eva se sintiera avergonzada. Estaba sentada sobre sus manos y mirando hacia abajo, pero cuando levantó la vista, vio a sus padres y Lane. Su madre tenía lágrimas en los ojos, pero todos estaban sonriendo y radiantes de orgullo. Después de ver esto, Eva se sintió mejor y sonrió también.

"Ahora, no conozco personalmente a nuestro amigo devi, Naki, pero conocí a algunos de su tipo hace muchos años. Me siento mal por los floracs presentes que no pueden verlo o escucharlo, pero les aseguro que él está presente. De hecho, él está encaramado en el hombro de Eva en este momento," dijo Anciano Gabriel. Muchas cabezas de los floracs voltearon a mirar a Eva. Algunos de ellos estaban entrecerrando los ojos como si pudieran ayudarlos a ver a la criatura. "Lo que puedo contarles sobre ellos desde mi experiencia es que son muy sabios y pacientes. Estudian una amplia gama de temas en sus vidas, incluida la naturaleza del agua, y han desarrollado una fuerte relación con ella. Son justos y razonables y les gusta pensar todas sus opciones antes de actuar.

El único vicio que vi cuando estuve con ellos era un gran amor por la cerveza. Ellos mismos prepararon un brebaje que era bastante delicioso, pero es algo que debe mantenerse bajo control, por supuesto, en este viaje," continuó Gabriel. Naki estaba mirando alrededor en todas las direcciones como si no le prestara atención, especialmente al último comentario. Cuando se dio cuenta de que Anciano Gabriel había terminado de hablar sobre él, se inclinó para mostrar su gratitud por las amables palabras sobre su pueblo. No apreciaba que mencionara su amor por la cerveza, pero era sincero.

"Y nuestro último miembro del grupo, por supuesto, es Roquiel." Roquiel no estaba seguro de qué diría Anciano Gabriel sobre él. Nunca habían hablado demasiado, excepto para discutir qué deber debería hacer cuando saliera de la escuela. Muchas personas acudieron al Anciano Gabriel en busca de consejo, pero Roquiel nunca lo hizo, porque temía que lo juzgaran menos digno de lo que ya era.

En ese momento, Roquiel notó a Brann sentado hacia el frente en el extremo de uno de los bancos. Llevaba una túnica elegante y un tocado de metal de los guerreros. Roquiel tomó esto como que todavía pensaba que él debería ser el que llevara al grupo al Templo de Medeina. A Roquiel le resultaba más difícil que nunca confiar en las palabras de una profecía cuando un comandante fuerte, experimentado y dispuesto estaba sentado frente a él.

"Como todos sabemos, Roquiel fue elegido por una profecía, pronunciada por su padre nada menos, muchos años antes de que él naciera. He sabido que es muy amable y afectuoso con los peces que cuida. Pero quiero dejar algo muy claro. Ser una persona amable y cariñosa no significa que también seas débil. Roquiel, debes saber que tienes la fuerza necesaria para completar esta misión. Todos nosotros estamos detrás de ti y no serás abandonado en nuestras oraciones," dijo Anciano Gabriel mientras giraba la cabeza hacia un lado y miraba fijamente a los ojos de Roquiel. Roquiel se sintió muy agradecido por estas palabras.

Luego, Anciano Gabriel regresó a su asiento y Sabio se levantó una vez más. Permitió a los otros que habían solicitado hablar, su turno de dirigirse al grupo y a la comunidad con los comentarios y preocupaciones que tenían en sus corazones. Una vez que todos terminaron, era hora de comenzar la misión con una bendición. Eva había estado pensando que la casa de la comunidad parecía más llena de lo normal y había varias caras allí que ella no reconoció.

Sabio se dirigió a este punto cuando habló para comenzar la bendición. "Agradezco a todos los que han venido esta mañana. Elfos, floracs y devi por igual. Hay muchos de ustedes aquí que han viajado desde otras partes de Kitharion para ser parte de esta ocasión trascendental. Muchas comunidades enviaron a sus líderes para que estén con nosotros hoy. Sepan que son bienvenidos aquí en Seren y nos complace contar con ustedes para ayudarnos a comenzar este viaje de la mejor manera posible. Ahora les pido que se pongan de pie mientras damos a los miembros de la expedición nuestra luz, nuestro amor y nuestra bendición." Todos los presentes en la casa de la comunidad se pusieron de pie, algunos más despacio que otros. Brann parecía particularmente molesto con la idea y fue el último en pararse.

"Gran Medeina, pedimos tu bendición a los miembros de nuestro grupo que están a punto de emprender su viaje para reemplazar la Piedra de la Vida. Te pedimos que no se encuentren con resistencia, pero con los brazos abiertos dondequiera que vayan en Kitharion. Anhelamos continuar viviendo en este hermoso planeta, que moriría sin la Piedra de la Vida para canalizar tu energía hacia nosotros. Pedimos fortaleza y el poder de tomar decisiones correctas para los miembros del grupo. Oramos para que se lleven bien durante todo el tiempo y que trabajen juntos. Que regresen sanas y salvas para que puedan continuar con sus vidas. Pedimos paz en el mundo entre todos sus miembros, especialmente oramos por nuestros hermanos y hermanas los elfos de cueva. Que ellos lleguen a respetar la vida en todas sus formas. Ponemos a los miembros del grupo ahora en tus manos amorosas. Y así será," dijo Sabio.

"Y así será," se hizo eco de todos en la casa de la comunidad.

"Ahora es el momento de que los miembros se despidan de sus amigos y familiares antes de que comiencen," dijo Sabio, mientras la gente comenzaba a empujarse hacia los miembros para hablar con ellos. Después de quienes querían venir y entregar sus mejores deseos en persona tuvieron su turno, todos comenzaron a filtrarse fuera de la casa de la comunidad. Luego, los miembros del grupo tuvieron la oportunidad de hablar con sus seres queridos, que habían esperado a que la multitud se fuera. Roquiel notó que Zaffre había estado esperando para hablar con él, por lo que se acercó a él primero. "Sé que hay más personas aquí esperando para hablar contigo, así que lo voy a hacer corto. Solo quería darte este libro sobre plantas comestibles en la naturaleza. Sé que lo estudiamos en la escuela pero tiene muchos detalles y contiene flora que no es nativa de esta área," dijo Zaffre mientras le entregaba el libro a Roquiel. Roquiel sonrió y dijo: "Gracias por cuidarme siempre." Entonces se abrazaron y Zaffre se giró para irse.

La familia de Roquiel, incluyendo Untu, se acercó a él. Su padre le puso una mano en el hombro, lo agarró con fuerza y dijo: "Estoy muy orgulloso de ti, hijo. Sé que todo estará bien." Su madre solo podía besarlo en la mejilla y susurrar adiós sin perder la compostura. "Buena suerte, Roquiel," dijo Juniper con la sonrisa forzada que estaba usando para contener las lágrimas. Amarantha tomó las manos de Roquiel y lo miró a los ojos. "Creo en ti, Ro," dijo con seriedad.

"Gracias. Eso significa mucho para mí," le dijo Roquiel, mientras Untu sostenía un pequeño frasco en su mano, que luego le entregó a Roquiel.

"¿Qué es esto?" Preguntó Roquiel.

"Es una poción curativa que hice. Funciona en cualquier cosa que te aqueje. Bebe esto y serás como nuevo," respondió Untu.

"¡Gracias!" dijo Roquiel y le dio un abrazo a Untu.

"Sabemos que debes irte ahora. No te preocupes por nosotros, estaremos en casa esperándote," dijo Gelmesh mientras la familia giraba y se marchaba, dejando atrás a su miembro más joven.

En el otro lado de la habitación, Eva se despidió de su familia. "Mientras estoy fuera, creo que deberías intentar comenzar a creer en ti un poco más. No necesitas confiar en las pociones de amor," le dijo Eva a su hermano Lane. "Lo intentaré. Y creo que he sido algo inmaduro en el pasado, así que, um, lo siento," respondió Lane. Se dieron un gran abrazo para sellar la reconciliación. Después de que su familia se dio vuelta y se fue de la casa de la comunidad, Eva vio a Roquiel hablando con Cruiser, y decidió ir y unirse con ellos. "No tengas miedo de usarlo si es necesario," le susurraba Cruiser a Roquiel.

"¿Miedo de usar qué?" preguntó Eva. Cruiser se sorprendió al ver a Eva allí.

"Ha, nada," respondió Cruiser. "Solo quise decir su sentido común," dijo Cruiser con una risa nerviosa.

"Voy a extrañar a mi compañera de la guardia nocturna," le dijo Eva a Cruiser.

"Te voy a extrañar también. Voy a tratar de mantenerme ocupada con la guardia mientras estás fuera, pero estoy segura de que volveré a verte pronto," dijo Cruiser. Levantó la vista y vio que Orvick había venido a unirse a ellos. "¿Realmente tenías que usar ropa color negro hoy de todos los días? ¡Esta es una ocasión feliz!" Orvick le dijo a Cruiser, bromeando. Cruiser simplemente se cruzó de brazos y puso los ojos en blanco. Entonces notó que Sabio caminaba hacia ellos y supo que era su señal para irse. "Buena suerte," dijo Cruiser a todos mientras se lanzaba hacia la salida.

"Es hora de decir sus últimas despedidas," les dijo Sabio. Estarían durmiendo en su carpa durante la primera semana del viaje hasta que llegaran a los Jardines Eternos, y Sabio quería que progresaran tanto como sea posible antes del anochecer. "Me gustaría decir unas palabras a Joules," dijo Roquiel. Sabio asintió con la cabeza y se hizo a un lado para dejarlo pasar.

Joules fue una de las pocas personas que aún estaban en la casa de la comunidad. Roquiel fue y se sentó junto a ella y esperó a que ella hablara primero. "Ojalá pudiéramos usar la telepatía para comunicarnos mientras estás lejos. Pero ninguno de los dos es muy bueno en eso todavía," dijo. Roquiel pensó que solo estaba diciendo esto porque se sentía sentimental ya que podrían no volver a verse. "Trabajemos en eso y veamos si podemos comunicarnos el uno con el otro," dijo. Ella se acercó y tomó una de las manos de Roquiel.

En ese momento, Daver se les acercó y tosió ruidosamente. Ambos se voltearon y Joules soltó rápidamente la mano de Roquiel. "¿Necesitas algo, Daver?" preguntó Joules.

"Sí, necesitaba hablar contigo en privado," respondió. Joules se levantó para ir a ver qué quería. Daver se inclinó hacia Roquiel y le dijo: "No nos mates, Roq," mientras le daba unas palmaditas duras en la espalda. Roquiel no dijo nada, pero le dio una mirada intensa y luego miró a Joules y luego a Daver, como para enviar el mensaje de que no debía molestarla. Daver sonrió, luego fue a hablar con Joules. Roquiel suspiró y trató de sacudirse su irritación.

Anciano Sabio se acercó a Roquiel. "No hay más tiempo para hablar, me temo. Es hora de irse," dijo. Roquiel se puso de pie a regañadientes, sin apartar los ojos de Joules y Daver. Joules lo vio irse y lo miró disculpándose.

El grupo encontró a Naki cuando todos salieron, comiendo piñas. "¿Los devi usan algún tipo de protección contra el frío?" le preguntó Eva mientras se ponía su capa.

"Usualmente no. Nuestra piel es protección suficiente," respondió. Los elfos también eran bastante resistentes, pero en los meses de invierno usaban capas, mangas largas y polainas debajo de sus túnicas.

Orvick, Eva, Roquiel y Naki estaban esperando tener una última palabra con Anciano Sabio. Vieron a Joules, Daver y Deary salir juntos de la casa de la comunidad. Joules se acercó a Eva y le dio un gran abrazo. No se intercambiaron palabras, se miraba como que la pared de tensión disminuía entre ellas. Luego miró a Roquiel y le dirigió una mirada significativa.

Los tres comenzaron a caminar de regreso a la ciudad juntos. Después de unos pocos pasos, Deary miró por encima del hombro a Orvick, y él la miró a los ojos. Le dio a Deary una pequeña sonrisa y un saludo. Ella pareció satisfecha con esto y dio media vuelta. Eva le dio a Orvick una mirada de soslayo y arqueó las cejas hacia él mientras le daba una enorme sonrisa. Orvick desvió la mirada fingiendo no haberla visto. Eva notó y la hizo reír. Ella siempre había pensado que los dos harían una buena pareja.

Sabio fue la última persona fuera de la casa de la comunidad y, al salir, cerró las puertas detrás de él. "Ha llegado el momento de que sigan su camino," les dijo Sabio mientras cruzaba las manos sobre el estómago. "Orvick, estaremos en contacto telepáticamente. Avísame si surge alguna necesidad," agregó.

"Sí, lo haré," respondió Orvick. Sabio no dijo más; él solo les dio una sonrisa de confianza y se balanceó sobre sus talones. "Vamos, vámonos," dijo Orvick mientras conducía al grupo fuera de la casa de la comunidad. Cuando llegaron a la orilla de la ciudad, Eva y Roquiel se dieron la vuelta para echar un último vistazo a su hogar antes de irse. Miraron fijamente y observaron todo lo que pudieron. Cuando Eva pensó que necesitaban continuar, rompió el silencio empujando a Roquiel en las costillas y dijo: "Vamos, orejas redondas, es tiempo de ir," ella lo miró con una sonrisa y ambos rieron. Roquiel dio media vuelta y comenzó a trotar para alcanzar a Naki y Orvick, seguido de cerca por Eva.

Caminaron constantemente con un par de descansos cortos hasta la puesta del sol. Cuando llegaron a un terreno llano, Orvick sugirió que se detuvieran y armaran el campamento para pasar la noche. Habían traído algunos bizcochos sobrantes del desayuno e hicieron un fuego para hervir hongos y hacer té. Agregaron algo de nieve a su maceta para obtener agua y todos comieron hasta saciarse.

Después de haber comido, Orvick pidió ayuda para preparar la carpa. Roquiel había montado una carpa de campaña antes, pero había pasado un tiempo, así que prestó mucha atención a todo lo que Orvick estaba haciendo. Una vez que la carpa estuvo lista, fueron y se sentaron junto al fuego por unos minutos más para protegerse del frío. Era el mes de Neth en Kitharion, el undécimo mes del año. El duodécimo mes, Indo, y el primer mes del Año Nuevo, Odeck, fueron los más fríos. El grupo tendría que ser muy ingenioso durante estos meses para ahorrar energía y sentirse cómodo las noches en que necesitaban dormir afuera. Orvick vertió el agua restante de la olla en el fuego para apagarla y luego se retiraron a la carpa de campaña por la noche.

Dos horas después de que se habían ido a dormir, Orvick se despertó sobresaltado a un ruido de tintineo. Se arrastró hasta donde se abría la carpa y asomó la cabeza lentamente. Miró a su alrededor y vio a un tarlec, un gran felino negro, golpeando un plato y una taza que había quedado en el suelo junto al fuego. El tarlec había devorado todo lo que había en el plato y estaba buscando más. Levantó la cabeza, olfateó el aire y luego se volvió para mirar a Orvick. Orvick rápidamente metió la cabeza dentro y luego dijo a los demás: "¡Despierten! ¡Hay un tarlec afuera!" Eva, Roquiel y Naki se despertaron y todos se acurrucaron juntos cuando escucharon al tarlec caminando alrededor de la carpa.

"¿Qué quiere?" preguntó Eva.

"Encontró algo de comida que alguien dejó afuera y quiere más. La comida escasea para ellos a medida que baja la temperatura y pueden desesperarse," dijo Orvick en voz baja.

De repente, el ritmo se detuvo. Los ocupantes de la carpa se miraron, con los ojos muy abiertos, preguntándose si el gran felino había desaparecido. Esperaron unos momentos más en silencio, sus hombros se agitaban con cada respiración nerviosa.

Entonces Roquiel escuchó algo justo al lado de su cabeza; un gruñido profundo y gutural mientras garras cortaban la carpa desde arriba hasta abajo. Orvick puso a Naki sobre su hombro, tomó la mano de Eva y los sacó de la carpa. Todos corrieron hasta que llegaron a la cobertura de un grupo de árboles cercano. Se agacharon detrás de los árboles y observaron desde la distancia cómo el gran felino desgarraba su carpa. "Es mejor que no nos busque aquí. Aun si escalamos estos árboles no nos ayudará, ya que son excelentes escaladores," susurró Orvick.

Finalmente, el gato terminó su búsqueda y siguió su camino. Empezó a subir una colina donde se encontró con otros tres tarlecs. Tan pronto como desaparecieron sobre la colina, los cuatro cautelosamente caminaron hacia atrás para evaluar el daño que se había hecho. La carpa se había hecho trizas, y los tarlecs habían encontrado y rematado el resto de los bizcochos. Afortunadamente, sus otras pertenencias estaban intactas. Orvick se volvió hacia Naki, Eva y Roquiel y les preguntó: "¡Lo que quiero saber es cuál de ustedes dejó su plato, guiándolos directamente hacia nosotros!"

Hubo silencio por un momento y luego Roquiel levantó la mano y dijo: "Fui yo."

"¿Cómo pudiste haber sido tan irresponsable? ¡Les dije a todos ustedes que no dejaran nada afuera! ¡Casi nos matas a todos en la primera noche!" dijo Orvick, furioso. Roquiel no podía pensar en nada que decir para defender su negligencia, por lo que se quedó en silencio con la cabeza gacha. Nunca había confiado en que podría completar esta misión, pero nunca pensó que causaría tantos problemas el primer día.

"Bueno, espero que hayas aprendido una lección. Tienes que estar híper-vigilante todo el tiempo, especialmente cuando no estoy aquí para protegerte," dijo Orvick a Roquiel. Roquiel asintió. "Necesitamos establecer un lugar para dormir nuevamente. Haré otro fuego por calor, ustedes se harán una cama con las mantas que tenemos," continuó Orvick. Eva sacó una pequeña manta de su bolso y se la dio a Naki. Naki la agradeció y luego fue y encontró una roca plana para acostarse. Los otros también encontraron rocas planas para no estar encima de la nieve. Se volvieron a acostar y trataron de dormir un poco.

Comenzaron de nuevo temprano a la mañana siguiente. Estaban pegados a la carretera que conducía a los

Jardines Eternos. Alrededor del mediodía, Eva vio a Rosa y su familia caminando hacia ellos. Rosa se veía muy linda, como siempre, con dos trenzas en su largo cabello rubio. "¡Rosa! ¡Qué bueno verte! ¡Te extrañé en la despedida!" exclamó Eva mientras abrazaba a su compañera de la guardia nocturna.

"Lamento mucho que no estuvimos allí, pero recién estamos volviendo de visitar a mi abuela en los Jardines Eternos. Sospecho que todos ustedes se dirigen hacia allí," dijo Rosa.

"Sí. Nos detendremos allí un rato antes de continuar hacia el sur," respondió Eva.

"¿Cómo van las cosas hasta ahora?" preguntó la madre de Rosa.

Naki, Orvick y Eva se volvieron y miraron a Roquiel con el ceño fruncido. "No tan bien, diría yo, basado en esas miradas," dijo la madre de Rosa, respondiendo a su propia pregunta.

"Fuimos atacados anoche. Alguien dejó un plato de comida durante la noche y un tarlec lo olfateó," dijo Orvick.

"¡No! ¿Están bien?" preguntó Rosa, sus manos cubriendo su boca en estado de shock.

"Sí, pero nuestra carpa no tuvo tanta suerte. El tarlec la dejó en pedazos," respondió Eva. El padre de Rosa bajó la mochila que estaba cargando de su espalda y se la entregó a Orvick. "Aquí. Ten nuestra carpa Volveremos a la ciudad pronto. Claramente la necesitan más que nosotros," dijo.

"Gracias, eso es muy amable," dijo Orvick.

"No les retendremos más, pero quiero que sepan que les deseamos lo mejor y tenemos fe en ustedes," dijo la madre de Rosa.

"Sí, vayan con Medeina," dijo el padre de Rosa. El grupo volvió a dar las gracias por la carpa y los buenos deseos mientras se separaban. Cuando se encontraban a poca distancia uno del otro, Rosa se dio la vuelta y les gritó.

"Vimos a tu bisabuelo, Roquiel. ¡Está muy emocionado de verte!"

"Ha. ¡Yo también!" Roquiel le gritó a ella. Rosa sonrió y saludó mientras se giraba para continuar caminando junto a sus padres.

Las próximas noches fueron afortunadamente, sin incidentes. Ahora estaban una vez más cubiertos para la noche gracias a su nueva carpa. Llegaron temprano en la mañana en el séptimo día de su viaje, a los Jardines Eternos. Este lugar fue elegido para los residentes viejos de Seren porque era un lugar muy tranquilo. Recibió bastante precipitación, por lo que en la primavera y el verano fue muy verde. Pero ahora, en invierno, todo estaba cubierto por una capa fina de nieve blanca y deslumbrante. El paisaje era bastante plano, por lo que era más fácil caminar a los lugares donde debían ir los habitantes. Las casas y otros edificios que se podían encontrar allí fueron construidos al nivel del suelo para que los residentes no tuvieran escalones para subir. Había un estanque cerca donde los elfos a menudo se juntaban para observar a los patos, las ranas y las aves retozando.

Se encontraron con una gran sonrisa, por Stacia, la hermana mayor de Lerek, que había sido asignada al deber de cuidadora aquí en los jardines. "Hicieron buen tiempo. No les esperábamos hasta la tarde. Vamos, entremos y les traeré algo caliente para comer," les dijo. Fueron llevados al edificio que servía como la casa de la comunidad donde les dieron sopa de papa. "¿Se quedarán mucho tiempo con nosotros?" preguntó Stacia.

"No, solo hasta mañana por la mañana. No debemos demorar," respondió Orvick.

"Por supuesto, avísenme si hay algo que pueda hacer por ustedes mientras estén aquí," les dijo Stacia.

"¿Podrías llevarnos a la casa de mi bisabuelo? Nos quedaremos con él esta noche," dijo Roquiel.

"Sí, por supuesto. Una vez que hayan terminado, les llevo allí," respondió Stacia.

Una vez que estuvieron listos para partir, se pusieron de pie y se dirigieron hacia la puerta. Naki se subió al hombro de Eva y ella se llevó un dedo al labio superior, tratando de decirle a Naki que tenía algo de papa atrapado en su pelaje. Naki rápidamente se cepilló la cara con sus patas, avergonzado.

Continuaron hasta donde vivía el bisabuelo de Roquiel y Stacia tocó la puerta. Oyeron alguien arrastrando los pies adentro y unos momentos después, la puerta se abrió y allí estaba Banaroq. "¡Ha, ya están aquí! ¡Qué maravilloso es esto!" exclamó Banaroq mientras abrazaba a su bisnieto. "Todos ustedes son bienvenidos aquí en los Jardines Eternos. Me hubiera encantado verlos a todos bajo diferentes circunstancias, pero estoy feliz de todos modos. Si no están demasiado cansados, quiero mostrarles todo," dijo Banaroq.

"Eso sería genial," dijo Eva.

Caminaron lentamente para coincidir con el ritmo de Banaroq, hacia el estanque que estaba cerca de la casa de la comunidad. "Mi deber aquí es bajar y alimentar a los peces, al igual que antes de venir aquí, Roquiel," dijo Banaroq con orgullo a su bisnieto. *Ha, que bien, entonces me dieron un deber que un viejo elfo de 596 años es capaz de hacer*, pensó Roquiel irónicamente.

"Realmente disfruto mi tiempo a solas aquí. Después de tantos años como carpintero, no doy por hecho el tiempo para sentarme y simplemente estar quieto. Me siento afortunado de poder levantarme y caminar. Hay varios elfos aquí que están postrados en cama. Sin embargo, a los que no podemos cumplir con nuestro deber no se nos desprecia. No creemos que deba ser físicamente productivo para ser digno de las necesidades de la vida. Nos cuidamos aquí, así como lo hacen en el norte de Seren," les dijo Banaroq.

"Gracias por compartir esas sabias palabras," dijo Orvick suavemente.

149

Después de su paseo con Banaroq, Stacia amablemente les ofreció los suministros que necesitarían para avanzar en su viaje.

Al caer la noche, regresaron a la casa de Banaroq y descubrieron que les habían puesto cuatro catres dentro. "¿Les gustaría un poco de té y conversar un poco más antes de retirarnos?" les preguntó Banaroq.

"Sí, gracias, bisabuelo. Te ayudaré," respondió Roquiel.

Reunidos alrededor de la chimenea, se sentaron y bebieron su té. "Roquiel, ¿sabías que tus padres basaron tu nombre en el mío?" preguntó Banaroq mientras se mecía lentamente de un lado a otro en su mecedora de madera. "Sí, lo sabía," respondió Roquiel.

"¿Pero sabías que en el antiguo lenguaje de los elfos, mi nombre significa 'conectado con el planeta' y que tu nombre significa 'energía planetaria universal?" preguntó Banaroq.

"No, no lo sabía. Eso es bastante interesante," dijo Roquiel.

Banaroq se sentó en silencio por un minuto y luego dijo: "Saben que el viaje será más difícil desde aquí. Viajarán cada vez más lejos de su hogar y hacia algunos territorios peligrosos."

"Sí, tiene usted razón. Les estoy enseñando a los demás a estar siempre atentos," dijo Orvick.

"¿A dónde irán cuando salgan de aquí?" preguntó Banaroq.

"En dos días llegaremos al puente que cruza el Río Verde Azulado y de allí, a Mirnac," le respondió Orvick.

"Bueno, debo decir que estoy muy orgulloso de ti, Roquiel, siendo elegido para reemplazar la Piedra de la Vida. Fue Anciana Jolania quien me dijo que tú habías sido elegido. Vino aquí para decirnos a todos en persona en lugar de enviar un mensaje telepático. Ella vino a mi casa a decirme primero. ¡Fue bueno que me sentara en esta silla cuando lo hizo, o de lo contrario me habría caído de espaldas!" dijo Banaroq mientras se rió a carcajadas. Esto también les dio una risa a los demás.

De repente, un gran ronquido rasgó el aire. Miró a su alrededor para ver quién era el origen del ruido y vieron a Naki acurrucado en su catre, profundamente dormido. Banaroq se rió de nuevo cuando vio que un sonido tan fuerte provenía de una criatura tan pequeña. "Supongo que eso significa que es hora de que todos vayamos a la cama. Stacia me dijo que les darán el desayuno en la casa de la comunidad a primera hora de la mañana," dijo Banaroq.

"Gracias por todo, bisabuelo. Prometo venir a visitarte si regreso," dijo Roquiel.

"*Cuando* regreses, estaré muy feliz de verte, mi niño. Tendrás que contarme todo sobre tus aventuras," dijo Banaroq con una sonrisa. Luego fue a darle un beso en la frente a su bisnieto.

Una vez que volvieron a la ruta, en dirección al puente del Rio Verde Azulado, Roquiel aprovechó la oportunidad para agradecer a los demás por no mencionar el incidente con el tarlec a Banaroq. "No habría salido nada bueno de eso. Lo que tenemos que hacer ahora es centrarnos en el momento presente y la tarea que tenemos entre manos," dijo Orvick.

Como el camino en el que se encontraban ahora ya no se transitaba con frecuencia, estaba bastante descuidado. Pudieron encontrar un buen lugar para colocar su carpa junto a un pequeño arroyo en la primera noche y en la tarde del segundo día después de dejar los Jardines Eternos, llegaron al puente.

Al inspeccionarlo, Orvick descubrió que el puente parecía robusto, pero de todos modos era intimidante. Era bastante plano, pero sin barandilla, sin dejar nada a lo que aferrarse. "La gente ha estado cruzando el puente durante siglos, ¿qué posibilidades hay de que se rompa cuando estamos cruzando?" preguntó Roquiel con nerviosismo.

Naki se subió al hombro de Eva y se hundió en su cabello. "¿Nervioso, Naki?" preguntó Orvick con una sonrisa.

"No, no estoy nervioso, pensé que iría con ella porque estoy cansado," respondió Naki con su cabeza asomando por el cabello de Eva. Orvick le sonrió y luego dijo: "No te preocupes. Yo iré primero." Comenzó a cruzar y luego puso sus manos a los lados para mantener el equilibrio. Eva, Roquiel y Naki observaron mientras cruzaba con facilidad. "¡Eva, Naki, ahora vayan ustedes!" gritó Orvick desde el otro lado.

Eva se acercó cautelosamente al puente y respiró hondo. Comenzó a caminar y copió a Orvick al poner sus brazos a los costados. Aproximadamente a la mitad, miró por un lado y vio el agua que corría debajo del río. Esto la mareó un poco y le temblaron los pies. "¡Con cuidado!" Orvick le gritó. Mientras Eva se reorientó y tomó su siguiente paso, el viento sopló muy fuerte y perdió el balance. Ella se tambaleó hacia un lado y su pie izquierdo cayó por el borde. Intentó agarrarse con el pie derecho, pero también se deslizó por el costado. Cuando cayó, se agarró a un nudo en las raíces, lo que evitó que cayera al agua. Naki todavía estaba agarrado de su capa con sus garras y presionando sus ojos cerrados.

Orvick estaba pensando rápidamente qué hacer, pero lo siguiente que supo fue que vio que Roquiel había salido corriendo al puente. "¡Roquiel, no! ¡Vuelve!" Orvick gritó. Ignorando la advertencia, Roquiel alcanzó a Eva y se inclinó lentamente para no hacer que el puente se oscilara más de lo que ya estaba. "¡Roquiel! ¡Ayúdanos!" gritó Eva, sus pies colgando salvajemente. Roquiel se inclinó con ambas manos y agarró a Eva justo encima de los codos. "¡Suelta tus manos y te levantaré!" dijo Roquiel una vez que la tenía agarrada con fuerza, pero Eva vaciló.

"¡Yo puedo hacerlo! ¡Puedo levantarte!" Roquiel le gritó. Eva sabía que no tenía otra opción- Orvick todavía estaba al otro lado del puente. Ella respiró hondo y soltó las raíces que estaba sosteniendo. Roquiel reunió toda su fuerza y levantó a Eva hacia el puente.

Respirando rápidamente y aún mareada, Eva agarró a Roquiel y él intentó tranquilizarla. "El viento ha bajado por el momento, debemos seguir adelante antes de que vuelva a soplar fuerte otra vez," dijo Roquiel.

"Me siento congelada. No sé si puedo," respondió ella. "¡Tienes que intentarlo! Yo iré primero, caminarás detrás de mí y te tomaré de la mano," insistió Roquiel. Eva asintió y caminaron lentamente el resto del puente junto. Al llegar al otro lado, Orvick envolvió una manta alrededor de los hombros de Eva y la llevó a un árbol para que ella pudiera sentarse contra el tronco. "Ya te puedes bajar, Naki," dijo Orvick a Naki ya que todavía estaba acurrucado en el hombro de Eva. Naki no le hizo caso y se quedó temblando en el mismo lugar.

"¿Por qué hiciste eso? ¿Por qué no me dejaste manejar la situación?" Orvick le preguntó a Roquiel después de que lo había llevado aparte.

"Pues porque *tú* no estabas haciendo nada al respecto, así que actué," respondió Roquiel.

"¡Estaba pensando en todas las opciones!" replicó Orvick.

"¡Vi a alguien en problemas y quería ayudar! No estarás con nosotros mucho más tiempo y tendré que tomar estas decisiones solo cuando te hayas ido. Pensé que debería comenzar ahora," dijo Roquiel. Orvick todavía respiraba pesadamente, pero comenzó a calmarse una vez que se dio cuenta de que Roquiel tenía un punto y recordó que todo había salido lo mejor posible. "Tienes razón. Lo siento. Necesito comenzar a tenerte más confianza. Estoy acostumbrado a estar en situaciones peligrosas con la guardia del día y pensé que debería ser yo quien actuara. Volvamos y revisémoslos, veamos cómo se sienten."

Encontraron a Eva y Naki en el mismo lugar donde los habían dejado. Orvick se inclinó y preguntó si sentían lo suficientemente bien como para continuar. "Creo que estoy bien ahora, estaba realmente conmocionada," dijo Eva. Naki miró a Orvick y asintió. "Muy bien, caminemos por unas horas más esta noche," dijo Orvick mientras extendía una mano hacia Eva para ayudarla a levantarse.

"¿Cuánto falta para llegar a los lobos alados en Mirnac?" preguntó Roquiel a Orvick.

"Alrededor de otros siete días, dependiendo de nuestro ritmo," respondió.

Los elfos tendían a vivir agrupados en un área de su territorio y el resto de la tierra se dejaba abierta para que los animales y la naturaleza tuvieran su espacio. Como resultado, había una gran cantidad de desierto abierto entre los asentamientos. Iba a ser aún más difícil una vez que llegaran al continente de Maiza en cuanto a conseguir suministros y encontrar ciudades élficas, porque ese continente estaba aún menos poblado que el continente de Beratrim. Por esa razón, Roquiel estaba mirando a Orvick cuidadosamente para desarrollar sus habilidades de búsqueda de alimento.

Una noche, mientras montaban el campamento, se dieron cuenta de que no había árboles alrededor para usar como leña. "Está bien, traje algunas piedras brasa. Están en mi bolsa. Roquiel, ¿podrías traerlas, por favor?" dijo Orvick.

"No sé lo que habríamos hecho sin ti. ¿Cómo es posible que no haya pensado en traer piedras brasa?" dijo Eva, claramente molesta consigo misma.

"No te preocupes por eso. Yo *sí* estoy aquí y *sí* me acorde, así que eso es todo lo que importa," dijo Orvick con una sonrisa.

Las piedras brasa eran con las que los elfos solían cocinar dentro de sus casas. Eran un tipo especial de piedra que, cuando se encendía en el fuego, permanecía en llamas hasta que se apagaba o se sofocaba. Los elfos cubrieron el fondo con una capa de goma para que solo se quemara la parte superior. Roquiel trajo las piedras y tímidamente preguntó si podían tenerlas después de que él se había ido. "Sí, he traído suficiente para dejarte unas," dijo Orvick.

"Gracias," dijo Roquiel.

Después de continuar por varios días más, Orvick notó que se estaban acercando al lugar donde los lobos alados estaban protegiendo las entradas de los elfos de cueva. Él comenzó a escanear la tierra de cerca para encontrarlos. A la mañana siguiente vio las huellas de lobos saliendo del camino y conduciendo hacia el afloramiento rocoso cercano. El grupo siguió las huellas y se encontraron con un lobo alado que montaba guardia afuera de una pequeña abertura en la roca cubierta de musgo. El lobo había notado que llegaban tan pronto como se desviaban del camino y observaba todos sus movimientos, tratando de determinar quiénes eran. De su ropa, el lobo podía decir que eran elfos del bosque, pero ¿qué estarían haciendo aquí?

Cuando estaban a unos metros de distancia, Orvick gritó: "¡Estamos aquí en una misión de Anciano Sabio de Seren! ¿Podemos acercarnos?" El lobo asintió con la aprobación de la solicitud. Mientras caminaban hacia la majestuosa criatura, Orvick se inclinó profundamente y el lobo hizo lo mismo. Cuando se dio cuenta de que los otros no estaban haciendo lo mismo, Orvick giró la cabeza e hizo un gesto para que se inclinaran también. Roquiel, Naki y Eva rápidamente emularon a Orvick y se inclinaron ante el lobo también.

Los lobos podían entender el lenguaje de los hombres y los elfos que estaban en sintonía con el reino animal podían sentir lo que los lobos intentaban comunicarles. Esto dejó a Roquiel sintiéndose excluido, pero hizo todo lo posible por comprender lo que estaba sucediendo. Eva le preguntó al lobo cómo se llamaba. "¿Dalani? ¿Es eso correcto?" preguntó Eva, queriendo asegurarse de estar en lo cierto. El lobo asintió.

"Soy Orvick de Seren y estos son mis compañeros Eva, Roquiel y Naki. La razón principal de nuestro viaje es que estamos en camino de reemplazar la Piedra de la Vida, pero también les digo que a Sabio le preocupa que los lobos hayan guardado las cuevas durante tanto tiempo. Les preguntamos si los lobos podrían desear ser relevados de esta tarea," Orvick le explicó a Dalani.

Orvick esperó unos minutos y tuvo la sensación de que Dalani no quería tomar esta decisión por su cuenta, sino que primero quería hablar con los otros lobos. "Muy bien. Entiendo. Acamparemos aquí por la noche y una vez que hayas tenido la oportunidad de reunirte con los otros lobos, puedes decirme qué se ha decidido," dijo Orvick.

Justo dentro de la entrada de la cueva, un elfo de cueva llamado Gelon había estado escondido, presionado contra la roca, escuchando la conversación interesante que estaba ocurriendo afuera.

9 Marcin

Después de que los lobos se habían reunido, Dalani salió al lugar donde se alojaba el grupo. Orvick salió a encontrarlo y permanecieron en silencio comunicando durante varios minutos. Cuando terminaron su intercambio, se inclinaron el uno al otro y Orvick regresó a la carpa. "Entonces, ¿qué decidieron?" preguntó Roquiel.

"Dalani dice que los lobos continuarán vigilando las cuevas. Expresó que estaban agradecidos por la oferta de ser relevados del deber, pero que deseaban continuar realizando esa función. También transmitió que enviarán un mensaje a Sabio si alguna vez desean dejar el puesto," respondió Orvick.

"¿Entonces esto significa que ya tienes que regresar?" Eva le preguntó a Orvick con tristeza.

"Temo que así es. Sabio y yo habíamos decidido que este lugar era donde debía regresar a Seren. Mi trabajo ya está hecho con los lobos, así que creo que recogeré mis cosas y emprenderé el camino de regreso," respondió Orvick.

"¿Realmente crees que no puedan administrar los observadores del día sin ti? Eres muy útil aquí," Eva declaró.

Orvick forzó una sonrisa. "Ustedes tres estarán bien sin mí. Realmente necesito regresar," dijo mientras guardaba la última de sus pertenencias en su bolsa. No perdió tiempo en comenzar a caminar hacia el norte.

"¡Espera!" gritó Eva. Ella corrió hacia él y le entregó la carpa extra que les habían dado en los Jardines Eternos. "No olvides esto," dijo ella cuando lo alcanzó.

"Gracias. Hubiera tenido algunas noches frías sin esto," dijo, agradecido.

Eva puso una mano en el brazo de Orvick con cariño y luego se giró para reunirse con los demás.

Pronto el grupo se encontró en el camino una vez más, esta vez dirigiéndose hacia la Cascada Doble de Rahzed y la ciudad de Marcin donde vivía el primo de Orvick.

Cuando cruzaron hacia Rahzed desde Mirnac, Naki notó: "No he oído que hayan visto a los Bannik tan al sur, así que creo que podemos decir con seguridad que ya pasamos por su territorio sin incidentes." Eva y Roquiel sonrieron y respiraron un suspiro de alivio.

El camino en Rahzed era más escabroso de lo que había sido el camino a Mirnac. Hubo más altibajos en el terreno y gran parte de este atravesó el bosque. Tenían los mapas que Orvick había hecho y los seguían conscientemente. "Debemos llegar a la Cascada Doble de Rahzed al caer la noche," dijo Eva mientras se sentaba en un tronco para tomar un descanso.

"¿Crees que deberíamos parar aquí por la noche y hacer el campamento? Solo me gustaría ver la cascada a la luz del día. He oído que es magnífica," dijo Naki.

"No, no creo que debamos perder tiempo. Deberíamos cruzar las cataratas y encontrar un lugar para acampar en el otro lado esta misma noche," dijo Eva. Roquiel estuvo de acuerdo en que deberían seguir, aunque también quería echarle un buen vistazo a las cascadas.

Después de unos diez minutos, se levantaron y continuaron caminando penosamente por las colinas. Naki saltaba de árbol en árbol porque le resultaba más fácil que caminar sobre el suelo. La forma más fácil, por supuesto, era montar sobre el hombro de alguien, pero Roquiel y Eva se habían cansado de tenerlo allí, así que le dijeron que tenía que estar solo por un tiempo. Ya estaba oscureciendo y la gruesa capa de hojas en el bosque la hacía parecer aún más oscura. Cuando la carretera emergió del bosque, pudieron oír el agua que corría por las caídas dobles.

***

Gelon y Bevy se deslizaron en la despensa sin ser notados. Gelon iba a necesitar ropa adecuada para el invierno si iba a sobrevivir en la superficie. Él había vivido toda su vida en las cuevas. Pero ahora estaba decidido a encontrar una salida. Tenía que hacerlo si alguna vez encontraría un arma lo suficientemente poderosa como para liberar a su gente de su prisión subterránea.

Después de cambiarse a la ropa que lo protegería del frío mundo de arriba, Gelon seguido por Bevy regresó a la entrada de la cueva donde había escuchado la conversación entre Orvick y Dalani. Ahora que sabía que el grupo se dirigía a las Cuevas de Cristal para encontrar la siguiente Piedra de Vida, podría aprovechar la oportunidad para entrar y recuperar la espada de Harlington.

"¿Estás loco? ¡Este plan nunca funcionará!" Bevy le dijo a Gelon mientras le jaló de su abrigo.

"¡Déjame, Bevy! ¿Supongo que tienes una mejor idea para liberarnos de estas cuevas?" replicó Gelon.

Bevy soltó a Gelon y miró tristemente al suelo. "No, pero esta es una buena forma de ser matado o descubierto. Y si alguien en la superficie descubre quién eres, los elfos del bosque pondrán más seguridad alrededor de las entradas, ¡haciendo las cosas aún más difíciles para nosotros!" suplicó Bevy.

"He confiado en ti porque eres mi amigo. No me hagas cambiar de opinión. Tendré éxito. Verás. Ahora quiero que guardes silencio sobre esto. Si alguien pregunta por mí, diles que me he enfermado y que me estás cuidando en mi casa. ¿Puedes hacer eso?" Gelon preguntó. Bevy exhaló un profundo suspiro y aceptó de mala gana. Convencido de que no había manera de convencerlo de quedarse abajo en las cuevas, Bevy dejó a Gelon a sus planes.

Los elfos de cueva tenían cuentos sobre la espada que había sido puesta dentro de las Cuevas de Cristal por los

159

elfos del sur de Urkana. Pensaron que la espada debía ser quitada de su dueño, Harlington, porque la había hecho demasiado poderosa. La había dotado de energía maligna para convertirla en el arma más poderosa que el mundo había visto. Él planeó usarla para convertirse en el único gobernante de Kitharion.

A pesar de que Harlington era miembro de su sociedad, los elfos Urkana lo consideraban demasiado peligroso como para tenerlo entre ellos. Mataron a Harlington mientras dormía y tomaron la espada con planes de destruirla. Cuando no la pudieron destruir, hicieron intentos de limpiar su energía negativa. Estos esfuerzos también fallaron, matando a varios elfos del bosque en el proceso. Así que la decisión tomada de esconderla en las Cuevas de Cristal, que fue considerado el lugar más seguro.

Gelon sabía que a esta hora, Sira sería la loba de guardia en la entrada. Él tenía un sentimiento acerca de ella y si su corazonada era correcta, ella sería la que lo dejaría salir de las cuevas. Tan pronto como su cabeza estuvo cerca de emerger al mundo exterior, Sira estaba allí, enseñando sus dientes y gruñendo agresivamente para que retrocediera. "Sira, Sira, tranquila. Solo deseo hablar contigo," dijo Gelon mientras retrocedía unos pasos. Sira dejó de gruñir pero aún mostraba sus dientes. "Solo te pido que me escuches. Tengo una proposición que creo que puede interesarte," dijo Gelon mientras levantaba las manos, suplicando.

Sira cerró la boca y miró a Gelon, indicando que estaba escuchando. "Tengo un plan para ir a recuperar la espada Harlington de las Cuevas de Cristal. Sé que viste a los viajeros que pasaron por aquí y hablaron con Dalani. Se dirigen a las Cuevas de Cristal para obtener la siguiente Piedra de la Vida. Deseo alcanzarlos y usarlos para recuperar la espada," dijo Gelon, con los ojos muy abiertos y respirando pesadamente. "Una vez que la espada esté en mi poder, la usaría para liberar a mi gente de las cuevas y comenzar un nuevo régimen aquí en la superficie. Por tu cooperación, te aseguro que te colocaría en una posición de gran prominencia y poder. Todo lo que tendrías que hacer es dejarme salir de aquí," explicó Gelon.

Sira miró fijamente a Gelon sin pestañear mientras consideraba su oferta con cuidado. Cuando los lobos se reunieron para discutir si debían o no continuar cuidando las cuevas, ella había votado no. Ella pensó que, si se les liberaba de esa responsabilidad, podrían pasar a un papel más grande y más importante. Pero, por supuesto, ella no fue escuchada y la mayoría deseaba continuar vigilando las cuevas como una forma de pagar a los elfos del bosque por todo lo que habían hecho por ellos. Ella pensó que si se producía este nuevo cambio de régimen y se le daba una posición de liderazgo, tal vez entonces tendría una voz.

Sira luego asintió con la cabeza a Gelon, indicando que ella aceptaría su oferta. Una enorme sonrisa cruzó la cara de Gelon. "No te arrepentirás," le dijo. Se apartó para dejar pasar a Gelon. Una vez que salió de la cueva, respiró el aire frío de la noche. Olía diferente al aire de la cueva y el crujido de la nieve debajo de sus botas le dio alegría. Pero no estaba fuera de peligro todavía. Siempre había más lobos cerca en caso de un intento de desglose grupal. Miró hacia arriba y con la luz de las lunas, Cipri y Mosladon, pudo ver a los otros lobos acurrucados, dormidos. Luego volvió a mirar a Sira para asegurarse de que no iba a dar la alarma.

Cuando la costa estaba despejada, Gelon comenzó a correr antes de que los lobos dormidos captaran su olor, y solo disminuyó la velocidad una vez que pensó que estaba fuera de su alcance. Había metido algo de comida y un mapa debajo de su abrigo de invierno. De acuerdo con el mapa, Marcin era la siguiente ciudad importante con la que se encontraría en el camino hacia el sur. Con suerte podría ponerse al día con el grupo allí, si no antes.

***

Cuando Roquiel y Eva caminaron detrás de la doble cascada, el sonido del agua corriendo fue tan fuerte que casi les dejó sordos. Este era el camino más corto, por lo que incluso en la oscuridad atravesaban el terreno escarpado. Si hubiera luz en ese momento, habrían visto las magníficas cataratas lado a lado que se elevaban hacia el cielo y parecían continuar para siempre. Las rocas sobre las que caminaban estaban mojadas y cubiertas de musgo, pero hasta el momento habían sido capaces de mantener el equilibrio.

Eso fue hasta que Roquiel, que estaba detrás de Eva con Naki en el hombro, resbaló en algo que había aplastado bajo sus pies. Cayó de rodillas e intentaba levantarse cuando oyó un fuerte siseo en su oído. Miró hacia la fuente del sonido y ahora que sus ojos estaban ajustados mejor a la oscuridad, pudo ver que estaba cara a cara con una de las serpientes de colina venenosas que Kelarion les había advertido. No parecía feliz de que su cola acabara de ser aplastada. Estaba enroscado en una posición de ataque y Roquiel no sabía qué hacer, aparte de correr.

Cuando se levantó de cuatro patas, le gritó a Eva: "¡Eva, corre! ¡Serpientes de colina!" Eva se giró y lo miró. Podía ver que las serpientes venían detrás de ellos por cada grieta y hendidura alrededor de las cataratas. Ella sacó su arco y flecha y apuntó. "¡No! ¡Sigue corriendo!" le gritó Roquiel. Eva bajó su arco. "Agárrate fuerte," le dijo a Naki mientras salía corriendo de las cataratas a través de las rocas viscosas.

Una vez en el otro lado, hubo una ligera inclinación al suelo sobre la que tuvieron que trepar. Treparon la colina y corrieron hasta encontrar el camino donde continuaba. Roquiel ya no veía serpientes alrededor de sus pies, así que se detuvo y se dio la vuelta. Vio a la luz de las lunas que las serpientes se habían detenido en la cima de la colina y que todas estaban alineadas en una pose de ataque. Sabía que si alguno de ellos hubiera querido morderlo, podrían haberlo hecho, por lo que debieron haber querido perseguirlos para asegurarse de que ningún otro resultara herido.

Eva estaba inclinada, sosteniéndose de las piernas y jadeando. "No corrí tan rápido desde que perseguí a los trolls cerca de Mitriam," dijo sin aliento.

"¿Por qué vinieron a buscarnos así?" preguntó ella.

"Porque accidentalmente pisé una de ellas," respondió Roquiel.

"Por supuesto que sí. ¿Por qué no estoy sorprendida?" dijo Eva sarcásticamente. "¿Por qué no caminamos un poco más para asegurarnos de que estamos fuera del camino de las serpientes y luego podemos establecer el campamento? Todavía tenemos dos días más hasta que lleguemos a Marcin," sugirió. Los otros dos estuvieron de acuerdo con Eva, así que siguieron caminando.

Los dos días siguientes fueron libres de serpientes afortunadamente y cuando llegaron a Marcin, caminaron al centro de la ciudad, pero carecía de signos de vida. No había nadie caminando afuera, nadie parecía estar en sus casas, y todas las tiendas estaban cerradas. "¿Crees que fueron atacados y expulsados?" preguntó Eva con sus manos sobre su boca.

"Se ve de esa manera," dijo Naki nerviosamente. Miraron a su alrededor durante unos minutos más cuando un elfo alto con el pelo negro largo y liso llegó caminando por una esquina. "¡Ha, allí están! Vamos, todos te están esperando adentro," dijo.

Aliviados, pero confundidos, siguieron el elfo hasta la casa de la comunidad y estaba llena.

"Deberías ser Krover," le susurró Roquiel al hombre.

"Sí soy yo. ¿Cómo supiste?" preguntó, levantando las cejas.

"Porque te ves como Orvick, excepto por el color del cabello," respondió Roquiel.

Krover sonrió. "Parece que también podrías ser parte de nuestra familia también –aparte de las orejas," dijo después de examinar cuidadosamente la cara de Roquiel.

"Sí, me lo han dicho antes," dijo Roquiel mientras sonreía y luego se sonrojaba al darse cuenta de cuántos pares de ojos los miraban. Krover condujo al grupo hasta el frente de la habitación donde un elfo con túnica azul marino y una larga barba blanca se dirigió a ellos.

"Estamos muy contentos de recibirlos aquí en Marcin y esperamos ser de ayuda. Por favor, háganos saber cómo podemos ayudar a esta misión. También me gustaría decir en nombre de todos los presentes, lo orgullosos que estamos de que ustedes, los elfos jóvenes, hayan aceptado una misión peligrosa como esta.

Sé que ya han recorrido una gran distancia para llegar a este punto y puedo sentir que están exhaustos. Deben quedarse aquí en nuestra compañía durante unos días para recuperarse antes de comenzar la siguiente etapa de su viaje," dijo el elfo. Eva estaba a punto de levantar su objeción sobre quedarse tanto tiempo cuando el anciano agregó, "El asunto está resuelto. No escucharé ninguna idea de lo contrario."

"Gracias, Anciano Talaniel. Eva, Roquiel, Naki, todas las familias han traído comida para compartir y, después de haber comido, tenemos unas camas cómodas esperando," dijo Krover mientras los conducía a la mesa del banquete.

"Ay, esta comida es tan increíble después de semanas de comer principalmente pan y champiñones," Eva se inclinó y le dijo a Krover. "Me alegro de que te guste. Asegúrate de probar el pudín. Yo lo hice," dijo Krover sonriendo.

Mientras todos estaban saliendo de la casa de la comunidad después de cenar, dijo Krover al grupo, "Me imagino que ustedes están cansados, pero si se tienen ganas, podrían ir a la taberna de Wolid para tomar una copa." Eva y Roquiel se miraron con los ojos muy abiertos, sin saber qué decir. Bajaron la mirada hacia Naki, que estaba retorciendo sus patas juntas y lamiéndose los labios. Roquiel rió y le dijo a Krover: "Sí, estamos cansados, pero podemos pasar por el pub un rato antes de ir a la cama."

El pub se llenó cuando la gente escuchó que Roquiel, Eva y Naki estarían allí. Cuando ingresaron, se le dieron asientos al grupo en la mesa del frente y las bebidas comenzaron a fluir. Naki estaba de pie en la parte superior de la mesa aceptando cada bebida que se le ofrecía, apenas tomando un tiempo para respirar entre ellos. Roquiel y Eva pidieron hidromiel para calentarlos en esta noche fría y los estaban sorbiendo lentamente. Los elfos se acercaron a ellos y les pidieron que contaran la historia de cómo su viaje había ido hasta ahora y lo que pensaban que aún les esperaba. Ellos obligaron y les contaron a todos acerca de las serpientes de colina que habían evitado por poco, el cumplimiento de los lobos alados y su tiempo en los Jardines Eternos.

"Si quieren escuchar una historia realmente buena, tengo una para ustedes," dijo Naki en una voz ronca mientras golpeaba su taza vacía en la mesa. Todos se volvieron para mirarlo y Roquiel le preguntó de qué estaba hablando. "Estoy hablando de la vez que me encontré con un grupo de elfos mientras exploraba el bosque," respondió Naki. Todos se quedaron en silencio mientras escuchaban a Naki contar su historia.

"Un día estaba solo y decidí ir a una parte del bosque en la que nunca había estado antes. Yo estaba en los árboles y vi algunas fresas en el suelo, así que bajé para conseguir algunas. Cuando baje del árbol, no aterricé en terreno firme. En lugar de detenerme donde pensé que lo haría, seguí bajando. Hubo un agujero cubierto con escombros, y cuando me recuperé, me di cuenta de que estaba en una cueva. Afortunadamente, no me lastime en la caída, así que decidí ver si estaba abandonado el lugar.

Bajé por un túnel durante varios minutos cuando de repente vi luz al final. Caminé hacia la luz y cuando llegué al final del túnel, se abrió en una gran cúpula. En esta cúpula, vi casas de piedra talladas en la roca. Vi una luz brillante, como el sol, que brillaba desde la parte superior de esta cúpula. Había árboles, animales y elfos de cueva- muchos elfos de cueva caminando. Debe haber sido la ciudad de Laevale que he oído mencionar antes," dijo Naki mientras miraba alrededor del pub.

Todos los elfos tenían los ojos y las bocas muy abiertos por la sorpresa. Los elfos del bosque y los elfos de cueva no se mezclaban mucho, por lo que nadie presente había estado alguna vez dentro de las cuevas. Naki estaba absorbiendo toda la atención y aparentemente tardaba demasiado en hacerlo, porque Wolid gritó desde detrás del mostrador: "¿Qué pasó luego, devi?"

Naki salió de su ensoñación y continuó la historia. "Sí, bueno, no quería que me vieran, así que volví al túnel y observé desde las sombras. Poco después, un grupo de hombres pasó cerca del túnel y me hizo retroceder aún más para evitar la detección. Debo haber hecho demasiado ruido porque uno de ellos se detuvo y levantó su mano para que los otros también se detuvieran. Aparentemente, el nombre de este elfo era Travi, porque escuché a uno de ellos decir: "No hay nada allí atrás, Travi, sigamos adelante." Pero él no escuchó. Entró en el túnel y miró alrededor unos momentos antes de verme.

'¿Bueno, qué tenemos aquí?' dijo, mirándome con una mirada amenazadora en los ojos. En este punto, no estaba seguro de qué querían hacer conmigo, pero no quería quedarme para averiguarlo. Le arrojé una piedra, que lo golpeó en el ojo, y eso me dio suficiente tiempo para escabullirme hasta una repisa en la pared del túnel. Corrí en esa delgada cornisa hacia el agujero en el que había caído. Pude escucharlos persiguiéndome, pero no me detuve ni siquiera para mirar hacia atrás. Salí del hoyo y volví corriendo a mi casa tan rápido como pude.

No hay necesidad de decirlo, pero nunca volví a ese lugar y espero no volver a encontrarme con ninguno de los viles elfos de cueva otra vez," dijo Naki mientras sonaban los aplausos en el pequeño pub. Naki se puso de pie sobre sus patas traseras e hizo una reverencia.

"Si desprecias tanto a los elfos, ¿por qué aceptaste venir con nosotros para reemplazar la Piedra de la Vida?" preguntó Eva.

"No fueron los elfos del bosque los que me habían asustado tanto. Todo lo que había escuchado y leído sobre los elfos del bosque me decía que seguían los caminos de Medeina y que estaban muy en sintonía con Kitharion. También tuve una buena experiencia con Anciano Sabio cuando vino a visitarnos, así que no tenía reservas," respondió Naki.

"¡Bravo, bravo!" gritaron todos los elfos en el pub mientras levantaban sus copas hacia Naki.

"En ese sentido, creo que deberíamos retirarnos por esta noche. Estoy seguro de que nuestros héroes están listos para la cama," anunció Krover. Naki, Eva y Roquiel lo siguieron y él les mostró a la casa que había sido preparada para su uso. Roquiel se dejó caer sobre la cama sin siquiera quitarse las botas y se quedó dormido en cuestión de segundos. Eva se preparó y luego fue a la cama que estaba más cerca de la chimenea y encontró a Naki ya allí, roncando. Ella lo recogió y lo movió a una cama diferente y tomó esa cama para ella.

Después de ser persuadidos por los elfos de Marcin, el grupo permaneció allí durante varios días para recuperar su fuerza antes de continuar hacia las Cuevas de Cristal. Una vez que se sentían mejor, insistieron en irse.

Esa noche, mientras estaban empacando sus cosas en la casa, alguien llamó a la puerta. "¡Krover! ¡Me alegro de verte!" dijo Roquiel al abrir la puerta. "¿Vine para ver si se unen a nosotros una vez más en el pub Wolid antes de continuar?" preguntó. Antes de que Roquiel tuviera la oportunidad de responder, Naki habló por detrás de él. "¡Nos encantaría!" dijo con entusiasmo. "Les veo allí entonces," dijo Krover con una sonrisa.

Al entrar en el pub, se sentaron en el bar y le preguntaron a Wolid qué había en el menú para esta noche. "Tenemos algo de calabaza y arroz y, por supuesto, una gran cantidad de bebidas," dijo Wolid con una sonrisa. Después de comer, tomar algo y conversar, Roquiel se volvió hacia Eva. "¿Qué día es hoy?" preguntó.

"Es Livu," respondió ella.

"No, me refiero al día del mes," dijo Roquiel.

"El 19 de Indo," respondió Eva.

"¡Entonces hoy es mi cumpleaños! Tengo 20 años hoy," dijo Roquiel, sorprendido.

"¡Ha! No me había acordado," dijo Eva.

"¡Debemos celebrar!" dijo Naki, que ya estaba bastante achispado.

"¿El gran Roquiel está teniendo su cumpleaños hoy? ¡Buen camarero, dales a todos aquí una ronda de mi parte!" Dijo un hombre con el pelo negro como el azabache cuando se acercó por detrás de Roquiel y le dio unas fuertes palmaditas en los hombros.

"¡Claro, amigo! ¿Estás de paseo?" preguntó Wolid.

"Sí, me dirijo hacia el sur, así que me detengo en tu ciudad justo por la noche," respondió el hombre.

"Ha pues, bienvenido. ¡Has venido en una noche histórica! ¿Cuál dijiste que era tu nombre?" preguntó Wolid.

"Gelon. Me llamo Gelon," respondió el hombre.

"Muy bien, Gelon, una ronda de tragos está siendo entregada gracias a ti," dijo Wolid. Todos levantaron sus copas hacia Roquiel y el extraño amable.

Se quedaron, bebieron y celebraron un poco más, y luego el grupo se disculpó para poder irse a dormir porque tenían que levantarse temprano a la mañana siguiente.

Mientras regresaban a su casa, los tres se acercaron al desconocido que habían conocido en el bar. "Por supuesto, he oído hablar de su viaje a las Cuevas de Cristal. Ustedes tres son muy valientes. Yo mismo voy en esa dirección y me pregunto si no sería una molestia viajar con ustedes por un tiempo. Estoy viajando solo y puede ser bastante solitario," les dijo.

Eva y Naki miraron a Roquiel para tomar una decisión. "Sí, está bien", respondió Roquiel.

"¡Ha, gracias! Les veré en la mañana, entonces," dijo el hombre mientras se inclinaba ante ellos y se volvía para dirigirse hacia la posada.

"¿Quieres que él viaje con nosotros? Estaba segura de que dirías que no," le dijo Eva a Roquiel en cuanto Gelon estuvo fuera del alcance del oído.

"No tuve ninguna razón para decirle que no," respondió Roquiel.

"Bueno, no me gusta su aspecto," dijo Naki mientras se oscilaba violentamente sobre el hombro de Eva.

"Tú eres bastante feo y aun así te llevamos," dijo Roquiel riendo. Naki no respondió. Llegaron a la casa en la que se habían alojado y se acostaron por la noche.

A la mañana siguiente, un gran grupo de elfos se había reunido para despedirse de ellos. "Muchas gracias por su hospitalidad mientras estuvimos en Marcin. Estamos decididos a llegar al Templo de Medeina y estamos seguros de que vamos a reemplazar la Piedra de la Vida sin incidentes," dijo Roquiel a la multitud. Los elfos saludaron con la mano y gritaron sus buenos deseos para el grupo cuando partieron. Comenzaron a caminar por el camino y Eva le dijo a Roquiel: "Ese fue un fuerte discurso que acabas de dar. Te estás volviendo más de un líder cada día."

"Gracias," dijo Roquiel, sus mejillas ruborizadas.

"Pero no te lo creas mucho, orejas redondas," agregó mientras lo golpeaba en las costillas con el codo. "¡Ay! No, jamás," dijo, frotándose el costado.

"¡Esperen! ¡Espérenme! ¡Ya voy!" gritó alguien. El grupo se giró para ver a Gelon corriendo por la carretera detrás de ellos. "Perdonen mi tardanza. Debo haber estado durmiendo muy profundamente," dijo Gelon sin aliento. "Pensamos que habías cambiado de opinión sobre venir con nosotros, así que nos fuimos," dijo Naki haciendo una mueca.

Le preguntaron al extraño de dónde era y hacia dónde iba. "Estoy viviendo ahora en Mirnac y me voy a Cabo Refugio, de donde soy originario. Han pasado muchos años desde que he visto a mi familia y hace mucho tiempo que debía hacer una visita. Y cuando escuché que el fénix se estaba muriendo, decidí que tenía que irme ahora, ya saben, en caso de que el mundo termine pronto," dijo Gelon.

A Roquiel no le gustó el recordatorio sobre la gravedad de su misión, por lo que optó ignorar ese último comentario. "Ya veo. Bueno, será bueno tener a alguien más con nosotros durante una parte del viaje," dijo Roquiel.

Después de un par de días, el grupo de cuatro ingresó a Urkana, el territorio de los elfos del sur. La mayoría de los elfos aquí vivían en la ciudad de Terebina, que se encontraba en el centro de Urkana, pero viajaban a lo largo de la costa, por lo que no pasarían por allí. Hubo algunas pequeñas ciudades en el camino donde se detuvieron y las personas allí preguntaban quién era Gelon, ya que habían oído que solo dos elfos y un devi llevarían a cabo la misión. Gelon no hablaba mucho la mayoría del tiempo. Cuando Eva le preguntó por qué no comía mucho, solo respondió que estaba acostumbrado a comida diferente.

10 Cuevas de Cristal

El viento afuera aullaba cuando Roquiel se subió a su cama caliente en la posada ubicada en la pequeña ciudad elfa de Flavna. Estaban a una semana de llegar a las Cuevas de Cristal y estaban agradecidos de tener un lugar para rejuvenecer antes de ir a recuperar la Piedra de la Vida. Mientras Roquiel estaba en la cama, pensó en lo que Joules le había dicho en la despedida sobre la comunicación telepática. Había tratado de comunicarse con ella varias veces antes sin éxito, pero decidió intentarlo de nuevo esta noche. Recordó de sus lecciones en la escuela que Anciana Jolina le había dicho que primero despejara su mente respirando profundamente, luego concentrar en la persona con la que quería comunicarse y después enviar el mensaje, sin distracciones.

Roquiel respiró profundamente y luego se imaginó a Joules en su mente con su cabello rubio que era tan claro que era casi blanco, sus labios carnosos y sus ojos color azul hielo. Luego formó el mensaje en su mente que quería enviarle, que era que esperaba que ella estuviera bien y que todo en el viaje iba bien hasta ahora. Mantuvo la imagen de ella en su mente y repitió el mensaje una y otra vez, cuando de repente escuchó en voz alta y clara: "¿Roquiel? ¿Eres tú? Estoy bien. Muy contenta de que estés a salvo." Estaba tan conmocionado que se cayó de la cama y se estrelló contra el piso.

Naki, Eva y Gelon, que estaban en camas en el lado opuesto de la habitación, se despertaron y le preguntaron qué había sucedido. "Yo, um, tuve una pesadilla y debo haber estado moviéndome, así que me caí, pero estoy bien," dijo tímidamente. Después de eso, los demás volvieron a la cama, pero el sueño se le escapó a Roquiel. No podía creer lo que acababa de pasar. Nunca soñó que sería capaz de comunicarse con ella tan rápido. Pero su alegría pronto se convirtió en duda cuando comenzó a preguntarse nuevamente si realmente le gustaba y, si lo hacía, ¿por qué? No tenía grandes cualidades o habilidades y ella podría atraer a alguien mucho mejor que él. Decidió intentar dormir un poco y tal vez tratar de hablar con ella de nuevo en unos días.

La mañana siguiente fue brillante y soleada. Roquiel lideraba el grupo sobre un terreno rocoso y seco. Estaba emocionado por la posibilidad de encontrar finalmente la siguiente Piedra de Vida, mientras todos saltaron y saltaron sobre rocas sueltas para no romperse un tobillo. Intentar evitar las rocas causó que Roquiel estuviera un poco distraído, tan distraído que no notó una gran fisura en el suelo más adelante. Cuando la vio, ya era demasiado tarde. Su pie derecho se deslizó hacia abajo, seguido por el izquierdo y el polvo salió volando. Logró agarrarse a la repisa con ambas manos. Miró hacia abajo y todo lo que podía ver era oscuridad. Sus manos sudaban y resbalaban un poco, y ahora solo se sostenía con la punta de los dedos.

Luego vio a Eva, Naki y Gelon corriendo hacia él para ayudarlo. Intentó tan fuerte como pudo para sostenerse, pero sus dedos cedieron bajo la presión de su cuerpo colgando. Se deslizaron de la cornisa y Roquiel cayó en la oscuridad. Alzó la vista y oyó a Eva gritar: "¡No!" Pero pronto ella desapareció de la vista.

Se sentía como si estuviera cayendo en caída libre durante varios minutos en la oscuridad, golpeando los lados de la fisura y siendo arrastrado por la roca en esta estrecha abertura en el suelo. Y entonces todo se detuvo de repente cuando se estrelló contra el suelo.

En ese momento Roquiel se sentó derecho en la cama, empapado en sudor frío. Su corazón latía fuera de control. Miró a su alrededor salvajemente y tocó todo su cuerpo, asegurándose de que aún estuviera intacto. Eva ya estaba despierta y lo miró, "¿Dos incidentes en una noche? No te estas volviendo loco, ¿verdad?" preguntó, preocupada por su líder.

"No, solo sueños. Sueños malos," respondió.

Roquiel se recostó y cerró los ojos. Pensó en lo que el sueño intentaba decirle. Pensó que debía haber estado representando su falta de confianza en sí mismo y su miedo al fracaso en todo momento. Ahora que estaban a unos días de alcanzar las Cuevas de Cristal, Roquiel comenzaba a sentir la presión de ser un buen líder y completar la misión que le había dado la profecía. Esperaba que el ser que le había dado la profecía a su padre fuera capaz de viajar en el tiempo y lo hubiera visto triunfar. Se decía a sí mismo esto mientras se ponía de pie y se vestía para volver al camino hacia el sur.

La vista de la gran entrada a las Cuevas de Cristal fue muy hermosa al grupo después de haber caminado unos días más desde Flavna. Desde fuera, no sabrías que contenía tantos tesoros. Habían llegado a las cuevas durante el día, lo que fue una suerte porque recordaron los consejos de Kelarion sobre ir en el día para evitar a los gadurs. Naki se volvió hacia Gelon y le dijo que podía dejarlos ahora y continuar en el camino a Cabo Refugio. "Hay algo que he querido preguntarles," dijo Gelon con aprensión en su voz.

"Continúa," dijo Eva.

"Bueno, lo que pasa que es desde que era un niño, he estado fascinado con las Cuevas de Cristal y ahora que estoy aquí y tengo la oportunidad de entrar, me gustaría ver si podría acompañarles adentro," dijo Gelon.

Los ojos grandes de Naki se agrandaron aún más y dijo, "¡Eso es bastante innecesario! Roquiel, no debemos permitir esto. No me parece prudente."

Roquiel pensó por un momento en el pedido de Gelon. "Claro, puedes venir con nosotros," dijo finalmente.

Naki balbuceó en protesta. Gelon le agradeció a Roquiel profusamente y continuaron caminando hacia la entrada.

Había muy pocos gadurs al principio, pero pronto el suelo estaba lleno de ellos. Naki no parecía tener dificultades para abrirse camino entre ellos, pero los elfos tuvieron que caminar con mucha cautela para evitar ser picados. Un paseo hasta la entrada de las Cuevas de Cristal que debería haber tomado cinco minutos tomó más de media hora. Gelon se había acercado a la pared rocosa y caminaba por el borde mientras los otros tres entraban directamente desde el camino. Tuvieron suerte que no había nieve aquí en Urkana o los gadurs hubieran sido muy difíciles de detectar. En un momento, Gelon alzó la vista y notó que había algunos gadurs pegados a la cara vertical de la roca, así como también estaban en el suelo, y eso le dio una idea.

Gelon miró a los demás para asegurarse de que no lo estaban mirando. Todos estaban mirando fijamente al suelo tratando de evitar a las criaturas venenosas, por lo que extendió la mano y pasó la mano por la roca áspera, dejando profundos rasguños en su piel. Bajó rápidamente su brazo y continuó hacia la entrada de la cueva. Una vez que todos llegaron, se detuvieron a hablar antes de entrar. "¿Cómo se supone que sabremos qué cristal será la próxima Piedra de la Vida?" preguntó Eva.

"Lo único que me han podido decir es que simplemente lo sabremos," respondió Roquiel.

"Encendamos las antorchas aquí y asegúrense de permanecer juntos una vez que estemos dentro," sugirió Naki.

Sosteniendo sus antorchas, todos tomaron una respiración profunda y entraron a la cueva. Parecía que no tenía fin, con túneles en todas direcciones. Pasaron junto a varias cavernas, que, cuando las iluminaban sus antorchas, brillaban y relucían con los cristales multicolores que había dentro. Parecían venir de todas las direcciones fuera de las paredes de la cueva. "¿Hacia dónde debemos ir?" preguntó Eva.

"Naki, ¿por qué no eliges?" dijo Roquiel. Había cinco túneles entre los que podían elegir. Naki dijo que le gustaba el número cuatro, por lo que eligió el cuarto túnel desde la izquierda para explorar primero.

Mientras exploraban las cavernas que estaban en el cuarto túnel, Roquiel comenzó a escuchar a alguien arrastrando los pies detrás de él. Se giró para ver a Gelon tambaleándose, entonces se detuvo para preguntarle si estaba bien. "Sí, creo que sí. El aire es muy cortante aquí," respondió Gelon.

"¿Quieres esperarnos afuera?" sugirió Eva.

"No, estoy disfrutando demasiado la vista. Estas cavernas son increíbles," respondió Gelon.

"Muy bien, pero si sigues sintiendo mal, asegúrate de decirnos," dijo Eva. Estaba tratando de pensar en lo que tenía en su bolso que podría ayudar, pero no estaba segura de qué le pasaba.

Siguieron adelante, y cuando llegaron a un impasse en el cuarto túnel sin ningún signo de la Piedra de la Vida, regresaron al lugar donde habían comenzado y estaban a punto de elegir el siguiente túnel para explorar. De repente, oyeron un golpe y se volvieron para ver que Gelon había caído al suelo. Corrieron hacia él. "¿Qué te pasa? ¿Cómo te sientes?" preguntó Eva.

"Esta difícil respirar y me siento bastante mareado," dijo Gelon. "Me rocé contra un gadur afuera. Tal vez eso tiene algo que ver," agregó mientras levantaba la mano para que vieran los arañazos.

"¡Santa Medeina! ¿Por qué no nos dijiste sobre eso? ¡Kelarion nos dijo que el veneno de gadur puede causar estos síntomas!" dijo Eva frenéticamente. "¿Qué podemos hacer?"

"Desafortunadamente, lo único que podemos hacer es esperar a que las toxinas salgan de su cuerpo," dijo Naki.

"Todo está bien. No estoy tan mal. Me sentaré aquí y esperaré a que regresen," dijo Gelon.

"¿Estás seguro? ¿Y si empeoras?" Eva le preguntó.

"Estaré bien. Ustedes continúen," Gelon les aseguró. Roquiel sacó una manta de su bolsa y se la dio a Gelon y la tomó para cubrirse.

"Bueno, ¿a dónde ahora?" suspiró Roquiel.

"Probemos el quinto túnel, luego el primero, el segundo, y si aún no lo hemos encontrado, el tercero," dijo Naki. Los otros dos estuvieron de acuerdo y se dirigieron al quinto túnel. Después de no encontrar ninguna pista allí abajo, regresaron a donde habían dejado a Gelon y lo encontraron allí, aún debajo de la manta. Al preguntarle si estaba bien, les aseguró que sí y así continuaron en el primer túnel.

Cuando la luz de las antorchas desapareció por el primer túnel, Gelon saltó y comenzó a correr por el quinto túnel. Entre los elfos de las cuevas se transmitió que la espada de Harlington estaba en la segunda caverna del quinto túnel y que estaba protegida por un camuflaje energético. Obtuvieron esta información cuando capturaron y torturaron a un elfo del bosque de Urkana hasta que habló.

Gelon pasó corriendo por la primera caverna y patinó hasta detenerse cuando vio la segunda. Sabía que no tenía mucho tiempo para conseguir la espada sin ser detectado, por lo que entró en la caverna y comenzó a buscar a toda prisa. No sabía exactamente dónde estaba la espada, solo que se suponía que estaba allí en la segunda caverna. Se detuvo después de un minuto y miró a su alrededor, sintiéndose desesperado. La caverna era muy grande y como la espada estaba camuflada, pensó que sería imposible encontrarla.

Su determinación regresó cuando imaginó salir de la cueva sin la espada. "Esta es una oportunidad única en la vida y no quiero nada más que ver a mi gente libre y poder saborear el poder en la superficie," dijo en voz alta.

Con vigor renovado, regresó a la búsqueda. Examinó cada grupo de cristales y subió lo más alto que pudo por las paredes, examinando cada grieta. Aún sin suerte y temiendo que los otros pudieran estar saliendo pronto del primer túnel, decidió tomarse un minuto para pensar estratégicamente. Encontró una mancha de roca plana y elevada donde no había cristales y se sentó.

Gelon puso sus manos sobre la roca a su lado pero había algo mal con su mano izquierda. No se había detenido donde se suponía que debía hacerlo, sino que seguía avanzando como si atravesara la roca. Miró hacia abajo y, para su asombro, una pequeña parte de la roca se había vuelto semitransparente y su mano estaba dentro de un espacio vacío. Levantó su antorcha con su mano derecha e iluminó su nuevo descubrimiento. Pudo ver que había algo reluciente en el fondo de este agujero.

Se inclinó tan lejos como pudo y sus dedos apenas pudieron agarrarse a algo delgado y redondo. Sacó el objeto de su escondite y no podía creer lo que veía cuando se dio cuenta de que estaba cara a cara con la espada de Harlington. Era como los dibujos que había visto en la biblioteca subterránea. La manija estaba incrustada con pequeños pedazos de cristales de cuarzo y la vaina tenía un intrincado patrón de remolinos grabado en ella.

Colocando su antorcha sobre las rocas otra vez, tomó la espada por el agarre, la sacó de su funda y se llevó la hoja a la frente. Respiró profundamente y se tragó el grito excitado que tenía en la garganta. Devolvió la hoja a su funda y colgó la espada de su cinturón, cubriéndola con su viejo y andrajoso abrigo.

Al inclinarse para agarrar su antorcha y salir de la caverna, notó que el lugar donde se escondió la espada volvió a parecer sólido y que había un símbolo tallado en la roca en ese mismo lugar que parecía un sol estilizado. *Los elfos de bosque me privaron toda mi vida de ver el sol. Qué apropiado es que sea el símbolo que eligieron para marcar el lugar que será su perdición,* pensó mientras una sonrisa torcida se extendía por su rostro.

Salió de la caverna sin perder más tiempo y logró sentarse en su lugar en el suelo y cubrirse con la manta segundos antes de que los demás regresaran. Salieron del primer túnel animando y sonriendo, Eva acariciando a Roquiel en la espalda. "¿Lo encontraste, entonces?" preguntó Gelon, tratando de parecer débil.

"Dímelo tú," dijo Roquiel mientras desenrollaba la tela que tenía en sus manos. Acostado sobre la tela estaba el cristal más increíble que Gelon había visto en su vida. Estaba emitiendo su propia luz en brillantes tonos azules y algunas de sus facetas eran de un blanco puro.

"No puede haber ninguna duda de que esta es la próxima Piedra de Vida," dijo Gelon. "¿Cómo la encontraste?" preguntó débilmente.

"Bueno, habíamos buscado en todas las cavernas excepto en la última y cuando comenzamos a caminar hacia ella, Roquiel se detuvo y nos preguntó de dónde venía la luz. Ni yo ni Naki vimos ninguna luz que no viniera de nuestras antorchas, entonces le preguntamos de qué estaba hablando.

Roquiel insistió en que vio la luz que salía de la roca, por lo que se acercó para mirar más de cerca y dijo que podía ver una caverna. Naki y yo no podíamos verlo, pero confiamos en él y le dijimos que entrara. Para nosotros parecía que Roquiel caminaba a través de rocas sólidas, así que comenzamos a preocuparnos cuando nos dejó allí en el túnel. Después de unos momentos, regresó sosteniendo esto y dijo que sabía que era el correcto porque era el único cristal en esa caverna que brillaba tanto," explicó Eva.

Así que usaron el truco de la roca transparente en más de un lugar, pensó Gelon. "Y fue tan extraño. Este cristal estaba en un grupo de otros, pero cuando lo toqué, fue tan fácil de recoger. No requirió ningún esfuerzo en absoluto," dijo Roquiel, con los ojos muy abiertos.

"Qué sorprendente. Siento que todavía hay mucha esperanza para este mundo," dijo Gelon.

"¿Cómo te sientes, desconocido? ¿Lo suficiente bien como para continuar hacia Cabo Refugio?" Naki le preguntó a Gelon, obviamente todavía estaba tratando de deshacerse de él.

"En realidad sí, ahora que lo mencionas, me siento mucho mejor," respondió.

"Muy bien. Avancemos antes de que caiga la noche," dijo Naki.

Afortunadamente, los gadurs todavía no se movían mucho cuando salieron de la cueva, pero ya empezaba a anochecer, por lo que sabían que tenían que pasar apresuradamente. Después de tener mucho cuidado para evitar los picos, el camino fue un sitio acogedor. "¿Alguien fue picado por uno?" preguntó Roquiel, mirando a los demás. "Yo no," respondió Eva. Naki se examinó a sí mismo y luego le hizo un gesto a Roquiel para decirle que estaba bien. Gelon dijo: "Parece que esta vez salí libre de daño."

"Acampemos en algún lugar cercano y luego en la mañana, podemos continuar," dijo Naki.

"Sí, creo que es una buena idea," dijo Gelon.

Con la carpa puesta y comida en sus estómagos, los elfos y el devi se retiraron a pasar la noche.

Una vez que todos los demás estuvieron profundamente dormidos, Gelon se levantó lentamente y salió de la carpa. Estaba agradecido por los fuertes ronquidos de Naki, que taparon el sonido de sus pasos. Al salir, regresó al camino y se dirigió hacia su cueva. Cogió una rama con algunas hojas secas todavía unidas y caminó hacia atrás mientras borraba sus huellas para que los otros no pudieran ver en qué dirección había ido. La pequeña cantidad de luz provenía de las lunas menguantes. Fue suficiente para que Gelon se mantuviera en el camino y no planeaba detenerse hasta que su cuerpo no lo dejara continuar. Cuando pensó que era seguro, dejó caer la rama y comenzó a caminar tan rápido como pudo.

"¿Dónde está el desconocido?" preguntó Naki por la mañana. Eva y Roquiel se despertaron y miraron a su alrededor. Para su sorpresa, Gelon no estaba en la carpa. Salieron a buscar y no vieron señales de él. "Supongo que estaba ansioso por ver a su familia y se dirigió hacia Cabo Refugio," dijo Roquiel.

"No veo huellas en ninguna dirección," dijo Eva.

"Bueno, al menos ahora nos hemos librado de él," dijo Naki con un suspiro. "Siempre tuve un mal presentimiento sobre él."

Después de caminar durante dos días más, el grupo llegó a Cabo Refugio. "Este lugar es muy diferente a Seren," notó Eva mientras miraba a su alrededor. No había muchos árboles en la zona, por lo que las casas estaban en el suelo y estaban hechas de adobe con techos de paja. Fueron recibidos calurosamente y todos se reunieron mientras Roquiel les mostró la siguiente Piedra de Vida. Unas cuantas veces Roquiel preguntó a diferentes personas si habían oído hablar de la llegada de Gelon, pero todos le dijeron que no. Eva y Roquiel lo atribuyeron al hecho de que la ciudad era bastante grande, pero Naki estaba más sospechoso.

El grupo les dijo a los residentes que no podían quedarse mucho tiempo porque necesitaban llegar a Maiza y al Templo de Medeina lo antes posible. Entonces Jalania, la misma elfa que los había saludado a su llegada, se les acercó y les dijo: "No se preocupen por encontrar un barco que los lleve a través del océano. Manejaré todos los arreglos."

"Estaríamos muy agradecidos," respondió Naki. Eva le dio a Roquiel una mirada significativa.

Cuando Eva y Roquiel tuvieron la oportunidad de hablar en privado con Naki, le mostraron el Libro de Miyr y el túnel que habían descubierto oculto dentro de sus páginas. "¡No tendré nada que ver con túneles submarinos o gigantes!" protestó Naki.

"¿Qué tienes contra los gigantes? Nadie ha visto uno," dijo Roquiel.

"Aunque no he visto uno, he leído las leyendas que hablan de estos 'Protectores'. Las leyendas dicen que solo estaban 'protegiendo' sus propios intereses. También que usaron sus guaridas subterráneas para almacenar la tecnología destructiva que habían traído de su planeta y para mantenerse ocultos ellos mismos," dijo Naki.

"No sé dónde lo leíste, pero según Miyr y Alondria, cruzaron este túnel sin problemas. Si hubo gigantes allí en un punto, lo cual dudo, ahora no hay ninguno," dijo Eva.

"¿Ustedes dos realmente quieren hacer esto?" preguntó Naki, exasperado.

"Suena mejor que enfrentar al lotan, las ninfas acuáticas y las enormes olas," dijo Roquiel.

"Ha, no tendrías que preocuparte por eso. Nosotros los devi somos muy buenos con el agua. Podemos nadar mejor que los peces y podemos calmar incluso las tormentas más terribles," dijo Naki.

"¿Cómo calmas las tormentas?" preguntó Eva.

"Bueno, el agua tiene conciencia y memoria. Para calmar una tormenta, tienes que averiguar por qué se ha enojado, o simplemente recordarle un momento que fue un poco menos tumultuoso," respondió Naki.

"Incluso si eso es cierto, todavía hay otros elementos que podrían hacernos daño, sin mencionar el hecho de que me mareo fácilmente," dijo Roquiel. Naki puso los ojos en blanco.

"Quiero que se note cuando escribas tu libro, Roquiel, que yo estaba en contra de esta idea," se quejó Naki al darse cuenta de que estaba en inferioridad numérica. Eva sonrió y Roquiel preguntó cómo iban a entrar en el túnel sin que la gente de Cabo Refugio lo supiera. Se sentaron por unos momentos en silencio y luego Eva dijo: "Ya sé. Déjenmelo a mí."

Roquiel y Naki la miraron con curiosidad, pero no dijeron nada ya que ninguno de ellos tenía ideas para exponer. "Muy bien, entonces esa parte depende de ti," Naki le dijo.

***

Recordando lo que Jalanaia tenía puesto ayer – túnicas de color purpura oscuro y el hecho de que tenía los labios pintados rojos, Eva estaba dispuesta a apostar que era una mujer bastante vanidosa. Era temprano a la mañana siguiente y Eva fue a llamar a la puerta de Jalania. Cuando abrió, Jalania estaba vestida con la misma túnica morada que el día anterior, y su pelo le caía por la espalda. "¡Eva!" dijo ella, sorprendida. Su mano se aferró al pecho. "No te estaba esperando."

"Sí, lo sé. Lamento mucho la intrusión, pero me pregunto si podríamos hablar un momento," dijo Eva en tono de disculpa.

"¿Sobre qué?" preguntó Jalania con sospecha.

"Sería mejor hablar adentro," dijo Eva, no queriendo ser escuchada por nadie.

"Supongo que puedes entrar. No esperaba compañía tan temprano. "Ha y mi pelo es un desastre," dijo Jalania mientras intentaba arreglarse el pelo con las manos.

Jalania guió a Eva por la puerta y la invitó a sentarse en una mesa de comedor en el centro de la habitación. "Ahora, ¿puedes finalmente decirme de qué se trata todo esto?" preguntó Jalania.

"Sí, es sobre el barco que estas organizando para nosotros," comenzó Eva.

"¡Ha!" Si hay algún tipo de problema o el barco no está a tus estándares, definitivamente puedo ayudarte. Estoy acostumbrada a hacer ese tipo de cosas como facilitadora de visitas aquí en Cabo Refugio," respondió Jalania, ahora parecía un poco más alegre.

"No, no se trata de nuestros estándares, se trata del viaje en sí. Nos gustaría que cancelaras el barco que está dispuesto a llevarnos ", dijo Eva.

"¿Cancelar? ¿Qué quieres decir? ¿Has encontrado a alguien más que te lleve?" Jalania preguntó perpleja.

"No quiero entrar en muchos detalles, pero a cambio de cancelar el barco para nosotros, nos gustaría darte esto," dijo Eva mientras buscaba en su bolso y sacaba el collar que Sabio le había dado en el Templo de la Montaña. Lo sostuvo con ambas manos y lo inclinó de un lado a otro para que la luz lo iluminara y lo hiciera brillar.

"Esto es muy irregular," dijo Jalania, con los ojos fijos en el collar. "Nunca me han ofrecido semejante proposición en toda mi vida."

"Prometo que no estamos haciendo nada malo, solo hemos encontrado otra forma de llegar a Maiza. Pero sabemos que todos planean que tomemos un barco, por lo que nos gustaría mantenerlo en secreto," le aseguró Eva.

Jalania tomó el collar brillante de las manos de Eva y lo sostuvo en su cuello, mirando su reflejo en una olla de cobre que colgaba en la cocina. "¿Jalania? ¿Qué dices? ¿Harás eso por nosotros?" preguntó Eva después de varios minutos de silencio.

Jalania volvió a la realidad cuando Eva habló y dijo con cautela: "Bueno, supongo que si has encontrado una mejor manera de llegar a Maiza, ¿quién soy yo para detenerte?" respondió ella. Luego se levantó, tomó un trapo de la cocina y envolvió el collar. "No te preocupes. Deja todo para mí. Sería mejor si te fueras ahora. La gente pronto estará caminando afuera," dijo Jalania mientras echaba a Eva fuera rápidamente y cerraba la puerta detrás de ella.

Eva regresó al lugar donde Roquiel y Naki estaban durmiendo y los despertó. "¿Por qué es esa gran sonrisa?" preguntó Naki mientras se frotaba los ojos y trataba de enfocarse.

"Todo está listo para atravesar el túnel. Ya me aseguré de eso," respondió ella.

"¿Has visto un troll con un cincel? ¿Qué?" dijo Roquiel atontado mientras balbuceaba. Eva y Naki se rieron.

"No, está todo *listo* para pasar por el *túnel*," repitió Eva.

"Ha, genial," dijo Roquiel mientras colocaba sus manos en sus caderas y estiraba su espalda. "Tenemos que irnos antes de que haya muchos elfos fuera de sus casas. Queremos reducir las posibilidades de que alguien nos vea alejarse de los muelles," dijo Eva.

"¿Cómo cancelaste el viaje en barco sin que nadie sospechase?" preguntó Naki.

"Te lo diré más tarde. En este momento, tenemos que partir," respondió Eva.

Después de reunir sus cosas apresuradamente, Naki y Roquiel siguieron a Eva, que había estudiado el mapa del túnel la noche anterior, hasta los riscos. Después de unos minutos, se detuvieron frente a la pared de un acantilado y Naki preguntó: "¿Cómo puede este túnel existir tan cerca de la ciudad y nadie lo sabe?"

"Así," dijo Eva mientras se estiraba y agarraba una parte de la roca que sobresalía un poco más que el resto. Ella tiró con fuerza y oyeron un crujido. El sonido los sobresaltó y todos dieron unos pasos hacia atrás. Justo a la derecha de donde Eva acababa de tirar de la palanca de la roca, una pequeña puerta se abrió hacia adentro para revelar un gran túnel detrás de ella. "¡Aquí es!" exclamó Eva, muy satisfecha consigo misma.

"¿Cómo supiste hacer eso?" preguntó Roquiel mirando dentro del túnel.

"Todo está allí en el Libro de Miyr. Tuve que adivinar un poco, pero había suficiente escritura legible que descubrí cómo llegar hasta aquí y cómo abrir la entrada del túnel," respondió Eva.

"Supongo que deberíamos entrar entonces," dijo Naki con aprensión.

"Las damas primero," dijo Roquiel mirando a Eva.

"No," dijo Eva. "Yo encontré la cueva, así que insisto que ustedes entren primero." Roquiel y Naki se miraron el uno al otro. Apretaron los puños, respirando profundamente y entraron en lo desconocido. Eva estaba justo detrás de ellos, pero se detuvo por un momento para mirar al cielo y echar un último vistazo. "¿Vienes?" preguntó Naki desde algún lugar dentro del túnel oscuro. Eva saltó, movió su mirada de vuelta al nivel del suelo y luego procedió adentro.

"¿Deberíamos sacar nuestras antorchas? Está muy oscuro aquí," dijo Roquiel.

"No. Veo luz más adelante. Sigamos." respondió Eva. Después de caminar en la oscuridad por unos minutos, Roquiel extendió su mano frente a él y señaló: "Qué raro, Parece estar cada vez más brillante con cada paso, pero ¿de dónde viene la luz?"

"No tengo idea," dijo Eva. "Cuando estaba abajo con los elfos de cueva, ellos tenían una gran bola de fuego para la luz. Tal vez tengan una bola de fuego invisible en alguna parte," dijo Naki. Eva lo miró con las cejas levantadas. "Es solo una idea. Tal vez haya algo al respecto en la literatura de devi que pueda encontrar cuando regrese a casa," le dijo Naki.

"¿Extrañas tu hogar?" le preguntó Roquiel. "¡Mucho, pero me encanta una buena aventura y esta es la mejor aventura!" respondió mientras continuaban caminando.

Roquiel miró el piso de tierra y las paredes blancas hechas de roca lisa. "¿Realmente creen que este lugar fue hecho por gigantes?" les preguntó a los demás.

"Parece posible. Este lugar está muy grande. Solo mira la altura de todas las puertas," dijo Naki. "¿Recuérdame de nuevo dónde estaremos cuando lleguemos al otro lado?"

"Se supone que saldremos en Glacken," respondió Eva.

"Lo bueno es que no tenemos que armar una carpa de o preocuparnos por el clima aquí," notó Roquiel.

"*¿Ahora* nos puedes contar cómo cancelaste el barco?" Naki le preguntó a Eva.

"Está bien," dijo Eva, irritada, mientras dejaba de caminar. Los otros dos dejaron de caminar también y la miraron atentamente, esperando la explicación. "Esta mañana fui a ver a Jalania y le regalé el collar de Anciano Sabio a cambio de que cancelara el viaje el barco," explicó rápidamente.

Hubo un silencio aturdido durante unos minutos y luego Naki preguntó: "¿De verdad crees que fue prudente?"

"¿Qué más podría haber hecho? La única razón por la que teníamos el collar era para poder pasar el lotan y ahora que los monstruos marinos ya no serán un problema, pensé que lo usaría para este propósito. Y si alguien pregunta, les decimos que se lo dimos al lotan y nadie sabrá la verdad," respondió Eva.

"No me gusta lo engañosa que eres," dijo Naki con severidad.

"Lo que está hecho, está hecho y no te involucró a ti, así que parece que no tienes que preocuparte," dijo Eva mirando a Naki. Roquiel no dijo nada más y Naki pudo decir que era inútil tratar de apelar a la conciencia de Eva, por lo que dejó el tema y sugirió que continuaran.

Parecía que cada pocos metros pasaban por otra puerta, algunos a la izquierda y otros a la derecha. Con cada puerta que pasaban, la curiosidad de Roquiel creció. "¿Menciona en el libro si Miyr y Alondria abrieron alguna de estas puertas?" Roquiel le preguntó a Eva.

"Sí, dice que trataron de abrir algunas, pero que todas estaban cerradas. Supusieron que no podrían abrir ninguna de ellas, así que se dieron por vencidos y se concentraron en llegar al otro lado," respondió ella. Una idea estaba girando en la mente de Roquiel. Quería saber qué había detrás de esas puertas, pero no dijo nada en voz alta.

Roquiel esperó hasta esa noche, cuando Naki y Eva estaban profundamente dormidos, para poner su plan en acción. Se puso de pie lentamente y colocó su manta en el suelo. Caminó por el túnel hasta que pensó que estaría fuera del alcance del oído de los demás. Acercándose a una de las puertas, levantó ambas manos y agarró el mango grande. Giro un poco y luego se detuvo. Roquiel lo jaló para ver si la puerta se abriría pero no se movió. Luego fue a otras dos puertas, que también estaban cerradas con llave. Caminó hacia otra pensando que sería la última que intentaría.

Cuando se acercó, notó que el metal que rodeaba el mango sobresalía un poco. Agarrándose con ambas manos, sacudió el mango varias veces y de repente escuchó un clic. Tiró de la enorme puerta y se abrió con un fuerte chirrido. Roquiel se encogió y miró hacia el túnel donde apenas podía ver a Naki y Eva dormidos en el suelo. Esperó un minuto para asegurarse de que el ruido no los había despertado, y luego entró.

La habitación estaba iluminada con una luz blanca y suave, aparentemente por la misma fuente invisible que en el túnel. Había cuatro o cinco grandes cajas de madera presionadas contra la pared trasera. Roquiel se acercó y abrió la parte superior de una de las cajas. El polvo antiguo voló en el aire cuando Roquiel se inclinó para mirar dentro. Cuando el polvo se calmó, pudo ver que en su interior había varios dispositivos pequeños que parecían idénticos. Los objetos eran negros con cuatro patas delgadas. En el centro había una cúpula transparente, que se abrió cuando Roquiel la empujó con el pulgar. Debajo de la cúpula había un botón rojo y justo cuando Roquiel estaba a punto de presionarlo para ver qué hacía, escuchó a Eva hablando en el túnel. Rápidamente cerró la cúpula y volvió a colocar el dispositivo en la caja. Cerró la tapa y salió de la habitación mientras se preguntaba qué tipo de explicación iba a dar sobre esta situación.

Roquiel miró el túnel en la dirección en que había entrado mientras trataba de cerrar la puerta dañada detrás de él en silencio. Esperaba ver a Eva caminando hacia él, pero por lo que podía ver, nadie más estaba parado en el túnel, aparte de él. Regresó a donde habían estado acostados por la noche y vio a Eva y Naki dormidos donde los había dejado. "Que extraño. Sé que escuché la voz de Eva hace un rato," dijo Roquiel en voz alta.

Se quedó perplejo cuando, de repente, Eva volvió a hablar. "No orejas redondas, no lo hagas. No se puede alimentar a un pez con un collar, se ahogarán," dijo.

"¿Qué dices?" preguntó Roquiel. Pero cuando la miró más de cerca, los ojos de Eva estaban cerrados y tenía un poco de baba en su barbilla.

"Te burlas de mí incluso mientras duermes," dijo Roquiel con una sonrisa. Sintió una gran sensación de alivio que ella no se había dado cuenta. Decidió no presionar más su suerte, así que cuidadosamente pasó por encima de Naki y Eva para volver a su manta. Se acostó tan lentamente y silenciosamente como pudo para no despertarlos. Volvió a acomodarse e intentó dormir un poco, aunque el tormento de no saber qué eran esos dispositivos negros lo mantuvo despierto el resto de la noche.

Tres días más pasaron caminando por el túnel. Todavía no se habían quedado sin comida, pero solo les quedaba suficiente por unos cinco días más. Estaban preparando sus mantas para ir a dormir cuando Roquiel pensó que podría intentar hablar telepáticamente con Joules. Desde esa noche en Flavna, él no había sabido nada de ella. Pensó que ella probablemente quería dejarlo enfocarse en la tarea que tenía entre manos, pero quería volver a intentarlo.

Tomando una respiración profunda, una vez más se imaginó a Joules y su mensaje para ella. Esperó un minuto y solo escuchó el silencio, pero luego la voz de Joules apareció. *"¡Hola! Todos en Seren estamos preocupados, pero con buena salud,"* Roquiel sonrió y respondió: *"Estamos casi llegando a Glacken." "¿Entonces estás en un barco ahora? Espero que estés bien. Sé que te mareas en los barcos,"* dijo Joules.

"No, no estoy en un barco. Te explicaré más tarde," dijo Roquiel.

"Ha. Vi a tu familia hoy. Me parece que están bien. Les daré saludos de tu parte. Sabio también parece estar recuperándose, dice que..." estaba diciendo Joules. Entonces Naki roncó ruidosamente y Roquiel miró en su dirección. La concentración de Roquiel se rompió y perdió el contacto con Joules. Trató de recuperarla, pero estaba demasiado cansado para mantener el intenso enfoque necesario. Suspiró y decidió intentar hablar otra vez con ella otra noche.

Se acuclilló en su manta y se preguntó si debería contarles a Eva y Naki sobre su nueva habilidad. Decidió decirles pronto porque no era justo haber adquirido esta habilidad y luego no usarla para ayudarlos a comunicarse con sus amigos y familiares en casa.

En el día diez de su camino a través del túnel, Naki vio algo más adelante. "La luz de allí se ve más amarilla de lo que estoy acostumbrado a ver aquí," dijo. Roquiel levantó su mirada y notó que Naki tenía razón.

"¡Miren, creo que es el final!" Exclamó. La monotonía de ver las mismas paredes blancas durante varios días fue suficiente para que el grupo comenzara a correr hacia este nuevo tono de luz. Eva estaba pensando en cómo había olvidado cuán dorada y hermosa era la luz de su estrella después de haber estado bañada en la luz blanca constante del túnel durante tanto tiempo.

Roquiel respiró profundamente y gritó a los demás mientras corrían, "¡El aire huele más dulce! ¡Ya llegamos!" Miró a Eva y Naki, que sonreían tanto como él. Corrieron por la inclinación constante y emergieron en una cueva oscura. Se volvieron y vieron una puerta de piedra que cerraba el lugar donde acababan de salir. "Creo que mantienen este lado en secreto, también," señaló Naki.

Volviendo su atención de nuevo a la cueva, vieron que tendrían que vadear a través del agua que entraba en la cueva desde el mar, con el fin de estar una vez más en el aire libre. Eva y Roquiel dudaron, pero Naki se metió y salió sin esfuerzo de la cueva. Desde el otro lado, giró y gritó a los otros dos "¡Vamos! ¡No hace frío! ¡Se siente bien bañarse después de tantos días!" dijo riéndose. Roquiel y Eva intercambiaron miradas inmóviles mientras se resignaban al hecho de que no tenían otra opción. Quitaron sus bolsas y las llevaron encima de sus cabezas mientras vadeaban en el agua salada tibia.

"Uno pensaría que los gigantes habrían hecho un puente allí para que no tuviéramos que salir empapados," se quejó Eva cuando se unieron a Naki en la playa.

"Bueno, probablemente no fue una gran molestia para ellos, ya que esa cantidad de agua solo llegaba hasta sus tobillos," respondió Roquiel. Eva suspiró mientras escurría su camisa y su cabello.

"¿Que hacemos ahora? ¿Dónde estamos?" preguntó Roquiel después de revisar su bolsa y asegurarse de que la Piedra de la Vida y el collar que Cruiser le había dado estuvieran a salvo dentro.

"Se suponía que íbamos a salir cerca de la ciudad de Glacken, así que caminemos por la playa y busquemos signos de civilización," sugirió Eva.

Nadie se opuso a esta idea, por lo que todos comenzaron a caminar y Roquiel le comentó a Naki que estaba celoso de lo rápido que podía secarse. "¡Un coletazo te secará rápido!" dijo Naki con una sonrisa.

Eva dejó de caminar cuando se le ocurrió una idea. "Ahora que lo pienso, tú y yo deberíamos cambiarnos de ropa antes de ir a la ciudad para no levantar sospechas," le sugirió a Roquiel. Roquiel estuvo de acuerdo y se quitó la camisa mojada y luego comenzó a revisar su bolso para encontrar una nueva. Empezó a temblar cuando el viento frío golpeó su pecho desnudo.

Eva estaba mirando a su alrededor pensando en dónde podría cambiarse. Ya estaban bastante lejos de la cueva y aquí en la playa estaban totalmente expuestos. Naki notó su dilema y se aclaró la garganta para llamar la atención de Roquiel. Una vez que la tuvo, hizo un gesto con la cabeza hacia Eva y Roquiel la vio mirando a su alrededor. Se puso la camisa y los pantalones secos y luego sacó una manta de su bolso. Se acercó a Eva y le preguntó si quería que él la sostuviera para que ella pudiera tener algo de privacidad. "¡Sí, pero no me veas!" respondió ella. "¡Tú tampoco!" dijo Eva señalando a Naki.

"No, jamás haría eso," dijo Naki altivamente mientras se giraba para mirar las olas del océano. Roquiel sostuvo la manta y cuando Eva terminó, salió de detrás y dijo: "Deberíamos seguir adelante si vamos a encontrar un lugar para quedarnos antes del anochecer."

Una vez que salieron de la playa y a la carretera, notaron que un vendedor ambulante venía hacia ellos. "¡Feliz Mirown para ustedes!" dijo inclinando su sombrero.

"¿Mirown? Debes estar equivocado, porque hoy es Livu," dijo Eva.

"No no. ¡Estoy seguro de que es Mirown, 21 ° día de Odeck! ¿Necesitan una olla nueva, tal vez?" preguntó, lanzando una sonrisa cursi hacia ellos. "No, estamos bien, gracias," dijo Eva. El vendedor dijo, "¡Muy bien!" Luego continuó su camino cantando una canción alegre. "Pero eso no es posible," dijo Eva mientras se volvía hacia Naki y Roquiel. "Eso significa que solo estuvimos en el túnel durante dos días, pero lo conté como diez," continuó.

"Ese lugar está maldito. Te dije desde el principio que cosas extrañas estaban sucediendo allá abajo," dijo Naki.

"Algún tipo de anomalía del tiempo," dijo Roquiel mientras recordaba los dispositivos negros. Se sentía aliviado de no haber presionado el botón rojo.

Aparentemente, esos gigantes eran capaces de muchas cosas, incluso doblar las reglas de la realidad temporal. Quien sabe lo que ese dispositivo les habría hecho.

11 Maiza

Glacken había sido el centro del comercio entre los dos continentes durante varios siglos. Los elfos que vivían allí se habían originado en todo Kitharion, y esto se reflejó en el hecho de que había viviendas tanto en tierra como en los árboles y por la gran variedad de alimentos y vestidos que el grupo encontró durante su estancia allí. Ninguno de los tres había estado alguna vez en Maiza o en una ciudad de este tamaño, así que fue mucho para asimilar.

A su llegada, una anciana llamada Sizna vino a ellos con algunas noticias. "Hemos recibido noticias de que el nido del fénix aún no está terminado, pero está a punto de completarse. Esto significa que ustedes no pueden permanecer en un solo lugar por mucho tiempo. Desde aquí todavía tienen unas seis semanas hasta que lleguen al Templo de Medeina," dijo ella.

"Gracias por la información. Solo estaremos en Glacken el tiempo suficiente para reunir los suministros que necesitamos," respondió Roquiel.

"¡Por supuesto! Les ayudaré a encontrar lo que necesiten," dijo Anciana Sizna alegremente.

Esa noche los elfos de Glacken le dieron al grupo el tipo de despedida que le dieron a ancianos y oficiales militares muy respetados al partir de su bella ciudad, con una fiesta, narración de cuentos de los ancianos y un baile de Mistobal, famosa bailarina.

A la mañana siguiente, el grupo ya estaba en el camino hacia el norte y el templo. Naki tenía una pequeña bolsa en su espalda que Eva no lo había visto antes. "¿Qué tienes ahí adentro?" le preguntó ella mientras comenzaban a

193

caminar. "Es un poco pesado, pero creo que puedo manejarlo," respondió Naki. "¿Quieres que lo lleve para ti?" ofreció Eva. "Ha no, puedo hacerlo," dijo Naki tímidamente. Eva se agachó y agarró a Naki para ver qué había dentro de la bolsa. "¡No!" gritó Naki.

Eva no le hizo caso y procedió a abrir la bolsa. "Ha, ahora sé por qué no quieres que la lleve. ¡Los quieres todos para ti mismo!" exclamó Eva. "¡Están tan deliciosos!" dijo Naki mientras tomaba uno de los higos confitados fuera del papel de cera y empezó a mordisquear. Roquiel miró para ver qué sucedía y rió cuando vio a Naki acaparando todos los higos. "Si los llevas, pueden ser tuyos," dijo Roquiel, riéndose todavía.

Maiza estaba escasamente poblada, con la mayoría de la gente viviendo en Glacken en la costa oeste, Moroven en el sur, Groven, que estaba cerca del Templo de Medeina, Samsa en el extremo norte y Forondia y Banely en la costa noroeste. Esto significaba que el grupo no vería otro asentamiento elfo hasta que llegaran a Groven, justo antes de entrar al Templo de Medeina. Todo el lado este del continente estaba vacío debido a las cuevas subterráneas habitadas por los elfos de cueva. Los elfos del bosque deseaban mantenerse lo más lejos posible de ellos. Estos fueron los mismos elfos que volaron sobre grifos muchos años antes a Beratrim en un intento de adquisición.

El grupo seguiría un camino que también era parte de la red comercial de Maiza. Hubo varios comerciantes que tomaron esta ruta, por lo que era posible que entraran en contacto con otras personas en el camino.

Las noches fueron pacíficas y durante el día pasaron por el vendedor ambulante ocasional, comerciantes y viajeros. Afortunadamente, nadie les preguntó qué estaban haciendo allí. Habían decidido intentar ser discretos ya que estaban en territorio desconocido.

Un día, cuando se sentía especialmente hambriento, Naki había escogido algunos hongos para comer. Él tenía uno en sus garras y estaba a punto de comer un poco cuando Roquiel corrió y gritó: "¡No! ¡Detente! ¡Son venenosos!" Pero Naki se comió el hongo de todos modos y le dio una sonrisa muy satisfecha después a Roquiel.

"Tal vez para ti lo son, pero para nosotros los devi, son simplemente otra comida deliciosa. Tenemos estómagos de acero," dijo Naki, todavía sonriendo. Roquiel dejó escapar un suspiro de alivio de que no tendrían que enterrar al miembro más inteligente del grupo tan lejos de casa. "¿Cómo sabías que eran venenosos?" preguntó Naki. "He estado leyendo Plantas Comestibles y esos estaban enumerados en la categoría 'No comer'," respondió Roquiel. "Bien por ti. Me alegra que estés tomando ese tipo de conocimiento en serio," dijo Naki.

"¿Dónde crees que deberíamos preparar la carpa para esta noche?" le gritó Eva a Naki. Se había subido a un árbol para tener una mejor vista y señaló hacia el noroeste.

"Parece que hay un buen lugar cerca de aquí. Solo tenemos que caminar en esa dirección," respondió mientras bajaba. Después de unos minutos, salieron a un claro donde la carretera se bifurcaba en varias direcciones. Roquiel tenía su mapa y veía hacia dónde conducían todos los caminos. "Este camino conduce a la ciudad de Banely," dijo mientras señalaba hacia el oeste. "Este se va hacia Draisler. Ese que está por allá lleva a Forondia en la costa, este va todo el camino hasta la costa en el norte y el camino que queremos va directamente entre esos dos: el camino al templo," terminó Roquiel.

"¿Estás seguro? Déjame echar un vistazo," dijo Naki, trepando por el hombro de Roquiel y arrebatándole el mapa. Después de un examen minucioso, Naki determinó que Roquiel había tenido razón y luego tímidamente le devolvió el mapa. "Debo admitir que estoy muy impresionado con lo mucho que has avanzado en este viaje," le dijo Naki. "No te conozco desde hace mucho tiempo, pero me quedó claro que estás perdiendo tus miedos y aprendiendo sobre el mundo que te rodea a pasos agigantados," continuó Naki. Roquiel se sonrojó un poco y agradeció a Naki por el cumplido.

El sol comenzaba a ponerse, entonces el grupo se apresuró a hacer su campamento. Se sorprendieron de que no vieran a nadie más, ya que este lugar parecía ser un centro de la industria comercial, donde convergían todas las carreteras que conectaban la mayoría de las principales ciudades. Mientras Roquiel y Naki terminaban de instalarse, Eva decidió ir y juntar un poco de leña para que pudieran cocinar y calentarse. Ella caminó de vuelta al bosque donde Naki había subido al árbol antes. Esperaba que él hubiera derribado a algunos de ellos durante su ascenso, haciendo su trabajo más fácil.

Cuando reunió toda la madera que creía necesitar, Eva comenzó a caminar hacia el campamento. Se detuvo al borde del claro y lo que vio le hizo soltar lo que sostenía en sus brazos. Se llevó las manos a la boca para evitar que sus gritos escaparan. Estaban Roquiel y Naki de pie cerca de la carpa, rodeados por un grupo de los tarlecs más grandes que jamás había visto. Los enormes tarlecs caminaban lentamente en círculos alrededor de los chicos aterrorizados, rechinando los dientes. Claramente jugaban con ellos, asegurándose de que se infundiera la máxima cantidad de miedo antes de atacar.

Eva pensó rápido. No sabía si su plan funcionaría, pero tenía que intentarlo. No había tiempo para pensar en otro diferente. Cerró los ojos y se imaginó un ocelote, que había visto en el libro Identificando los Animales de Maiza y recordó que eran originarios de esta región. *Me gustaría convertirme en un ocelote*, pensó, y unos segundos después, su perspectiva cambió y ahora estaba mucho más cerca del suelo. Su visión también se volvió muy aguda, a pesar de que el sol estaba ahora debajo del horizonte.

Con su nuevo cuerpo, Eva caminó hacia donde estaban los tarlecs y trató de parecer confiada en el proceso. Ella apareció detrás de uno de ellos y preguntó qué estaba pasando. El tarlec parecía sorprendido y molesto porque su ronda alrededor de sus víctimas había sido interrumpida. "¡Estamos cazando!" gruñó. Naki estaba sobre el hombro de Roquiel temblando y tenía su cabeza enterrada en la capucha del abrigo de Roquiel. Al darse cuenta de la molestia entre los grandes felinos, Roquiel bajó la vista y vio que el ocelote estaba paseándose por los alrededores y maullando. Esto era algo extraño, pero se sintió aliviado de que algo los hubiera distraído. Él comenzó a buscar una forma de escapar.

Eva, la ocelote, le preguntó al grupo de tarlecs: "Estoy sorprendida. Yo pensé que los tarlecs eran inteligentes. ¿Realmente no saben quiénes son estos dos?" El más grande de todos los gatos negros la miró y le gritó, "¿Quién crees que eres? Interrumpiendo nuestra caza e intentando darnos una lección sobre quien sabe qué. Cuéntanos por qué estás aquí o te comeremos junto con el elfo y el peludo."

"Estoy aquí, gran tarlec, para decirte que no sería prudente que los mataras. Están en camino al Templo de Medeina para reemplazar la Piedra de la Vida. El elfo ha sido elegido por profecía para hacerlo. Debes dejarlos pasar, porque estoy segura de que sabes lo que sucederá en caso de que no tengan éxito," dijo la ocelote.

"¿Y por qué debería creerte?" gruñó el gato, rechinando los dientes. "¡Solo mírenlos! ¿Alguna vez has visto a un elfo vestido así en Maiza? ¿Y cuándo fue la última vez que viste un devi en estas partes?

Han sido enviados aquí desde Beratrim para el propósito que ya he mencionado. Les escuche hablando anoche en su campamento. Estuve aquí en su campamento para ver si podía encontrar alimentos. Lo que te digo es verdad," dijo Eva mientras bajaba la cabeza y retrocedía unos pasos.

El tarlec parpadeó varias veces mientras consideraba las palabras de la gata pequeña. Su clan no había comido durante varios días, pero si lo que ella decía era cierto, tenían que dejar su presa libre. Suspiró pesadamente y dijo a los otros tarlecs: "Ya vámonos de aquí." Los otros inmediatamente le obedecieron y se fueron. Eva como la ocelote luego se acercó a Roquiel que ahora estaba sentado en el suelo con la cabeza colgando y se frotó contra su pierna.

Roquiel sabía que la ocelote les había salvado la vida, pero no entendía por qué. Luego quitó a Naki de su cuello y le dijo que ya podría abrir los ojos. Naki los abrió lentamente y notó que los tarlecs ya se habían alejado de ellos. "¿Qué pasó?" preguntó.

"No estoy seguro, pero este amigable ocelote tuvo algo que ver," respondió Roquiel.

Naki miró la ocelote a los ojos y le dijo: "Gracias, Eva. Te debemos nuestras vidas."

"¿Ya le pusiste nombre? ¡No podemos tenerlo como mascota!" dijo Roquiel con incredulidad.

Naki se llevó una mano a la frente y la frotó un par de veces. "Eva, los tarlecs están fuera de vista ahora. Ya te puedes transformar," dijo Naki. Entonces, de repente, Eva, la elfa, estaba parada frente a ellos. "¡Guau, Eva! ¿De dónde viniste?" preguntó Roquiel mientras se ponía de pie. Eva y Naki solo sacudieron sus cabezas.

"Es rara la vez que me transformo en un animal, pero pensé que sabías que podía hacerlo," dijo Eva.

"Bueno, sí, lo sabía, pero eso no significa que lo estuviera esperando," dijo Roquiel, poniendo una mano sobre su corazón.

"¿Por qué no te convertiste en un tarlec como ellos? No hay forma de que puedas haberte defendido como una ocelote," dijo Naki.

"Porque sabía que sospecharían que algo extraño estaba sucediendo. Estoy segura de que están familiarizados con todos los tarlecs en el área y que habrían sabido que yo no era uno de ellos. Así que me transformé en un tipo diferente de gato para poder seguir comunicarme con ellos, pero sin levantar sospechas," respondió.

"Ha, sí. Muy inteligente," dijo Naki.

"No hace falta decir que no creo que debamos acampar aquí esta noche, y después de esa pequeña sorpresa, creo que podría caminar toda la noche sin problemas," dijo Roquiel.

"Sí, sigamos hasta que lleguemos a un área nueva, luego podemos descansar un poco, coincidió Naki.

Pasaron tres semanas después del incidente con los tarlecs para llegar a la ciudad de Groven. Los residentes vivían en casas en los árboles, por lo que el grupo se sentía como en casa. Les dieron una casa solo para ellos las dos noches que se quedaron.

Eva y Naki estaban reunidos en la sala de estar de su casa del árbol, hablando sobre los problemas que podrían encontrar al intentar reemplazar la Piedra de la Vida. "Vamos a necesitar que alguien actúe como vigía mientras los demás duermen. No podemos arriesgarnos, no cuando hemos llegado tan lejos," le decía Naki a Eva.

"Creo que es una buena idea. Y cuando lleguemos al templo, alguien tendrá que tener los ojos sobre el fénix todo el tiempo. Es muy importante cambiar las piedras en el momento preciso en que emerge el nuevo fénix de las cenizas," agregó Eva.

Roquiel se acercó a ellos y se sentó junto a Eva. "¿Querías agregar algo, Roq?" Eva le preguntó.

"Sí. Bueno, sí, pero no sobre esto. Es algo más," dijo. "Vamos, cuéntanos. Hemos terminado ", Naki le dijo.

"Está bien, bueno, solo quería decirles a los dos que he hecho contacto telepático con alguien en Seren," tartamudeó Roquiel.

Los ojos de Naki se agrandaron. Eva dijo: "¿En serio? ¿Has hecho contacto con quién? ¿Anciano Sabio? ¿Brann? ¿Orvick? ¡Cuéntanos!" ella exigió.

"Sí, es verdad. Pero no es con ninguno de ellos. He podido hablar con Joules un par de veces," dijo Roquiel. Naki y Eva se acercaron más a él, para no perderse ni una palabra. "La última vez que sucedió fue cuando estábamos en el túnel. Le dije que estábamos en camino a Glacken y luego me preguntó si estábamos en un barco y le dije que no. Ella también agregó que mi familia y Sabio estaban bien, pero luego Naki roncó y eso me hizo perder el contacto," continuó Roquiel.

A Naki y Eva les tomó unos minutos componer una oración y no solo murmurar tonterías.

"¿Cómo es que has desarrollado esta habilidad? La mayoría de los elfos no dominan la telepatía hasta que son más viejos que tú. Quizás Sabio tenía razón. Quizás estás más avanzado de lo que la gente te acredita," dijo Eva finalmente, asombrada.

"¿Tienes una conversación tan corta con esta chica y revelas que no fuimos en barco a Glacken? ¡Eso significa que tendremos que explicar sobre el túnel cuando regresemos!" dijo Naki, exasperado.

"Yo no quise hacerlo. Fue un error. Me alegré de escuchar su voz, luego ella me preguntó por el barco y, no sé, tal vez debería olvidarme de la telepatía. Solo es una forma más de arruinar las cosas," dijo Roquiel con tristeza.

"Definitivamente no deberías olvidarte de esta habilidad Roquiel. Solo debes tener más cuidado con la información que transmites a la gente de Seren," le dijo Naki.

"Él tiene razón. Tienes que seguir usándola y tal vez podrías darme una lección o dos ", dijo Eva. "Estaba hablando con Nintu hoy y ella me dijo que había tenido comunicación telepática con Sabio. Ella lo alertó sobre nuestra llegada segura a Groven."

"¿Quién es Nintu?" preguntó Roquiel.

"Ya sabes, la chica con el pelo negro azabache," respondió ella.

"Casi todos aquí tienen el pelo negro azabache. Tendrás que ser más específica," dijo Roquiel.

"Ella es la que nos trajo la sopa esta mañana," respondió Eva.

"Ha, ahora recuerdo. Ella parece un poco joven para tener telepatía; como nuestro amigo, Roquiel aquí. Tal vez son familia," dijo Naki sonriendo socarronamente.

"No seas ridículo, ellos no son de la misma familia. Nintu es avanzada en muchas áreas," dijo Eva.

"Suena como una elfa muy interesante," dijo Roquiel. "Creo que deberíamos—" fue interrumpido por un golpe en la puerta. Eva se acercó para ver quién era y se abrió para encontrar a Nintu afuera. "¡Habla de los Arches, mira quién es!" dijo Eva. Luego se hizo a un lado para que Nintu pudiera entrar y evitar la lluvia que recién comenzaba a caer.

"¿A qué debemos el placer?" le preguntó Naki mientras le hacía un gesto para que se sentara a su lado. Nintu ignoró la invitación y permaneció de pie.

"He venido a ofrecer mi ayuda en el próximo y más importante tramo de su viaje. He estado escuchando que hay un número inusualmente alto de tarlecs alrededor del Templo de Medeina y me gustaría acompañarlos para asegurar el paso seguro," dijo.

Los otros tres se miraron y Naki le miró a Roquiel. Roquiel asintió con la cabeza y luego Naki dijo: "Su presencia sería bienvenida," le dijo. Naki tuvo un buen presentimiento sobre Nintu, mucho mejor que la sensación que había recibido de Gelon, por lo que no dudó en aceptar su generosa oferta.

"Muy bien entonces. Regresaré al amanecer para poder salir," dijo Nintu. Se dio vuelta abruptamente y se colocó la capucha antes de volver a salir a la lluvia.

"Eso fue extraño," observó Eva mientras cerraba la puerta.

"Sí. Pero no creo que esté equivocada al decir que necesitamos ayuda adicional para asegurar el éxito en el cambio de la Piedra de la Vida," dijo Naki.

"Bueno, me voy a la cama. Probablemente no voy a dormir debido al nudo en el estómago, pero voy a intentar," dijo Roquiel.

"Está bien, descansa un poco, muchacho. Solo recuerda que no hay nada por lo que estar nervioso aún. ¡Todavía estamos a tres días de caminata del templo!" Naki le gritó a Roquiel, que ya estaba caminando por el pasillo hacia su habitación.

Alguien tocó la puerta de la casa del árbol temprano a la mañana siguiente. Roquiel, con los ojos nublados, se abrió y entrecerró los ojos ante la luz del sol. Nintu estaba parada allí, sosteniendo una bandeja de bebidas calientes. Pasó junto a Roquiel y les dijo a todos que era hora de tomar algo antes de irse. Naki se acercó pesadamente y agarró una de las tazas. Tomó un sorbo y luego preguntó cuál era el líquido extraño. Nintu respondió diciendo: "Yo lo hice. Es una mezcla de té verde y té negro, infundido con ginseng y ortiga. La mejor bebida para aumentar tu energía. Una vez viajé desde mi casa aquí en Groven hasta Samsa en solo dos días bebiendo esto. Lo llamo 'té aumentado'," dijo con orgullo.

"Si es bueno para los elfos, es suficientemente para mí," dijo juguetonamente Naki mientras sorbía lo último de la infusión. Roquiel y Eva también agradecieron y bebieron sus tazas.

12 Templo de Medeina

"¿Has tenido noticias de Sabio?" Eva le preguntó a Nintu.

"Le dije esta mañana que íbamos al templo, y su único consejo fue esperar hasta que el nuevo fénix emerja por completo y este en posición para cambiar las Piedras de la Vida," respondió.

"¿Por qué no te has comunicado con Sabio, Roquiel?" preguntó Naki.

"Porque es muy intimidante. Si casi me desmayo cada vez que hablo Joules, imagina cómo sería conectar con la energía de Sabio," dijo.

"Probablemente casi te desmayas con Joules porque tu corazón se acelera tanto," dijo Eva, riendo.

"¿Qué dijiste?" preguntó Roquiel. "Ha, nada," respondió Eva aun sonriendo.

"¡Vámonos!" gritó Nintu. Todos se aseguraron de que sus bolsas estuvieran embaladas y se dirigieron a la puerta.

El grupo no quería que se hiciera una despedida cuando salieran de Groven, así que solo unos pocos de los ancianos se reunieron en la base de la casa del árbol para dar su bendición. "Les daremos una bienvenida apropiada cuando regresen," prometió uno de los ancianos.

"Queremos agradecerles por su bendición y por toda la amabilidad que nos han demostrado los elfos de Groven," dijo Roquiel a los ancianos.

Y con eso, los cuatro se despidieron, cada paso los llevaba más cerca al templo y al fénix.

Roquiel estaba usando el tiempo durante los tres días para hacer una meditación mientras caminaba. Le habían enseñado esta técnica en la escuela de los elfos y era una de las pocas cosas que le había ido bien, ganando los elogios de Anciana Jalania.

Cuando el terreno estaba relativamente nivelado, se quitaba las botas para comunicarse con Kitharion y contarle sobre sus dudas y temores. Sintió que el planeta lo estaba cuidando durante estos momentos y lo hizo sentir bastante sereno.

"¿Qué son esas formaciones extrañas?" preguntó Eva cuando se estaban acercando al templo. Todos alzaron la vista y vieron varias formas de pirámides dispersas por el paisaje.

"Los elfos de Groven las pusieron allí. Anciano Sabio nos dio la idea cuando todos estábamos tratando de sanar al fénix actual. Dijo que la forma piramidal tiene poderes curativos y que deberíamos colocar varias alrededor de esta área para tratar de revivir al fénix," respondió Nintu. "Ha, sí. He oído hablar de pirámides construidas sobre cultivos para ayudarlos a crecer mejor, y que algunos seres incluso se acuestan debajo de ellas cuando necesitan curación," agregó Naki.

"Estás en lo cierto, Naki," dijo Nintu.

"¿Qué más sabes sobre el templo como nativa de Maiza?" Eva le preguntó a Nintu.

"El Templo de Medeina es una estructura muy antigua. Es uno de los pocos edificios que sobrevivió al reinado de los Arches. Se dice que había otros edificios y tecnología que fueron enterrados por las arenas del tiempo alrededor del planeta, pero dado que ha pasado tanto tiempo, nadie sabe dónde buscar esas cosas," respondió.

"Tenemos que estar atentos a los tarlecs. Hazle saber a los demás tan pronto como veas uno," agregó Nintu. Mientras se acercaban al templo, Roquiel levantó la vista para contemplar su magnificencia. Los pilares de piedra que rodeaban la estructura alcanzaron hacia el cielo como centinelas custodiando su fortaleza.

La concentración de Roquiel se rompió cuando Nintu habló de nuevo, "Roquiel, ¿puedo hablar contigo un momento?" preguntó.

"Por supuesto," respondió, quitando los ojos del templo.

Los dos caminaron a cierta distancia de Eva y Naki. Cuando se detuvieron, Roquiel le preguntó de qué quería hablar. "Te acompañaremos al templo, pero debes entrar solo al santuario interior. Debes quedarte allí hasta que salga el nuevo fénix y, cuando salga, quitas la Piedra de la Vida vieja de su pedestal, inmediatamente la reemplazas por la nueva y tiras la piedra vieja al fuego para destruirla," dijo Nintu sin parpadear.

"Está bien. Entiendo," dijo Roquiel mientras lanzaba un suspiro nervioso.

Dio media vuelta para caminar hacia el templo pero Nintu lo agarró del brazo y lo hizo girar nuevamente. "Aún tenemos que tener cuidado. Todavía podría haber alguien dentro queriendo robar la piedra vieja. Todavía es poderosa, incluso cuando no está en el pedestal. Por eso debe ser destruida. No tengas miedo de usar el collar," dijo mientras caminaba enérgicamente hacia los demás sin decir una palabra más.

Roquiel se quedó atónito por unos momentos, su mente tambaleándose. *¿Cómo sabe ella sobre el collar?* pensó. Se inclinó y sacó el collar de su bolsa. Se lo puso por si Nintu tenía razón y él tenía necesidad de usarlo. No había planeado ponérselo desde que había llegado hasta aquí sin usarlo. Luego caminó de regreso al grupo e intentó actuar como si nada fuera de lo común hubiera sucedido.

"Entonces, todos estamos de acuerdo. Entraremos al templo, nos aseguraremos de que no haya nadie más adentro, luego Roquiel irá al interior del santuario mientras el resto de nosotros mantendremos la guardia todo el tiempo que le tome reemplazar la Piedra de la Vida," instruyó Nintu. Los otros tres asintieron mientras comenzaban a subir los escalones. Roquiel contó veinte pasos de arriba a abajo mientras trataba de distraerse de lo que estaba a punto de hacer. El interior del templo estaba forrado con hileras de columnas que estaban decoradas con formas geométricas en la parte superior e inferior.

No perdieron tiempo en dirigirse hacia el santuario interior que tenía una pequeña puerta en su apertura. Roquiel comenzó a entrar, pero antes de que pudiera, Eva lo agarró y envolvió sus brazos alrededor de su cuello. "Puedes hacerlo," fue lo único que le susurró al oído antes de soltarlo. Roquiel miró a Naki y él dijo: "Fuiste elegido para esta tarea. Hay sabiduría detrás de las palabras de las profecías, incluso si no tienen sentido para las personas a las que son entregadas."

Nintu no dijo nada, ella solo puso una mano en el hombro de Roquiel tranquilizadoramente y le dio una pequeña sonrisa. Roquiel inspiró profundamente y se asomó al santuario interior. Pudo ver un rayo de luz que bajaba del techo y su corazón comenzó a latir más rápido cuando vio lo que estaba iluminando.

La luz terminaba en un pedestal de mármol sobre el cual se sentaba un fénix de aspecto horrible dentro de un nido. Roquiel imaginó que el agujero en el techo era por donde habían entrado los otros pájaros, trayendo al fénix las ramitas para formar su nido.

Eva pudo ver que Roquiel estaba dudando, así que le puso una mano en la espalda y le dio un ligero empujón. Él tropezó y miró hacia ella. Ella hizo un movimiento con su mano, señalando al santuario.

Roquiel sabía que ya era hora, y comenzó a entrar lentamente. Caminó hacia el fénix, que tenía la cabeza agachada. Su respiración era lenta y desigual, y algunos de sus hermosas plumas de varios colores se habían vuelto a un tono apagado de rojo y marrón.

Roquiel miró detrás del fénix para ver otro pedestal, que contenía la Piedra de la Vida actual. La piedra brillaba intensamente con luz blanca y Roquiel se sintió hipnotizado por ella.

El hechizo se rompió cuando el fénix comenzó a arrullar suavemente. Roquiel lo miró y levantó la cabeza para encontrarse con su mirada. Roquiel de repente tuvo la sensación de que el fénix había estado aguantando todo lo posible para que él llegara y ahora que estaba allí, finalmente se podría ir.

Un crujido llamó la atención de Roquiel hacia abajo cuando notó que el nido se había incendiado. A pesar de que sabía que esto pasaría, Roquiel todavía estaba sorprendido y retrocedió unos pasos. Estaba respirando pesadamente y sus ojos se abrieron cada vez más.

El fénix se paró en el nido y con las alas extendidas, permitió que el fuego consumiera todo su cuerpo. Las brillantes llamas danzaban alrededor de su cuerpo. De repente, una llama azul salió disparada del pecho del fénix y golpeó a Roquiel en el estómago. El impacto lo hizo retroceder un poco más, pero logró mantenerse de pie.

Las sensaciones de paz y amor fueron abrumadoras. Roquiel perdió todo sentido del tiempo y el espacio cuando comenzó a sentir su alma separada de su cuerpo. El techo del templo se estaba acercando. Miró hacia abajo y vio su cuerpo, todavía de pie en el suelo del templo. Se preparó para el impacto, pero atravesó el techo y en el otro lado había luz blanca brillante y una habitación aparentemente interminable llena de niebla.

En la distancia había un hombre, vestido con una túnica blanca. Roquiel se le acercó lentamente y le dio un golpecito en el hombro. El hombre saltó un poco cuando se dio la vuelta. "No pensé que te vería tan pronto," dijo, sorprendido. Roquiel estudió la cara del hombre. Parecía bastante viejo, pero al mismo tiempo no tenía arrugas en su piel de porcelana.

"¿Podrías decirme dónde estamos?" preguntó Roquiel después de unos minutos de silencio.

"Estamos en un espacio que fue creado para reuniones como esta. Y en cuanto a quién soy, me puedes llamar Radyn," respondió el misterioso hombre barbudo.

"Eso no me dice nada. ¿Por qué vine aquí para reunirme contigo?" preguntó Roquiel, frustrado.

"Sé que tienes muchas preguntas. No puedo responderlas todas ahora, pero puedo decirte que estaré cuidando de ti," respondió Radyn.

"¿Por qué salí de mi cuerpo después de que el rayo del fénix me golpeó?" preguntó.

Los ojos de Radyn se agrandaron. "¿El rayo del fénix te golpeó? ¿Dónde?" preguntó.

"Aquí," dijo Roquiel, señalando su estómago.

"Bueno, eso lo explica," susurró Radyn para sí mismo.

"¿Eso explica qué? ¿Qué me está pasando?" exigió Roquiel.

"Tengo la sensación de que cuando regreses a tu cuerpo, tus sentidos aumentarán. No tengas miedo de esto. Desarrolla tus nuevas habilidades lo mejor que puedas," contestó Radyn.

De repente, Roquiel sintió un tirón en los hombros. Estaba siendo arrastrado hacia atrás por una fuerza invisible. Radyn se estaba volviendo más pequeño a medida que Roquiel se alejaba. Miró hacia abajo y pudo ver la parte superior del templo que estaba a la vista. No se estremeció esta vez. Volvió a atravesar el techo y cayó de nuevo sobre su cuerpo con mucho impacto.

Respirando erráticamente y con los ojos apretados, Roquiel podía sentir que la llama azul del fénix aún estaba dentro de él. Se retorció cuando se partió en dos y se envolvió con fuerza alrededor de su columna vertebral. Sintió un intenso calor que comenzó en su coxis y luego se irradió hacia su cabeza. Una vez que alcanzó la corona de su cabeza, la llama salió disparada de él y colapsó en un montón en el piso.

Roquiel abrió los ojos y parpadeó un par de veces, preguntándose qué estaba causando la luz cegadora que estaba entrando. Entonces recordó el fénix y la Piedra de la Vida. Rápidamente sacó la nueva Piedra de la Vida de su bolsa y fue al pedestal. Miró el nido y se dio cuenta de que, de alguna manera, no había sido consumido por las llamas. También vio que solo el borde exterior del nido estaba ahora en llamas y que en el medio del nido yacía una pila de cenizas.

Vio como algo dentro de las cenizas comenzaba a retorcerse. Luego, un fénix sin plumas, penetró y respiró por primera vez. Roquiel se maravilló con la pequeña criatura por un momento y luego no perdió tiempo en quitar la Piedra de Vida actual de su pedestal. La colocó con cuidado en las llamas que permanecían en el nido.

Inmediatamente desapareció en una nube de humo blanco que contrastaba con el humo negro que salía de las llamas. Tomando la nueva Piedra de Vida con ambas manos, la colocó en su nuevo hogar. Una vez que la soltó, brilló aún más con su nuevo propósito.

Al volver a mirar el otro pedestal y el fénix recién nacido, Roquiel escuchó el nombre 'Tarandil' en su mente. "¿Ese es tu nombre? Tarandil?" preguntó Roquiel. El fénix arrulló ruidosamente y miró a Roquiel a los ojos. Para Roquiel, esto significaba que había entendido correctamente.

De repente, el sonido de alas descendió llenando el santuario mientras pájaros de diferentes especies se lanzaban desde el agujero en el techo. "Te llevan comida para que te fortalezcas," dijo Roquiel a Tarandil sonriendo. El nuevo fénix estaba voraz. Comía todo lo que las aves le dieron.

Al darse cuenta de que la misión era ahora completa, Roquiel dejó escapar un pesado suspiro de alivio. Dio media vuelta y comenzó a caminar hacia la parte principal del templo porque ya no lo necesitaban en el santuario. Tarandil se estaba haciendo cada vez más fuerte y defendería la Piedra de la Vida contra cualquier persona lo suficientemente tonta como para intentar robarla.

Fue recibido por Nintu que corrió y le dio un gran abrazo, "¡Lo hiciste!" gritó. "Eva y Naki están afuera asegurándose de que el perímetro sea seguro, pero yo estaba aquí y vi todo ¡Fuiste brillante!" dijo ella mientras soltaba su cuello.

Eva y Naki llegaron corriendo, habiendo escuchado la conmoción. "¿Ya está hecho?" preguntó Eva con urgencia. Roquiel sonrió y asintió con la cabeza. Eva también abrazo a Roquiel. Naki se subió al hombro de Roquiel y comenzó a besarlo repetidamente en la mejilla. Roquiel apartó a Naki y lo sentó en el suelo con una expresión de disgusto en la cara.

Entonces Nintu habló. "Acabo de hablar con Sabio y le di las buenas noticias. También hablaré con otros líderes del mundo. Pronto todos sabrán," dijo con una sonrisa, mordiéndose el labio inferior con felicidad.

"¿Y ahora qué?" preguntó Naki.

"¿Qué quieres decir?" preguntó Eva.

"Quiero decir, ¿qué hacemos ahora? La misión está completa," respondió.

"Ahora regresamos a casa y disfrutamos el resto de nuestras vidas en paz con nuestra familia y amigos," dijo Eva.

"Pero antes de hacer eso, necesito dormir," dijo Roquiel con una sonrisa.

"¡Por supuesto! Debes estar exhausto. Vamos a establecer un campamento cerca y descansar allí por la noche. Entonces mañana podemos comenzar el regreso a Groven," sugirió Nintu. Ella estaba tratando de actuar normalmente a pesar del hecho de que su mente estaba tambaleándose. ¿Qué le acababa de suceder a Roquiel? No estaba segura, pero una cosa que sí sabía era que se lo guardaría para sí misma, por ahora.

"Sí, Sí. Muy buena idea. Eva y Nintu, ¿por qué no caminan con Roquiel para ayudar a mantenerlo de pie?" dijo Naki. Tomando los brazos de Roquiel y poniéndolos sobre sus hombros, Eva y Nintu tuvieron que arrastrar a Roquiel hasta que encontraron un lugar para poner su campamento.

Una vez que se establecieron, Eva y Naki le pidieron a Roquiel que relatara los detalles de cómo había reemplazado la piedra. "Sabemos que estás cansado, pero recordarás más detalles si nos lo dices de inmediato," dijo Eva. Roquiel, que estaba apoyado contra una roca, suspiró y comenzó a contar lo que había sucedido. Les contó todo lo que recordaba, excepto la parte acerca de cuándo el rayo azul lo golpeó. No estaba listo para compartir esa experiencia con nadie, al menos no antes de comprender mejor lo que había sucedido.

A la mañana siguiente, después de que Nintu preparara el desayuno para todos, Roquiel dijo que se sentía lo suficientemente bien como para caminar y el grupo se dirigió hacia Groven.

"¿Soy yo, o estamos ganando un poco más de tiempo en el camino de regreso que cuando nos dirigíamos al templo?" preguntó Naki, comiendo una manzana de encima del hombro de Roquiel. "No, no es así. De hecho, nuestro ritmo es un poco más lento de lo que era antes. Probablemente parece que vamos más rápido ya que todos nos sentimos tan aliviados," respondió Nintu. "Una vez que volvamos a Groven, pueden quedarse todo el tiempo que deseen," agregó. "Eso es muy amable, pero creo que no nos quedaremos mucho tiempo. Estamos ansiosos por volver con nuestras familias y amigos," dijo Roquiel mientras se volvía para mirar a Eva y Naki. Ambos asintieron con la cabeza. "Como quieran," dijo Nintu con una sonrisa.

De repente, un objeto cayó a los pies de Nintu. "¡Ha! ¿Qué es eso?" gritó ella. Los otros se apresuraron hacia donde ella estaba parada. Naki miró hacia el cielo y vio un águila pescadora alejarse de ellos. "Creo que él lo soltó," dijo Naki, señalando al pájaro. Todos levantaron la vista y vieron al águila pescadora, luego volvieron su atención hacia el suelo. "¡Un pez! Es solo un pez," notó Eva. "Parece que se resbaló de las garras del águila pescadora.

Nintu se inclinó para mirar más de cerca. "Qué extraño," dijo ella. "No reconozco este tipo de pez."

"Yo sí," dijo Roquiel. "Se llama un loto blanco. Los veo todo el tiempo en los ríos de Seren."

"Bueno yo nunca he visto uno por aquí," notó Nintu.

"Pobre," dijo Roquiel mientras recogía el pez muerto. "Verte me hace sentir mucha nostalgia. Me gustaría enterrarlo si todos están de acuerdo. Siempre tendré un punto débil en mi corazón para los peces," continuó.

Nadie expresó su objeción a la idea de Roquiel por lo que Eva hizo una tumba poco profunda y colocaron el pez dentro. Roquiel llenó el agujero con arena y se arrodilló por unos momentos en silencio antes de volver a levantarse. "No sé qué pensar de eso," dijo Nintu, tambaleándose todavía mientras comenzaban a caminar de nuevo. "Yo tampoco, pero realmente no hay forma de que podamos saber cómo llegó el pez aquí. No veo ningún sentido en volvernos locos por eso," dijo Eva. "Por supuesto. Tienes razón. Continuemos," respondió Nintu con una sonrisa forzada.

Al llegar a Groven, Nintu condujo el grupo a la misma casa de árbol en la que se habían alojado antes de ir al templo. "Espero que se queden lo suficiente como para recuperar la fuerza," les dijo mientras salía de la casa del árbol.

El grupo no salió de la casa del árbol durante tres días. Usaron ese tiempo para dormir, comer, reflexionar y prepararse mentalmente para volver a casa. El cuarto día, alguien llamó a la puerta. Roquiel abrió y vio a Nintu sosteniendo su de té aumentado famoso. Se hizo a un lado para dejarla entrar y ella dejó su bandeja de tazas sobre la mesa. Eva, Naki y Roquiel tomaron una taza y comenzaron a beber.

"¿Puedo sentarme?" preguntó Nintu.

"¡Por supuesto!" dijo Eva. Nintu tomó asiento junto a Roquiel y les dijo que había algo que había estado pensando.

"¿Sí? ¿Qué es?" preguntó Naki.

"Bueno, me he estado preguntando por qué no tomaron caballos de Seren para hacer el viaje un poco más rápido," le preguntó. "Podríamos haber viajado al Templo de Medeina en caballo, pero los ancianos me dijeron que era una mala idea. Dijeron que con tantos tarlecs alrededor, se podían asustar y huir o incluso ser heridos por ellos," agregó.

"¿Quién les dijo eso a los ancianos? No vimos a ningún tarlec," dijo Naki.

"Fue extraño que no nos encontráramos con ninguno de ellos. Tal vez fue suerte, tal vez algo más, pero los he visto merodeando por el área del templo, así que sé que es verdad," respondió Nintu.

"Consideramos la idea, pero no era práctico por varias razones. La primera es que era invierno cuando salimos de Seren y hubiera sido difícil con las pezuñas de los caballos," Eva explicó.

"También nos hubiéramos preocupado por mantenerlos calientes y por encontrarles suficiente comida en el camino. Y luego está el hecho de que Roquiel es muy alérgico. Habría estado estornudando todo el camino," agregó.

"Ha, ya veo," respondió Nintu, frunciendo el ceño. "Estoy segura de que todos ustedes están ansiosos por llegar a casa, y tenemos un par de caballos aquí que podríamos darles. En cuanto a la nieve, ahora no la hay, pero tengo un poco de aceite para pezuñas que podría darles para evitar que la nieve se pegue. Y en cuanto a tu alergia Roquiel, también preparo un té que te puede ayudar con eso. ¿Qué dices? ¿Quieres intentarlo?" preguntó Nintu.

213

"Sería bueno llegar a casa y ver a todos más rápido," respondió Roquiel." "¿Cuánto tarda en surtir efecto?"

"Es instantáneo, pero desaparece después de aproximadamente un día. Iré a casa y te traeré una taza. Después podemos ir a los establos para ver si te ayuda," dijo Nintu. "¡Suena genial! Gracias," respondió Roquiel con una sonrisa.

"¿Qué has escuchado de Sabio y los demás?" le preguntó Eva a Nintu.

"Bueno, por supuesto, todos están muy felices. Hay celebraciones en todo el planeta. Aquí en Graven queríamos darles la oportunidad de descansar, pero nosotros también tendremos una celebración en su honor antes de que se vayan," respondió Nintu.

"Gracias, pero realmente no es necesario," protestó Roquiel.

"Por supuesto que es necesario. ¡Acabas de salvar nuestro mundo! ¿Cómo te sientes, por cierto?" preguntó Nintu.

"Muchos creyeron en mí y me han mostrado tanta bondad en este viaje. Eso es lo que necesitamos en el mundo: elfos que realizan valientes actos de bondad ordinaria," respondió.

Nintu levantó sus cejas, impresionada. "Sí, creo que la bondad es exactamente lo que los elfos vamos a necesitar. Bien dicho. Ahora, ¿Qué dices si voy por el té de la alergia y luego bajamos a los establos para ver a los caballos?" preguntó. Naki, Eva y Roquiel asintieron con la cabeza en acuerdo.

Cuando Nintu regresó con el té, le sirvió una taza a Roquiel y esperó ansiosamente a que él la bebiera. Roquiel tomó un sorbo y se encogió. "Es bastante amargo," dijo. "Sí, lo siento por eso. Era inevitable," respondió Nintu.

Cuando Roquiel terminó el té, Nintu los condujo a los establos de Groven. Cuando entraron, el grupo se sorprendió al ver varias docenas de caballos alojados en puestos espaciosos. El establo en sí era muy hermoso con sus pilares de piedra lisa. Los puestos tenían una mitad inferior hecha de madera de color rojizo y la mitad superior estaba hecha con trabajos de metal intrincados que dejaban varios espacios en ella, lo que permitía ver a los caballos.

Roquiel caminó cautelosamente, esperando tener ojos rojos y con picazón, y empezar a estornudar en cualquier momento. Se detuvo y decidió respirar profundamente, poniendo el té de alergia a prueba. Para su gran alivio y sorpresa, no sintió signos de ser alérgico a los caballos.

"Te dije que funcionaría," dijo Nintu mientras caminaba hacia Roquiel, con una sonrisa astuta en su rostro.

"Sí, parece que sí. Gracias," respondió Roquiel. Volviendo su atención a los caballos, se sintió atraído por dos en particular que estaban en puesto contiguos.

Caminando hacia ellos, comenzó a acariciar con suavidad uno de los caballos, que era en su mayoría blanco con manchas negras.

"¿Cómo lo sabías?" preguntó Nintu mientras caminaba hacia él con la boca abierta.

"¿Cómo sabía qué?" rRespondió Roquiel.

"¿Cómo sabías que este era el caballo que planeábamos darte?" preguntó.

"No sabía, solo me sentí atraído por ellos," respondió.

Nintu, trató de recuperar su compostura. "Bueno, este es el caballo que te estamos dando. Y el caballo en el siguiente puesto, el negro con manchas blancas, es para Eva," Nintu le dijo.

"Son hermanos y han sido inseparables desde su nacimiento. Él es Kiini," dijo, señalando al caballo blanco. "Y ella se llama Virbaya," agregó, señalando el negro.

Justo en ese momento, Naki trepó a la espalda de Kiini. "Ah sí, esto es bastante cómodo. El lugar perfecto para viajar," dijo mientras se acomodaba la piel del caballo. Nintu y Roquiel se rieron cuando vieron lo que estaba haciendo.

"Nintu, estuve estudiando nuestros mapas anoche y Orvick sugiere que viajemos desde aquí hacia el oeste hasta Timi, y luego alquilamos un barco a casa. ¿Crees que esta sería la mejor ruta?" Eva preguntó cuándo se había unido a los demás.

"Tal vez en algún momento pudo haber sido, pero ha habido frecuentes tormentas severas y varios avistamientos de ninfas de agua en ese tramo del Océano Rojo. Recomiendo que primero viajen a Forondia y que crucen el océano allí. Encontrarán aguas más tranquilas, y también es un poco menos distancia para cubrir en el mar abierto que si cruzasen aquí en el norte," dijo.

"¿A cuál ciudad llegaremos si vamos por ese camino?" preguntó Roquiel.

"Llegarían a un puerto justo al norte de los Jardines Eternos," respondió Nintu.

"¿Podrían responder algo por mí?" Nintu le preguntó a Eva y Roquiel.

"Podemos intentar," dijo Roquiel en tono de broma.

"Nunca entendí por qué algunas ciudades en Beratrim tienen el mismo nombre que el territorio en el que se encuentran; Seren tiene una ciudad llamada Seren, Mitriam tiene una ciudad en su interior llamada Mitriam, lo mismo con Canter y lo mismo con Zuri. Es muy confuso," dijo.

"Sí, es confuso, pero es una tradición en el norte que la ciudad principal y el territorio compartan el mismo nombre. No estoy segura de cómo comenzó eso," respondió Eva.

Nintu suspiró y se encogió de hombros. "De todos modos, a pie, el camino a Forondia lleva 13 o 14 días, pero con estas bellezas deberían llegar allí dos veces más rápido," dijo Nintu, mirando a los caballos.

"Te agradecemos mucho. Esto es muy generoso," dijo Eva.

"Ya está entonces. La celebración en su honor tendrá lugar en dos días al atardecer y no escucharé ninguna objeción." dijo Nintu, mirando de reojo a Roquiel. "Pueden tomar ese tiempo para conocer a sus nuevos caballos, y les conseguiremos monturas," agregó.

***

Roquiel estaba sentado en la casa del árbol ajustando su capa verde esmeralda cuando llegó el momento de la celebración. Los elfos de Groven le habían dado a Roquiel y Eva ropas de seda y capas para usar para la ocasión. "¿Cómo es que un material tan suave da tanto comezón?" preguntó Roquiel, jalando de su cuello blanco.

"Creo que es solo porque no estamos acostumbrados a usarlo," dijo Eva mientras salía del dormitorio. Ella había recibido una túnica que era deslumbrantemente blanca, una capa púrpura y una diadema de metal con un diseño floral.

"Te ves simplemente radiante," dijo efusivamente Naki mientras entraba a la sala de estar.

Eva se sonrojó e intentó cambiar de tema. "No puedo esperar a que todo esto termine y comenzar a dirigirme a casa mañana. Extraño mucho a mi familia. Incluso comencé a extrañar a Lane," dijo con ironía.

Roquiel se rió y luego comentó sobre la capa especial que los elfos habían hecho para Naki. "Te ves muy bien," le dijo.

"Sí, bueno, nunca he usado ropa un día en mi vida, pero supongo que hay una primera vez para todo," respondió. La capa de Naki era de un rojo brillante.

Una vez que estuvieron listos, los tres bajaron por las escaleras de la casa del árbol y caminaron hacia el área abierta donde se celebraban las festividades. Era de noche, pero la zona estaba bien iluminada por cientos de antorchas colocadas en el suelo y una gran fogata en el centro.

Las decoraciones se habían colgado en cuerdas entre los postes y había una mesa tras otra llena de comida deliciosa. Cuando los elfos notaron que el grupo llegaba, todos comenzaron a aplaudir y aplaudir. Naki se había subido al hombro de Roquiel y los tres fueron guiados por Nintu hacia el centro de la acción, cerca de la fogata.

"Debo decir que estoy muy impresionada por el valor de estos dos elfos jóvenes y el devi. El tiempo que pasé con ellos fue un honor y nunca dudé por un segundo que ellos eran los indicados para llevar a cabo esta misión.

Esta noche, celebramos la colocación de la nueva Piedra de la Vida, el nacimiento del nuevo fénix y estamos agradecidos a Medeina por continuar brindándonos una manera de recibir su divina energía para la vida aquí en Kitharion," anunció Nintu a la multitud. "Y ahora nos gustaría darles a ustedes la oportunidad de decir unas palabras antes de que empecemos a comer, beber y bailar," continuó Nintu.

Hubo silencio por unos momentos y luego habló Eva. "Aprendí mucho en este viaje. He aprendido que no hay que avergonzarse al pedir o aceptar ayuda, que nadie es invencible y que todos debemos trabajar juntos para ver un mejor futuro.

Estoy muy impresionada con Roquiel y cuánto ha crecido. Si se lo hubiera presentado hace unos meses antes de que todo esto comenzara, no lo habría creído capaz de tal hazaña. Ha madurado, se ha convertido en un líder y, me atrevo a decir, ya no es un niño, es un hombre," dijo a todos los presentes.

Roquiel se sonrojó ante las palabras amables de Eva.

"También estamos muy agradecidos con los devi por enviar a Naki con nosotros. Su sabiduría y seriedad eran indispensables. También ofreció momentos de comedia, muchas veces involuntariamente," dijo Eva. Todos rieron a excepción de Naki, que frunció el ceño.

"Me gustaría agradecerles por su hospitalidad y por preparar una fiesta tan magnifica," fueron las únicas palabras que Naki quiso compartir. Él mantuvo sus palabras cortas porque estaba ansioso por llegar a la mesa que tenía tazas llenas de cerveza.

"Me gustaría agradecer a todos los elfos de Groven por la efusión de bondad que nos han mostrado las dos veces que nos quedamos aquí. Especialmente por los dos caballos que nos han dado para nuestro viaje de regreso a casa.

Y a Nintu, te digo que nunca olvidare toda la ayuda que nos diste," dijo Roquiel.

Su discurso fue recibido con un coro de "¡Bravo, bravo!" Luego los guiaron a las mesas de comida y les dijeron que llenaran sus platos tantas veces como quisieran.

Estando muy lleno, Roquiel se sentó en un banco cerca a la fogata. Miró de reojo que un grupo de chicas lo miraban y se reían. Se preguntó de qué estaban hablando y luego adivinó que probablemente se estaban burlando de él.

Unos minutos después y con un poco de ánimo de parte de sus amigas, una elfa hermosa con cabello largo y rizado se acercó a Roquiel y le tendió la mano. Roquiel miró a la chica pero no sabía lo que quería. La chica extendió su mano aún más y dijo: "¿Quieres bailar conmigo?"

Roquiel miró nerviosamente a su alrededor, sin saber qué hacer. Vio a Eva en una mesa con Nintu y aparentemente había estado observando lo que sucedía porque había una sonrisa en su rostro que se extendía de oreja a oreja. Ella asintió con la cabeza hacia la chica elfa y señaló hacia un área cerca de la banda donde muchas personas se habían reunido para bailar. Esto hizo que Roquiel reaccionara y tomó la mano de la muchacha. Caminaron juntos hacia el lugar donde tocaban la música y cuando pasaron junto a las amigas de la chica, Roquiel vio que todos estaban sonriendo y aplaudiendo.

La banda, que consistía de un cantante, dos guitarras, un violín, una flauta y platillos, estaba tocando una canción optimista sobre la vida en una era de paz. "Y entonces todos nos reuniremos alrededor del fuego para contar las historias de antaño, cuando el mundo fue invadido por antinaturales y juraremos nunca más volver. Por ahora podemos decir, vivimos felices hoy, nuestros hijos son libres," cantó el cantante principal.

Roquiel no tenía idea de cómo bailar, pero podía ver la anticipación en los ojos de la muchacha y el hecho de que ella estaba esperando que él tomara la delantera. Trató de recordar lo que había visto en uno de los bailes poco frecuentes que habían tenido lugar en Seren, usualmente el día de Miyr.

Roquiel tomó la mano con mano derecha y colocó su mano izquierda sobre su espalda. Pensó que tal vez si hablaba con ella, ella no se daría cuenta de que no sabía lo que estaba haciendo.

"¿Cuál es tu nombre?" le preguntó. Tuvo que inclinarse cerca de ella para que ella lo escuchara por la música.

"Tasha," le gritó con una sonrisa.

"Bonito nombre," respondió Roquiel, mientras intentaba llevar el compás. Mientras giraban, Roquiel notó a otro grupo de chicas que estaban de pie con los brazos cruzados, bastante abatidas.

"Es un privilegio bailar con nuestro héroe," dijo Tasha al oído de Roquiel. Sin tener idea de cómo responder, Roquiel solo fingió una sonrisa. "Espero que me recuerdes y que regreses nuevamente," dijo mientras terminaba la canción. Roquiel la soltó, pero ella se inclinó y le dio un beso en la mejilla. Él la miró, estupefacto, mientras ella corría hacia su grupo de amigas, quienes se cubrían la boca y se reían. Tasha comenzó a hablar con ellas mientras se echaba aire con su mano.

Completamente confundido, Roquiel regresó al banco en el que había estado sentado antes y pronto se le arrimó Eva, que tenía a Naki sobre su hombro. Ella lo miró por un momento con una sonrisa astuta.

"¡¿Qué?!" dijo Roquiel finalmente.

"¡Tú sabes qué! Esa chica obviamente le gustas. Parece que eres popular cada minuto," dijo Eva mientras otro grupo de chicas pasaba y saludaba tímidamente a Roquiel.

"No sé de qué estás hablando," dijo mientras giraba y fingía no darse cuenta.

"Será mejor que te acostumbres. Eres parte de la historia ahora. ¿Te das cuenta de que ahora habrá un día de fiesta en tu honor cada año el día en que reemplazaste la Piedra de la Vida?" dijo Naki.

No le había entrado por la mente a Roquiel que habría un día dedicado a él, pero después de que lo pensó, sí tenía sentido. "Es todo tan abrumador. Nunca pensé que una chica se fijaría en mí, y mucho menos docenas," dijo Roquiel maravillado.

"No solo chicas. Ahora todos en el planeta saben tu nombre. Tengo la sensación de que harás mucho más que cuidar peces cuando regresemos a Seren," dijo Eva.

"No dudes en pedir ayuda o consejo. Las situaciones de fama repentina tienden a generar egos inflados, codicia y sed de poder," aconsejó Naki.

Durante el resto de la noche, hubo una corriente constante de elfos que se acercaban a Roquiel, le daban las gracias, le preguntaban sobre el viaje y a veces solo querían tocarlo. Lo mismo fue cierto para Eva y Naki. Nintu estaba notando todo esto y decidió hacer otro discurso para terminar la noche.

Caminando hacia la fogata todavía rugiente, una vez más se dirigió a la multitud. Una vez que llamó la atención de todos decía: "¡Todos hemos tenido un momento muy alegre esta noche! Tenemos grandes motivos para celebrar, pero hay algo que debo recordarles. Naki, Eva y Roquiel son, sin duda, seres virtuosos y valientes. Han restaurado la vida y la esperanza en Kitharion, pero no deben ser adorados como dioses.

Debemos recordar que son gente ordinaria como todos los demás. Sí, podemos buscar inspiración de ellos, pero no debemos verlos como infalibles, ni tomar su palabra como ley. Creo que es hora de dispersarnos, nuestros huéspedes deben descansar antes de salir a caballo por la mañana," dijo Nintu. Algunos en la multitud estaban asintiendo con la cabeza, algunos parecían avergonzarse de sí mismos, y algunos simplemente trataban de mantenerse en pie, inestables por una combinación de fatiga y aguamiel.

"Vamos a salir de aquí," Nintu le dijo al grupo mientras los guiaba de regreso a su casa en el árbol. Mientras subían los escalones hasta su alojamiento, todos estaban agradecidos por el silencio y la sensación de normalidad que ofrecía la casa. "Vendré por la mañana con los caballos," dijo Nintu mientras se volvía para irse.

"¿Y un poco de té aumentado?" preguntó Naki atontado.

"Por supuesto," respondió Nintu con una sonrisa.

"¿Me la puedo quedar?" le preguntó Eva a Nintu, refiriéndose a la ropa que llevaba puesta.

"Sí, claro. Es una pequeña muestra de nuestra gratitud," respondió ella. Eva sonrió e hizo un pequeño giro mientras miraba su atuendo.

Después de que Nintu se había ido, todos empacaron sus cosas para irse por la mañana y se prepararon para acostarse.

***

"Creo que es ella," dijo Roquiel a Eva y Naki mientras estaban en la terraza de la casa del árbol. "Probablemente, pero es difícil ver a través de toda esta niebla," dijo Eva. Naki se trepó al hombro de Eva para ver mejor. "Definitivamente es ella y se ve hermosa," dijo Naki entrecerrando los ojos.

Nintu caminó hasta la base de la casa del árbol. Tenía puesta una capa azul oscuro con capucha y llevaba dos hermosos caballos. Ella soltó las cuerdas y sacó algo de una alforja y luego subió las escaleras hacia el grupo.

"¿Qué es esto?" preguntó Naki. "Esta cantimplora contiene el té aumentado que te prometí," respondió Nintu. Después de que todos habían tomado un poco, Nintu preguntó si estaban listos para irse. "Sí, pero estoy un poco sorprendida de que la gente del pueblo no viniera a despedirse," notó Eva. "Es porque les pedí que no lo hicieran. Pensé que aún se estarían deshaciendo de las festividades de la noche anterior y que preferirían una partida tranquila," respondió Nintu. "Sí, es verdad," dijo Naki con gratitud. "Gracias de nuevo por todo lo que has hecho por nosotros. Espero que nos volvamos a ver," dijo Roquiel a Nintu. "Estoy segura que sí," Nintu respondió sonriendo.

El grupo descendió las escaleras y montaron sus caballos. Los caballos relincharon en reconocimiento a sus jinetes. Eva acarició la cara de Virbaya mientras Naki se colocaba sobre su hombro. En silencio, echaron un último vistazo y se encaminaron hacia Forondia.

***

"¿Realmente tenemos que pasar por allí? Creo que deberíamos ir alrededor," dijo Eva una noche cuando se acercaban al Bosque de Gil.

"Mira el mapa. ¡Es enorme! Incluso a caballo, perderemos mucho tiempo si tratamos de evitar el bosque," respondió Roquiel. Eva arrancó el mapa de sus manos y lo examinó de cerca. Luego pudo ver que el bosque, en forma de media luna, era de hecho extremadamente grande e ir alrededor agregaría varios días a su viaje a casa. Ella resopló enojada y puso el mapa en el pecho de Roquiel. Sus manos se movieron a tientas mientras trataba de evitar que cayera al suelo. Entonces Eva apretó sus piernas para que Virbaya supiera que era hora de caminar.

"Supongo que eso significa que vamos a entrar," dijo Roquiel con sarcasmo.

"Está oscuro, pero también me parece bastante hermoso," dijo Naki, que ahora estaba sobre el hombro de Roquiel. Había un matiz azulado en el bosque debido a la pequeña cantidad de luz que dejaba pasar el espeso dosel. La repentina caída de temperatura desde donde habían estado y el musgo blanco que colgaba agregaban a la sensación fantasmal del lugar. Después de un rato, el bosque se volvió muy denso por lo que Roquiel y Eva bajaron de sus caballos para guiarlos a pie.

"Necesito parar por un tiempo. Estoy agotado," dijo Roquiel después de haber caminado por varias horas. Se inclinó y se agarró las rodillas.

"Hemos caminado mucho, supongo que podríamos parar, pero no por mucho tiempo. Quiero salir de este lugar lo antes posible," dijo Eva. Ella ató las riendas de Virbaya a un árbol, luego se quitó la bolsa y la puso en el suelo. Se sentó en la base de otro árbol y con la ligera brisa que se abría paso a través del bosque, pronto se durmió. Roquiel y Naki se sentaron en un tronco caído cerca. Roquiel se había quitado las botas y se estaba frotando los pies.

Unos minutos después, Eva se despertó con una sensación de cosquilleo en el cuello. Se rascó el cuello y luego sintió un dolor agudo. Ahora completamente despierta, se puso de pie y miró hacia abajo a su cuerpo. Un enjambre de insectos se había arrastrado desde su casa en el árbol y estaban sobre ella. Alertado por los gritos de Eva, Naki, que se había quedado dormido con Roquiel, corrió a ver qué pasaba. Echó un vistazo a Eva y gritó: "¡Hormigas Doku!"

Eva confiaba en su entrenamiento como observadora y trató de no entrar en pánico, pero con cada segundo que pasaba, se le hacía más difícil. Las hormigas la picaban por todo el cuerpo y comenzó a sacudir todas sus extremidades en un intento de deshacerse de ellas.

"¡No! ¡Detente! ¡Eso solo las hará morderte más! Necesitamos quitártelas de encima. ¿Dónde está Roquiel? ¡Necesitamos su ayuda!" dijo Naki. Miró a su alrededor y luego Roquiel llegó corriendo con un recipiente lleno de agua del arroyo. "¡Tira eso! No le eches agua. No va a ayudar. Necesitamos quitarlas. ¡Vamos!" gritó Naki.

Roquiel dejó caer el agua y comenzaron a quitárselas frenéticamente. Roquiel la arrastró lejos del árbol en el que se había apoyado mientras él y Naki no dejaban de seguirlas quitando. Eva estaba hiperventilando y llorando por el dolor de las picaduras.

"¿Son venenosas?" Roquiel le gritó a Naki.

"Sí. Bastante. Vamos a necesitar un milagro para mantenerla con vida," respondió Naki.

Una vez que hubieron quitado todas las hormigas que pudieron ver, le quitaron la ropa y las botas a Eva. Roquiel la sacudió para asegurarse de que no quedaba ninguna. Entonces movió a Eva otra vez y le puso sobre una manta y la cubrió con otra.

"Revisa su bolso y fíjate si tiene algo que pueda tratar las picaduras," dijo Naki.

"¿Cómo qué?" preguntó Roquiel.

"Natrón sería lo mejor. Podríamos usarlo para hacer una pasta para extraer el veneno, pero si no tiene, entonces vinagre, miel, sábila, ¡cualquier cosa!" dijo Naki con impaciencia. Roquiel rebuscó en su bolso, pero no encontró ninguna de las cosas que Naki había mencionado. Naki estaba examinando a Eva y estaba preocupado. Su lengua y garganta estaban hinchadas y tenía dificultad para respirar. Luego sus ojos se movieron hacia atrás de su cabeza y comenzó a convulsionarse. "¡Roquiel, apúrate!" gritó Naki.

Roquiel descargó desesperadamente el contenido de la bolsa de Eva en el suelo, pero todavía no encontró nada que pudiera usar para sacar el veneno de las picaduras. Entonces, de repente, Untu vino a su mente y recordó la poción curativa que le había dado. Fue a su propio bolso y la buscó. Cuando la encontró, se acercó a Eva y sacó el tapón.

"¡Tiene la garganta cerrada, no podrá tomar eso!" dijo Naki.

"¡Tenemos que intentarlo!" dijo Roquiel. Eva había dejado de convulsionar y tenía los ojos entreabiertos. "Eva, si me puedes oír, ¡tienes que beber esta poción!" dijo Roquiel mientras sostenía su cabeza y la inclinaba hacia atrás. Le llevó el frasco de poción a sus labios y vertió unas gotas. Eva se atragantó, pero su respiración de repente mejoró.

"Creo que la poción redujo la hinchazón," dijo Naki, asombrado. "Trata de darle más." Roquiel bajó la mandíbula de Eva y vertió el resto de la poción en su boca. Después de que ella se la tomó, él la recostó sobre la manta y él y Naki esperaron a ver si tendría algún efecto.

Unos momentos después, Eva comenzó a gemir y a sentarse lentamente. Roquiel la agarró para estabilizarla. Ella parpadeó varias veces y luego dijo: "Bueno, eso estuvo cerca. Pensé que me iba a encontrar con Medeina hoy."

Al dar un suspiro de alivio, Naki y Roquiel sonrieron. "Todavía con sentido del humor, incluso a las puertas de la muerte," se rió Naki.

"¿Qué me diste? ¿Por qué me siento mejor de repente?" preguntó Eva.

"La poción curativa de Untu. La tenía en mi bolso," dijo Roquiel.

"Te tomó suficiente tiempo recordar que la tenías," dijo Naki, poniendo los ojos en blanco.

"Lo importante es que funcionó," dijo Eva. Luego miró hacia abajo y se dio cuenta de que estaba desnuda bajo la manta. "¿Dónde está mi ropa? ¡No me miren!" chilló.

Roquiel rápidamente desvió la mirada y le dio a Eva una de sus túnicas que estaba en el suelo. Se cubrió los ojos con una mano y le dio la túnica a Eva con la otra. Eva la tomó rápidamente de su mano y se la puso.

"Te quitamos todo para sacudirlo y asegurarnos de que no quedaran hormigas," explicó Naki. Eva lo miró furiosa. "Créeme, estábamos tratando de salvar tu vida, sin preocuparnos si llevabas ropa o no," dijo Roquiel mirando a través de su mano para ver si era seguro destapar sus ojos. "Supongo que debería estar agradecida," dijo Eva en voz baja.

Luego miró hacia abajo para examinar sus brazos y piernas. Ya no sentía los efectos del veneno, pero las marcas de mordedura permanecían en su piel. "Tengo un poco de crema de caléndula en mi bolso. Tal vez podría ponerme un poco para estas picaduras," dijo.

Naki le dio una mirada penetrante a Roquiel. "No sabía que ayudaría," protestó. Naki agarró la botella de crema que estaba en el suelo y le ordenó a Roquiel que volviera a poner las pertenencias de Eva en su bolso. Naki puso la pomada en las picaduras, luego envolvió su piel con un trapo donde pudo para evitar que se frotara. Eva le agradeció a Naki y le dijo que se sentía mucho mejor. "Eso fue tan aterrador. No podía respirar, y luego creo que me desmayé por un tiempo. Qué bueno que estuviste aquí, Roquiel," dijo Eva.

Naki puso sus ojos en blanco mientras ponía la crema de caléndula en la bolsa de Eva. "Pongamos la carpa aquí por la noche y luego veamos si Eva es lo suficientemente fuerte como para continuar por la mañana," dijo. Roquiel preparó la carpa y luego ayudó a Eva a entrar.

Por la mañana, Naki y Roquiel prepararon el desayuno, y luego le preguntaron a Eva si se sentía lo suficientemente bien como para continuar. "Creo que será difícil. Me mordieron por todos lados, incluso en las plantas de mis pies," respondió ella.

"Podemos ponerte en Virbaya y ver cómo lo hace en este terreno," sugirió Naki.

"Parece ser la única opción en este momento," suspiró Eva. Roquiel la ayudó a levantarse lentamente y luego cojeó hacia Virbaya. "Lo siento, pero voy a tener que ir contigo hasta que lleguemos al barco," dijo Eva mientras acariciaba la crin de Virbaya. Roquiel la ayudó a montar el caballo y continuaron lentamente a través del bosque.

Tomó más tiempo de lo esperado, pero finalmente el grupo vio la luz que entraba, lo que significaba el final del bosque. Salieron a un día gloriosamente brillante. Eva estaba montando en Kiini ahora para darle un descanso a Virbaya y Naki estaba posado en el hombro de Roquiel mientras caminaba. "Es tan agradable sentir el sol otra vez," dijo Eva. "¿Cuánto falta para llegar a Forondia?" preguntó ella. "Todavía quedan unos siete días hasta que lleguemos allí," respondió Naki. "Bueno, esperemos que sea una semana sin incidentes," dijo Eva haciendo una mueca.

La semana siguiente pasó sin problemas y pronto el grupo vio el puerto de Forondia. Vieron que estaba bordeado de muelles, sus barcos amarrados y balanceándose en las olas. Las colinas verdes que rodean la zona estaban salpicadas con casas de piedra y techos rojos. Un hombre con una gran sonrisa saltó de uno de los barcos cuando notó que el grupo se acercaba. "¡Debes ser Roquiel!" dijo mientras extendía su mano áspera.

"Sí, y estos son mis compañeros Eva y Naki," Roquiel respondió.

"¡Por supuesto! ¡Por supuesto! Mi nombre es Treve y me siento honrado de ser parte de la tripulación que los llevará a través del Océano Rojo. Nintu habló muy bien de todos ustedes a nuestro capitán cuando ella estaba arreglando los detalles del viaje con ella. ¿Qué te pasó a ti?" le preguntó a Eva cuando notó las protuberancias rojas que cubrían su cara y sus manos.

"Mordeduras de hormigas Doku," respondió ella solemnemente. "¿Y todavía estás viva? No es de extrañar que te eligieran para la misión; eres extraordinariamente fuerte," dijo Treve, impresionado. Eva solo miró hacia abajo y movió una piedra con su bota. "Bueno, vamos a bordo, pronto zarparemos," agregó.

Afortunadamente las condiciones fueron muy favorables durante todo el cruce del mar. Eva pudo usar el tiempo para descansar y sanar. Cuando llegaron al continente de Beratrim, la mayoría de las mordidas se habían desvanecido. Las únicas que quedaban formaban una cicatriz en su hombro, donde las mordeduras habían sido las peores. "¿Te parece extraña esta cicatriz?" preguntó Eva a Roquiel un día, mientras bajaba su túnica sobre el hombro.

"Hmm, ¿Por qué se habría formado un triángulo como ese? Sí, muy extraño. Al menos el resto de las marcas se han ido. Y tu ropa las cubre, para que nadie las note," respondió.

"Supongo que tienes razón," dijo Eva sombríamente. Ella había estado esperando que todas las mordeduras sanarían por completo.

13 De Regreso

Se esperaba que los nuevos héroes de Kitharion llegaran en cualquier momento. Helene no pudo contener su sonrisa cuando colocó las decoraciones en la mesa del banquete; ella quería que todo se veía perfecto. Al conversar animadamente con quienes los rodeaban, elfos, floracs y devi entraban a la casa de la comunidad y tomaban asiento. Anciano Sabio había salido al camino para encontrarse con el grupo con el fin de informarles sobre las festividades planeadas para esa noche.

Cuando finalmente se encontraron, Roquiel, Eva y Naki bajaron de los caballos y Sabio envolvió a Roquiel en un fuerte abrazo. "Muy bien hecho, hijo mío. Bien hecho," susurró.

"Gracias, Anciano. ¡Es bueno verlo!" dijo Roquiel, mientras se soltaban el uno al otro.

Sabio luego abrazó a Eva y Naki mientras los colmaba de elogios también. "Seren está muy orgulloso de ustedes," dijo con una sonrisa. Luego explicó que todos estaban esperando en la casa de la comunidad para la fiesta de bienvenida. "Traté de convencerlos de que esperaran unos días para organizar la fiesta para darles la oportunidad de descansar primero, pero todos dijeron que estaban demasiado ansiosos por verlos e insistieron en que todos se reunieran tan pronto como regresaran," dijo en tono de disculpa." "Está bien. Estamos ansiosos por ver a todos también," dijo Eva. "Principalmente vamos a tener una fiesta para mostrar nuestro agradecimiento, pero también les presentaré un libro en blanco que utilizarán para escribir su historia," les mencionó Sabio.

Cuando comenzaron a caminar hacia la ciudad, Anciano Sabio miró a los caballos con expresión de curiosidad y le preguntó a Roquiel: "¿Cómo lo hiciste para montar a caballo? ¿Pensé que eras alérgico?" "Sí lo soy. Bastante. Pero conocimos a una elfa en Groven llamado Nintu y ella inventó un té que suprime los síntomas por un día y ella me dio una cantimplora para llevar conmigo," respondió Roquiel.

"Ha, Nintu, sí, una elfa muy inteligente," dijo Anciano Sabio.

"Ha, me olvidé de que la conocía," dijo Roquiel.

"Trataré de mantener las cosas bajo control, pero tengan en cuenta lo emocionado que están todos de verlos. Traten de tomarlo con calma," les dijo Sabio.

Al entrar en la casa de la comunidad, el grupo, liderado por Anciano Sabio, recibió una gran ovación y aplausos ensordecedores. Fueron bañados con flores secas y muchas manos se extendieron para tocarlos. Hicieron su camino hasta el frente, donde Sabio estaba entre Roquiel y Eva mientras Naki estaba sobre el hombro de Eva. Sabio luego intentó que todos guardaran silencio. Después de algunos intentos, logró atraer su atención. "¡Estamos muy contentos de tener a Roquiel, Eva y Naki aquí con nosotros después de haber reemplazado con éxito la Piedra de la Vida! dijo mientras levantaba las manos de Roquiel y Eva en el aire.

"Saber que ahora tenemos una conexión estable con Medeina y su energía, nos da mucha tranquilidad. Ahora que podemos continuar con nuestras vidas, podemos también continuar cumpliendo con nuestro propósito y que no se nos olvide mostrar amor a los demás como Medeina nos ha demostrado.

Hay alguien más que quiero que nos acompañe aquí en frente. Orvick, acompañó a nuestros héroes en la primera etapa de su viaje y preparó los mapas que siguieron," dijo Anciano Sabio. Orvick lentamente se dirigió al frente. "Tu desempeñaste un papel importante en el éxito de la misión y quiero estar seguro de que te reconozcan adecuadamente. ¡Demos nuestro aprecio a Orvick!" dijo Sabio y más aplausos y vítores resonaron en la casa de la comunidad. Orvick se sonrojó. "Realmente no es necesario, Anciano," murmuró mientras tomaba su lugar al lado de Roquiel.

"Veo que tenemos una gran fiesta aquí delante de nosotros y agradezco a aquellos de ustedes que tomaron el tiempo para preparar esta maravillosa comida. Antes de comenzar a cenar, me gustaría presentar a nuestros valientes héroes con este libro, en el que escribirán su historia. En él, deben documentar todas tus experiencias para que todos puedan conocer su viaje desgarrador," dijo Sabio mientras le entregaba el libro en blanco con una cubierta roja a Roquiel.

Sabio miró a Roquiel para ver si tenía alguna palabra para compartir. "Solo quisiera agradecer a todos por su apoyo y por esta cálida recepción. Ahora podemos avanzar en paz, más unidos que nunca," dijo Roquiel a la multitud.

Hubo muchos aplausos y sonrisas brillantes en respuesta al breve discurso de Roquiel. Entonces Sabio miró a Eva y Naki. Eva se dirigió a todos diciendo: "Como le dije a la gente de Groven, me gustaría compartir mi orgullo por la forma en que pudimos trabajar en equipo y lo orgullosa que estoy de Roquiel por todo lo que pudo lograr. Todos lo conocieron antes del viaje y ahora, cuando regrese a casa, estoy segura de que lo encontrarán más maduro, más decidido y un líder increíble." Roquiel bajó la mirada hacia el suelo mientras apretaba sus manos con fuerza.

"Y me gustó mucho conocer a estos tres elfos encantadores, junto con muchos más a lo largo de este viaje. Estoy orgulloso de haber podido completar con éxito nuestra misión y me siento muy honrado de que me hayan elegido de entre todos los miembros valiosos del reino animal. Me quedaré en Seren por un tiempo corto, pero luego debo regresar a mi hogar y a mi familia devi," dijo Naki.

"Bien, gracias a todos en el grupo por compartir algunas palabras con nosotros, estoy seguro de que escucharemos más de ustedes pronto. ¡Por ahora, disfrutemos de esta ocasión memorable!" declaró Anciano Sabio, sonriendo.

Incapaz de contenerse por más tiempo, Helene corrió hacia Roquiel con los brazos extendidos. Los dos se abrazaron y Helene le dio a su hijo varios besos en la mejilla. Al mirar hacia ellos y darse cuenta de lo incómodo que esto era para Roquiel, Gelmesh fue a quitarle a su esposa de su hijo. "Démosle un poco de espacio, mi amor," le dijo suavemente.

Las hermanas de Roquiel se unieron a ellos y ambas lo abrazaron con fuerza, dándole la bienvenida a casa. "¡Estoy tan emocionada de verlos!" dijo Roquiel a su familia. "Espero poder utilizar todo lo que aprendí en el viaje. Estoy decidido a convertirme en un miembro más activo de la comunidad," continuó. Helene sonrió ante las palabras de sus hijos. Otros que esperaban hablar con Roquiel le daban espacio a la familia para ponerse al día mientras continuaban charlando.

Ahora completamente rodeado por los devi que habían hecho el viaje a la casa de la comunidad, Naki estaba absorbiendo cada segundo de atención. "Sí, bueno, si no fuera por mí y por mis instrucciones, no estoy seguro de que las cosas hubieran salido tan bien," presumió. Al escuchar esto, Eva, que estaba hablando con su hermano Lane, sonrió con astucia al ver que Naki estaba disfrutando de su nueva fama. Girando hacia Lane, Eva preguntó: "¿Has tenido suerte con el romance mientras yo estaba fuera?"

"Nadie estaba pensando en el romance, Eva. Nuestros nervios estaban demasiado revueltos, creo. Además, ella estaba demasiado ocupada para que pudiera tener un momento a solas con ella. Ha estado desapareciendo más y más últimamente y durante períodos más largos de tiempo y ni siquiera estoy seguro de a dónde va," respondió sombríamente.

En la esquina opuesta de la habitación, Joules estaba comiendo a medias unas uvas, esperando su turno para hablar con Roquiel. En ese momento, Daver se acercó e intentó comer una de las uvas seductoramente de su mano. Joules retiró su mano y gritó: "¡Basta! ¡Y no intentes algo así nunca más!" sintiéndose derrotado, Daver se alejó, con la cabeza gacha.

Roquiel, que había estado hablando con algunos de los ancianos, se disculpó y fue a Joules. "¿Estás bien? Vi lo que Daver acaba de hacer. Y si alguna vez se acerca a ti de nuevo, va a tener problemas conmigo," dijo, tratando de parecer confiado.

Joules se sonrojó. "Estoy bien gracias. Ya le dije que no vuelva a hacer eso. Estoy tan feliz de ver que has vuelto," respondió ella.

"Es ruidoso aquí, pero tal vez podamos encontrar un lugar tranquilo para hablar más tarde," dijo Roquiel, colocando una mano suavemente en su brazo.

"Sí, quiero saber todo sobre tus aventuras," dijo sonriendo. Entonces, Anciana Jolania se acercó a Roquiel y le dijo que quería hablar sobre lo que iba a hacer ahora que había regresado a Seren. Roquiel miró a Joules en tono de disculpa y ella dijo: "Está bien. Hablaremos más tarde." Y Roquiel se fue a hablar con Jolania.

La línea de personas que quería hablar con Eva, Roquiel y Naki parecía interminable. Al notar esto y darse cuenta de que el grupo se estaba cansando, Sabio decidió poner fin a la velada. "Todos vamos a tener más tiempo para visitar a nuestros héroes después de esta noche así que yo sugeriría que los dejemos ir a descansar por ahora," anunció a la multitud. Hubo algunos gruñidos, pero poco a poco todos salieron de la casa de la comunidad.

Cuando Roquiel se fue, pudo ver a Joules en la distancia esperándolo debajo del roble gigante. Él comenzó a caminar hacia ella, pero se detuvo cuando notó que Cruiser caminaba sola.

"Cruiser, ¿puedo preguntarte algo?" le gritó. Cruiser lo miró y le indicó que se acercara.

"¡Qué bueno verte, Roq! ¿Cuál es tu pregunta?" dijo ella.

"¿Me preguntaba si le contaste a alguien más sobre el collar que me diste?" Roquiel preguntó. Cruiser se enderezó y sus ojos se movieron rápidamente.

"Yo no. ¿Por qué?" ella respondió.

"No, nada. Solo tenía curiosidad," dijo Roquiel. Luego se alejó rápidamente antes de que ella tuviera la oportunidad de interrogarlo más.

La mente de Roquiel comenzó a correr. Ahora estaba aún más confundido acerca de cómo Nintu había sabido sobre el collar que poseía, pero sus pensamientos se quedaron en blanco cuando se acercó a Joules. Estaba nervioso por hablar con ella, pero estaba tratando de ocultarlo. "No quiero quitarte mucho tiempo. Sé que es tarde. Solo quería decirte lo emocionada que estoy de que pudimos hablar telepáticamente mientras estabas fuera. Lo he intentado con otras personas, pero solo ha funcionado contigo," le dijo Joules.

"Fue una de las pocas cosas que me hizo sentir sano mientras estuve allí afuera," le dijo Roquiel con sinceridad. "No ha funcionado con nadie para mí tampoco. ¿Sabes algo? Tuve una experiencia interesante mientras estaba en el Templo de Medeina con el fénix y te lo voy a contar en otra ocasión. Te lo diría ahora, pero estoy tan cansado que no podría recordar todos los detalles," agregó.

"¡No puedo esperar a que me digas! Suena emocionante," dijo Joules. De repente alguien la llamó. "Será mejor que volvamos a casa, niña. ¡Tu madre te está buscando!"

"¿Quién es?" preguntó Roquiel.

"Es mi tío Ranger. Me tengo que ir," respondió ella.

"Ha. De acuerdo," dijo Roquiel mientras Joules se iba hacia su tío.

Roquiel luego comenzó a caminar a casa y cuando abrió la puerta de la casa del árbol de su familia, vio que su madre, su padre y sus hermanas estaban allí esperándolo. "Ya deberían de estar en la cama, es tarde," dijo, sin querer recibir más atención esta noche.

"Roquiel, has estado fuera por meses. Por supuesto que esperamos por ti. Queremos asegurarnos de que tu regreso a casa transcurra sin problemas. Sabes que puedes pedirnos cualquier cosa que necesites," respondió su madre.

"Discúlpenme. Estoy muy cansado. Les puedo asegurar a todos que estoy bien y les haré saber si necesito algún tipo de ayuda," les dijo Roquiel.

Su familia tomó esto como una señal para ir a sus dormitorios, pero Helene se quedó atrás. "Estoy tan orgullosa de ti," dijo mientras acariciaba la mejilla de su hijo.

"Gracias Madre. Es bueno ver a todos otra vez, pero estaba pensando que alguien habría traído a mi bisabuelo de los Jardines Eternos, ya que no tuve la oportunidad de ir allí en el camino de regreso," le dijo.

Helene miró hacia abajo y suspiró.

"¿Qué sucede?" preguntó Roquiel, alarmado.

"Bueno, no iba a decirte esto hoy, pero ya que lo mencionas... Roquiel, Banaroq falleció poco después de que lo visitaras," dijo.

"¿Qué? ¿Se murió? ¿Por qué nadie me había dicho antes?" preguntó Roquiel, con las manos volando en el aire.

"Pensamos que sería mejor no darte noticias malas mientras estabas fuera," respondió en voz baja.

Roquiel caminó y se sentó en la mesa de la cocina. Puso su cabeza entre sus manos y exhaló. "Recuerda que él no se ha ido para siempre. Cuando le hablamos, él nos escuchará en el reino de los espíritus. Pienso en él cada vez que me siento en esta mesa porque fue él quien la hizo hace muchos años. De hecho, él construyó toda esta casa," dijo Helene.

La cabeza de Roquiel se levantó de sus manos y se frotó la cara. "Tienes razón, madre. Simplemente estoy en shock," dijo con tristeza. Se puso de pie y comenzó a dirigirse hacia su dormitorio circular en los árboles. "¿Necesitas algo?" llamó su madre desde la cocina.

"No. Voy a tratar de dormir un poco," respondió. Helene juntó las manos y se las llevó a los labios. Roquiel se dio vuelta y notó la expresión de su madre. Corrió hacia ella y la envolvió en un abrazo. "No te preocupes. No me iré a ningún lado pronto," dijo.

Liberándola de su abrazo, Roquiel vio el brillo de una lágrima en su ojo y una sonrisa en su rostro. Su respiración era más pareja de lo que había sido antes. "Nos vemos en la mañana," dijo.

***

A Roquiel y Eva todavía no se les había pedido que volvieran a sus deberes, a pesar de que habían regresado del viaje varias semanas atrás. Los ancianos les habían pedido que se concentraran en reintegrarse en la sociedad de Seren y en escribir su libro. Naki también estaba todavía en Seren. No quería regresar a su hogar hasta que pudiera estar seguro de que los devi estaban debidamente reconocidos en el libro.

La celebración del Día de la Libertad estaba a tres días de distancia y se había hablado de no tener una fiesta este año. Pero se había decidido entre todos los ancianos que las festividades seguirían en Kitharion porque era importante conmemorar el día en que el último Arch, Arkua, dejó el planeta. Roquiel y Eva se ofrecieron como voluntarios para ayudar a decorar.

"No sé si me quedaré para la fiesta," dijo Roquiel a Eva mientras terminaban de poner los bancos.

"¿Por qué no?" preguntó Eva.

Roquiel se encogió de hombros. "Me siento cansado," respondió.

Eva levantó una ceja. "Roquiel, hemos pasado mucho tiempo juntos desde que volvimos, y sé que es difícil relacionarse con otros elfos que no tienen idea de lo que hemos pasado, pero no hay razón para ser asociales," le dijo.

"Simplemente no me gusta cómo me siento cuando estoy en grupos grandes. Es tan abrumador. Prefiero ir a estar con los caballos," dijo con la mirada hacia el suelo.

"Tal vez podrías pedirle al Anciano Sabio que te ayude con eso. Ha ayudado a muchos elfos con ansiedad," sugirió Eva.

"Buena idea," dijo Roquiel.

"Pero todavía creo que deberías quedarte. Será divertido," insistió Eva.

"Supongo que podría quedarme por un tiempo," dijo con un suspiro. Eva lo miró y sonrió mientras levantaba un mantel en el aire y lo dejaba caer sobre la mesa principal.

Roquiel fue a su casa a cambiarse de ropa y cuando regresó a la fiesta, fue recibido por el olor a maíz en el fuego, uno de sus alimentos favoritos y uno que se había extrañado mientras estaba fuera de casa. Caminó hacia las mesas de comida, tratando de no mirar nadie a los ojos. Después de haber llenado su plato, encontró una mesa que estaba vacía y se sentó. De repente, se produjo un fuerte estrépito y Roquiel se dio cuenta de que Naki acababa de ponerse de pie junto a él y había tirado su bebida.

"Lo siento mucho por eso. Solo vine a decirte que me voy después de esta noche," dijo Naki.

Roquiel decidió no decirle nada por la bebida derramada. "Estoy triste de escuchar eso, Naki. Prométeme que volverás a visitarnos," dijo Roquiel.

"Ha, sí, por supuesto que lo haré," dijo Naki mientras envolvía sus patas peludas alrededor del cuello de Roquiel. Roquiel le devolvió el abrazo y luego vio como Naki que se escabullía hacia el área donde la gente estaba tocando

238

música. Roquiel negó con la cabeza y se rió al darse cuenta de que, a pesar de lo molesto que Naki podía ser a veces, lo echaría de menos a él y a sus tonterías involuntarias.

Eva estaba de pie junto a la fogata. Tenía sus manos extendidas hacia las llamas y las estaba frotando vigorosamente. Anciano Sabio se acercó y se paró a su lado. "Eva, ¿cómo te has estado adaptando a la vida en Seren? Puedo sentir que el viaje te ha cambiado mucho," dijo. Eva asintió. "Siento que me estoy ajustando mejor que Roquiel. Él ha estado actuando inusualmente extraño desde que reemplazó la Piedra de la Vida. No puedo poner mi dedo en ello, pero su energía parece más ligera y más fácilmente influenciable," dijo.

"Sí, estoy preocupado por él también. Pero no te preocupes, tengo la intención de tomarlo bajo mi protección y darle dirección," dijo Sabio tranquilamente. "Hay algo más que he querido preguntarte, Eva," agregó.

"¿Qué es?" preguntó Eva.

"Me preguntaba si fue necesario usar el collar de mi abuelo Zo durante el viaje," preguntó.

"Ha... sí lo usamos. Lamento no haber podido regresarlo," admitió Eva tímidamente.

"Lo extrañaré, pero me alegro de que haya sido capaz de mantenerte a salvo. Espero que me disculpes ahora, hay algo que debo hacer," dijo Anciano Sabio con una gran sonrisa. Luego comenzó a caminar hacia Zaffre, que estaba disfrutando de algo de la mesa de postres. Eva dejó escapar un suspiro de alivio porque no le había preguntado más detalles sobre el collar.

Entonces alguien le acarició el brazo y se volvió para ver quién estaba parado junto a ella. "Me alegra ver que todavía estás aquí," dijo al ver a Roquiel. "Terminé de comer, pero pensé que debería quedarme y apoyar a Zaffre. Me acabo de enterar de que él y Hetep son los que están haciendo las paces este año," respondió.

"¿Ellos? Eso es una sorpresa. Pensé que se estarían ignorando el uno al otro por el resto de los tiempos," dijo Eva.

"Si todos pudieran reunirse, es hora de la ceremonia de perdón de este año," dijo Anciano Sabio en voz alta. El anciano, seguido por Zaffre y Hetep caminaban hacia donde estaban Eva y Roquiel. Después de unos momentos, una vez que todos se hubieron reunido, Sabio continuó. "Los dos jóvenes que ven aquí, se han ofrecido valientemente para compartir su historia con nosotros hoy y declarar públicamente su voluntad de perdonarse mutuamente y seguir adelante con sus vidas.

Realizamos esta ceremonia todos los años para recordarnos a nosotros mismos los valores que los elfos de la superficie apreciamos. Los Arches intentaron hacernos olvidar. Nos querían divididos y peleando constantemente entre nosotros, pero ahora se han ido y les puedo decir que los elfos somos lo opuesto a eso. Siempre debemos esforzarnos por permanecer unidos y no dejar que nada se interponga entre nosotros. Entonces, sin más preámbulos, para aquellos que no conocen la situación, Zaffre, ¿podrías explicar el conflicto que ha surgido entre ustedes?" Zaffre asintió y se aclaró la garganta.

"Um, bueno, hace un año, Hetep y yo estábamos preparando una cena para nuestros ancianos y los ancianos de Zuri que habían venido de visita. Uno de los invitados de Zuri, Anciano Ovlan, estaba entre los invitados. Recientemente había comenzado un programa exclusivo para entrenar a un número limitado de elfos en las artes culinarias. Tanto Hetep como yo habíamos solicitado un lugar en su clase, pero aún no se había anunciado quién había sido aceptado. Naturalmente íbamos a tratar de impresionarlo para asegurar nuestro lugar en el programa," Zaffre luego vaciló y miró a Hetep que tenía la cabeza inclinada y estaba frotando su cuello. "Por favor, continúa," alentó Sabio. Zaffre respiró profundamente.

"Todo iba bien hasta que sacamos el pudin de arroz para el postre. De repente, pude escuchar a los ancianos comenzar a toser y jadear por aire. Salí corriendo de la cocina para ver qué pasaba y Anciano Sabio me dijo que no era canela encima del pudín. Me dio para probar y sabía que tenía pimienta roja molida encima, lo cual no podía creer, porque la botella que había usado era de donde siempre guardamos la canela.

Me disculpé profusamente con los ancianos y les dije que no sabía cómo había sucedido esto. Luego volví a la cocina para conseguir un poco de agua. Después de llenar las jarras, estaba caminando hacia el comedor cuando vi a Hetep parado afuera de las puertas de la cocina. Cuando pasé junto a él, sacó su pie y me tropecé y derramé el agua por todas partes.

La mayoría cayó en el Anciano Ovlan, que parecía sorprendido. Yo, por supuesto, estaba muy avergonzado y todo lo que podía hacer era retirarme a la cocina mientras Hetep entraba como el héroe y atendía a los ancianos con toallas secas. Mientras estaba de vuelta en la cocina, inspeccione los recipientes de canela y pimiento rojo y descubrí que el contenido había sido cambiado. Y después de que obviamente me tropezó intencionalmente en el comedor, estaba claro que Hetep me había saboteado para hacer que me viera mal y que él se viera bien delante de Anciano Ovlan.

No hace falta decir que estaba devastado y furioso. Después de eso, Hetep y yo teníamos que seguir trabajando juntos en la cocina, pero me negué a hablar con él o incluso a mirarlo. Resultó que ninguno de los dos fue elegido para el programa de Ovlan, y a menudo me pregunto si no fui aceptado porque Hetep me hizo ver como un tonto ese día," explicó Zaffre.

"Gracias, Zaffre. Ahora los dos obviamente están aquí porque buscan una reconciliación. Hetep vino a mí hace varias semanas preguntando si los dos podrían ser los que participaban en la ceremonia de perdón este año. Me dijo que lamentaba mucho lo que había hecho y que sus acciones nacieron de la envidia porque pensó que tú, Zaffre, eras el mejor cocinero.

Creo que es sincero en su arrepentimiento y también te felicito Zaffre por querer aceptar su disculpa y por aceptar intentar superar este incidente desagradable. Antes de pasar por la ceremonia, sin embargo, hay una cosa que me gustaría compartir con ustedes. Vi a Hetep tropezar a Zaffre ese día. Quería creer que había sido un accidente, pero cuando lo combiné con la canela y el hecho de que ambos estaban compitiendo por un lugar en el programa, sabía que no fue así.

Le dije al Anciano Ovlan mi sospecha y le sugerí que no admitiera a ninguno de los dos en su clase durante al menos un par de años, para darles tiempo a ambos para madurar," dijo Sabio. Zaffre y Hetep intercambiaron miradas con las cejas fruncidas.

"Ahora los invito a los dos a acercarse a mí," dijo Sabio. Una vez que Zaffre y Hetep estuvieron en posición, Sabio continuó, "El propósito de la ceremonia de perdón es para recordarnos la importancia de trabajar juntos y seguir adelante después de que hayas hecho mal o hayas sido agraviado.

Ni Hetep ni Zaffre son malas personas. De hecho, ambos tienen muy buen corazón y les animo a todos a que intenten ver lo positivo en cualquier elfo que les haya hecho mal y les imploro que busquen sus propias reconciliaciones, ya que todos nos sentiremos bien cuando esto ocurra," dijo Anciano Sabio.

Entonces todos vieron como Sabio se unía a las manos de Hetep y Zaffre. Encendió un poco de salvia seca y bañó a ambos hombres en el humo de la hierba sagrada. "Que la energía positiva del humo elimine cualquier sentimiento negativo que puedan tener. A partir de este día, Avancen en la amistad y traten de mejorarse a sí mismo."

Después de que Sabio dijo esto, Zaffre agarró a Hetep y lo abrazó. Sonrieron y se quedaron en el abrazo por unos segundos más. Luego Hetep le dio unas palmaditas a Zaffre en la espalda y charlaron mientras se alejaban de la multitud.

Sintiéndose contento de haberse quedado para presenciar este evento, Roquiel dejó escapar un suspiro de alivio porque su amigo Zaffre finalmente había podido perdonar. Se despidió de Eva, dio media vuelta y comenzó a dirigirse a su casa. Había caminado durante unos diez minutos cuando sintió un golpe en el hombro. Pensó que estaba solo en el camino, por lo que lo hizo saltar. Se giró para ver que era Joules. Al observar su rostro de cerca, vio que tenía lágrimas en los ojos. "¿No fue eso tan hermoso? Estoy muy feliz por tu amigo," le dijo.

"Finalmente la situación ha pasado," dijo Roquiel con una sonrisa tímida.

De repente, Roquiel sintió que todo el aire abandonaba sus pulmones mientras lo empujaban al suelo con un golpe aplastante. Alguien estaba encima de él, golpeándolo con fuerza en el pecho y la cabeza. Abrió los ojos pero solo pudo ver enormes venas saliendo de la frente de alguien. Joules estaba gritando en algún lugar cercano. "¡Por favor! ¡Déjalo!"

"¡Te dije que no te acercaras a ella!" le gritó el atacante a Roquiel.

"¡Ya basta Daver! ¡Lo vas a matar!" suplicó Joules. Roquiel sintió que podría desmayarse y pensó que este podría ser el final para él.

Aparentemente de la nada, sintió una ráfaga de energía como un rayo de luz entrar en la parte superior de la cabeza. Se bajó a ambos brazos. Sus palmas se sentían como si estuvieran ardiendo y escuchó una voz que decía: *"Levanta tus manos y dirige la energía hacia él."* Con su última fuerza, Roquiel levantó sus manos y apuntó con sus palmas hacia el pecho de Daver. Conscientemente, deseó que la energía acumulada en sus manos dejara su cuerpo y sintió que se descargaba.

Roquiel vio a Daver alejarse de él y aterrizar en el pasto donde estaba Joules. Puso su cabeza en el suelo, sintiendo frío por la pérdida de sangre. Luego, sus ojos se cerraron por su propia cuenta y el mundo se oscureció.

Made in the USA
Lexington, KY
27 July 2018